岩 波 文 庫

31-006-12

大 塩 平 八 郎

他 三 篇

森　鷗 外 作

岩 波 書 店

目　次

大塩平八郎

他三篇

護持院原の敵討

播磨国飾東郡姫路の城主酒井雅楽頭忠実(1)の上邸は、江戸城の大手向左角(2)にあった。そこの金部屋(3)には、いつも侍が二人宛泊ることになっていた。しかるに天保四年癸巳の歳十二月二十六日の卯の刻過の事である。当年五十五歳になる、大金奉行(4)山本三右衛門(5)と云う老人が、ただ一人すわっている。ゆうべ一しょに泊る筈の小金奉行(6)が病気引をしたので、寂しい夜寒を一人で凌いだのである。傍には骨の太い、がっしりした行灯がある。灯心に花が咲いて薄暗くなった、橙黄色の火が、黎明の窓の明りと、等分に部屋を領している。夜具はもう夜具葛籠にしまってある。

障子の外に人のけはいがした。「申し。お宅から急用のお手紙が参りました。」

「お前は誰だい。」

「お表の小使(7)でございます。」

三右衛門は内から障子をあけた。手紙を持って来たのは、名は知らぬが、見識った顔の小使で、二十になるかならぬの若者である。

受け取った封書を持って、行灯の前にすわった三右衛門は、先ず灯心の花を落して掻き立てた。そして懐から鼻紙袋を出して、その中の眼鏡を取って懸けた。さて上書[8]を改めたが、倅宇平[9]の手でもなければ、女房の手でもない。ちょいと首を傾けたが、宛名には相違がないので、兎に角封を切った。手紙を引き出して披き掛けて、三右衛門は驚いた。中は白紙である。

はっと思ったとたんに、頭を強く打たれた。また驚く間もなく、白紙の上に血がたらたらと落ちた。背後から一刀浴せられたのである。

夜具葛籠の前に置いてあった脇差を、手探りに取ろうとする所へ、もう二の太刀を打ち卸して来る。無意識に右の手を挙げて受ける。手首がばったり切り落された。起ち上がって、左の手でむなぐらに摑み着いた。

相手は存外卑怯な奴であった。むなぐらを振り放し科に、持っていた白刃を三右衛門に投げ付けて、廊下へ逃げ出した。

三右衛門は思慮の遑もなく跡を追った。中の口[10]まで出たが、もう相手の行方が知れない。痛手を負った老人の足は、壮年の癖者に及ばなかったのである。

三右衛門は灼けるような痛を頭と手とに覚えて、眩暈が萌して来た。それでも自分で自分を励まして、金部屋へ引き返して、何より先に金箱の錠前を改めた。なんの異状もない。「先ず好かった」と思った時、眩暈が強く起ったので、左の手で夜具葛籠を引き寄せて、それに靠り掛かった。そして深い緩い息を衝いていた。

物音を聞き附けて、最初に駆け附けたのは、泊番の徒目附(11)であった。次いで目附が来る。大目附(12)が来る。本締(13)が来る。医師を呼びに遣る。三右衛門の妻子のいる蠣殻町の中邸(14)へ使が走って行く。

三右衛門は精神が慥で、役人等に問われて、はっきりした返事をした。自分には意趣遺恨を受ける覚は無い。白紙の手紙を持って来て切って掛かった男は、顔を知って名を知らぬ表小使である。多分金銀に望を繋けたものであろう。家督相続の事を宜しく頼む。敵を討ってくれるように、倅に言って貰いたいと云うのである。その間三右衛門は「残念だ、残念だ」と度々繰り返して云った。

現場に落ちていた刀は、二、三日前作事(15)の方に勤めていた五瀬某が、詰所に掛けて置いたのを盗まれた品であった。門番を調べて見れば、卯刻過に表小使亀蔵(16)と云うものが、急用のお使だと云って通用門を出たと云うことである。亀蔵は神田久右衛門町代地(17)の仲間(18)口入宿(19)富士屋治三郎が入れた男で、二十歳になる。下請宿(20)は若狭屋亀吉である。表小使亀蔵が部屋を改めて見れば、山本の外四人の金部屋役人に、それぞれ宛てた封書があって、中は皆白紙である。

察するに亀蔵は、早晩泊番の中の誰かを殺して金を盗もうと、兼て謀っていたのであろう。奥羽その外の凶歉のために、江戸は物価の騰貴した年なので、心得違のものが出来たのであろうと云うことになった。天保四年は小売米百文に五合五勺になった、天明以後の飢饉年である。

医師が来て、三右衛門に手当をした。

親族が駆け附けた。蠣殻町の中邸から来たのは、三右衛門の女房と、倅宇平とである。宇平は十九歳になっている。宇平の姉りよ(21)は細川長門守興建(22)の奥に勤めていたので、豊島町(23)の細川邸から来た。当年二十二歳である。三右衛門の女房は後添で、りよと宇平とのためには継母である。この外にまだ三右衛門の妹で、小倉新田(24)の城主小笠原備後守貞謙(25)の家来原田某の妻になって、麻布日が窪(26)の小笠原邸にいるのがあるが、それは間に合わないで、酒井邸には来なかった。

三右衛門は医師が余り物を言わぬが好いと云うのに構わず、女房子供にも、役人に言ったと同じ事を繰り返して言って聞せた。

蠣殻町の住いは手狭で、介抱が行き届くまいと言うので、浜町添邸(27)の神戸某方で、三右衛門を引き取るように沙汰せられた。これは山本家の遠い親戚である。妻子はそこへ附き添って往った。そのうちに原田の女房も来た。

神戸方で三右衛門は二十七日の寅の刻(28)に絶命した。

その日の酉の下刻(29)に、上邸から見分に来た。徒目附、小人目附(30)等に、手附(31)が附いて来たのである。見分の役人は三右衛門の女房、倅宇平、娘りよの口書(32)を取った。

役人の復命に依って、酒井家から沙汰があった。三右衛門が重手を負いながら、癖者を中の口まで追って出たのは、「平生の心得方宜に附、格式相当の葬儀可取行」と云うのである。三右衛門の創を受けた現場にあった、癖者の刀は、役人の手で元の持主五瀬某に見せられた。

二十八日に三右衛門の遺骸は、山本家の菩提所浅草堂前の遍立寺(33)に葬られた。葬を出す前に、神戸方で三右衛門が遭難当時に持っていた物の始末をした時、大小(34)も当然倅宇平が持って帰る筈であったが、娘りよは切に請うて脇差を譲り受けた。そして宇平がそれを承諾すると、泣き腫らしていた、りよの目が、刹那の間喜にかがやいた。

侍が親を殺害せられた場合には、敵討(35)をしなくてはならない。まして三右衛門が遺族に取っては、その敵討が故人の遺言になっている。そこで親族打ち寄って、度々評議を凝らした末、翌天保五年甲午の歳の正月中旬に、表向敵討の願(36)をした。

評議の席で一番熱心に復讐がしたいと言い続けて、成功を急いで気を苛ったのは宇平であった。色の蒼い、瘠せた、骨細の若者ではあるが、病身ではない。姉のりよは始終黙って人の話を聞いていたが、願書に自分の名を書き入れて貰うことだけは、きっと居直って要求した。りよは十人並の容貌で、筋肉の引き締まった小女である。未亡人は頭痛持でこんな席へは稀にしか出て来ぬが、出て来ると、もし返討などに逢いはすまいかと云う心配ばかりして、果はどうしてこんな災難に遇ったことかと繰り返してくどくのであった。日が窪から来る原田夫婦や、未亡人の実弟桜井須磨右衛門は、いつもそれを慰めようとして骨を折った。

しかるにここに親戚一同がひどく頼みに思っている男が一人ある。この男は本国姫路にいるので、こう云う席には列することが出来なかったが、訃音に接するや否や、弔慰の状をよこして、敵討にはきっと助太刀をすると誓ったのである。姫路ではこの男は家老本多意気揚に仕えている。名は山本九郎右衛門と云って当年四十五歳になる。亡くなった三右衛門がためには、九つ違の実弟である。

九郎右衛門は兄の訃音を得た時、すぐに主人意気揚に願書を出した。甥、女姪が敵討をするから、自分は留守を倅健蔵に委せて置いて、助太刀に出たいと云うのである。主人本多意気揚は徳川家康が酒井家に附けた意気揚の子孫で、武士道に心入の深い人なので、すぐに九郎右衛門の願を聞き届けた。江戸ではまだ敵討の願を出したばかりで、上からそんな沙汰もないうちに、九郎右衛門は意気揚から拵附の刀一腰と、手当金二十両とを貰って、姫路を立った。それが正月二十三日の事である。

二月五日に九郎右衛門は江戸蠣殻町の中邸にある山本宇平が宅に着いた。宇平を始、細川家から暇を取って帰っていた姉のりよが喜は譬えようがない。沈着で口数をきかぬ、筋骨逞しい叔父を見たばかりで、姉も弟も安堵の思をしたのである。

「まだこっちではお許は出んかい」と、九郎右衛門は宇平に問うた。

「はい。まだなんの御沙汰もございません。お役人方に伺いましたが、多分忌中だから御沙汰がないのだろうと申すことで。」

九郎右衛門は眉間に皺を寄せた。暫くして、「大きい車は廻りが遅いのう」と云った。

それから九郎右衛門は、旅の支度が出来たかと問うた。いずれお許が出てからと、宇平が云った。叔父の眉間にはまた皺が寄った。しかし今度は長い間なんとも言わなかった。外の話を色々した後で、叔父は思い出したように云った。「あの支度はのう、先へして置いても好いぞよ。」

六日には九郎右衛門が兄の墓参をした。七日には浜町の神戸方へ、兄が末期に世話になった礼に往った。西北の風の強い日で、丁度九郎右衛門が神戸の家にいるうちに、神田から火事が始まった。歴史に残っている午年の大火(40)である。未の刻に佐久間町二丁目の琴三味線師の家から出火して、日本橋方面へ焼けひろがり、翌朝卯の刻まで焼けた。「八つ時分三味線屋からことを出し火の手がちりてとんだ大火事」と云う落首(41)があった。浜町も蠣殻町も風下で、火の手は三つに分かれて焼けて来るのを見て、神戸の内は人手も多いからと云って、九郎右衛門は蠣殻町へ飛んで帰った。

山本の内では九郎右衛門が指図をして、荷物は残らず出させたが、申の下刻には中邸一面が火になって、山本も焼けた。

りよは火事が始まるとすぐ、旧主人の細川家の邸をさして駆けて行ったが、もう豊島町は火になっていた。「あぶないあぶない」「姉さん火の中へ逃げちゃあいけねえ」などと云うものがある。とうとう避難者や弥次馬共の間に挟まれて、身動もならぬようになる。頭の上へは火の子がばらばら落ちて来る。りよは涙ぐんで亀井町の手前から引き返してしまった。内へはもう叔父が浜町から帰って、荷物を片附けていた。

浜町も矢の倉に近い方は大部分焼けたが、幸に酒井家の添邸は焼け残った。神戸家へ重々世話になるのは気の毒だと云うので、宇平一家は矢張遠い親戚に当る、添邸の山本平作方へ、八日の辰の刻過に避難した。

三右衛門が遺族は山本平作方の部屋を借りて、夢の中で夢を見るような心持になって、ぼんやりしている。未亡人は頭痛が起って寝た切である。宇平は腕組をして何やら考え込む。ただりよ一人平作の家族に気兼をしながら、甲斐々々しく立ち働いていたが、午頃になって細川の奥方の立退所が知れたので、すぐに見舞に往った。

晩にりよが帰ると九郎右衛門が云った。「おい。もう当分我々は家なんぞはいらんが、若殿が旅に出て風を引かぬように、支度だけはして遣らんではならんぞ。」叔父は宇平を若殿々々と呼んで揶揄っているのである。

「はい」と云ったりよは、その晩から宇平の衣類に手を着けた。

九日にはりよが旅支度にいる物を買いに出た。九郎右衛門が書附にして渡したのである。きょうは風が南に変って、珍らしく暖いと思っていると、酉の上刻にまた檜物町から出火した。おとつい焼け残った町家が、またこの火事で焼けた。

十日にはまた寒い西北の風が強く吹いていると、正午に大名小路(42)の松平伯耆守宗発(43)の上邸から出火して、京橋方面から芝口へ掛けて焼けた。

続いて十一日にも十二日にも火事(44)がある。物価の高いのに、災難が引き続いてあるので、江戸中人心恟々(45)としている。山本方で商人に注文した、少しばかりの品物にも、思い掛けぬ手違が出来て、りよが幾ら気を揉んでも、支度がなかなかはかどらない。

ある日九郎右衛門は烟草を飲みながら、りよの裁縫するのを見ていたが、不審らしい顔をして、烟管を下に置いた。「なんだい。そんなちっぽけな物を拵えたって、しようがないじゃないか。若殿はのっぽでお出になるからなあ。」

りよは顔を赤くした。「あの、これはわたくしので。」縫っているのは女の脚絆甲掛(46)である。

「なんだと。」叔父は目を大きく瞬った。「お前も武者修行に出るのかい。」

「はい」と云ったが、りよは縫物の手を停めない。

「ふん」と云って、叔父は良久しく女姪の顔を見ていた。そしてこう云った。「そいつは駄目だ。お前のような可哀らしい女の子を連れて、どこまで往くか分からん旅が出来るものか。敵にはどこで出逢うか、何年立って出逢うか、まるで当がないのだ。己と宇平とはただそれを捜しに行くのだ。見附かってからお前に知らせれば好いじゃないか。」

「仰ゃる通、どこでお逢になるか知れませんのに、きっと江戸へお知らせになることが出来ましょうか。それに江戸から参るのを、きっとお待になることが出来ましょうか。」罪のないような、狡猾らしいような、くりくりした目で、微笑を帯びて、叔父の顔をじっと見た。

叔父は少からず狼狽した。「なる程。それは時と場合とに依る事で、わしもきっととは云い兼ねる。出来る事なら、どうにでもしてお前をその場へ呼んで遣るのだ。万一間に合わぬ事があったら、それはお前が女に生れた不肖(47)だと、諦めてくれるより外ない。」

「それ御覧遊ばせ。わたくしはどうしてもその万一の事のないようにいたしとうございます。女は連れて行かれぬと仰ゃるなら、わたくしは尼になって参ります。」

「まあ、そう云うな。尼も女じゃからのう。」

りよは涙を縫物の上に落して、黙っている。叔父は一面詞を尽して慰めたが、一面女は連れて行かぬと、きっぱり言い渡した。りよは涙を拭いて、縫いさした脚絆をそっと側にあった風炉敷包の中にしまった。

酒井忠実は月番老中(48)大久保加賀守忠真(49)と三奉行(50)とに届済の上で、二月二十六日附を以て、宇平、りよ、九郎右衛門の三人に宛てた、大目附(51)連署の証文を渡して、敵討を許した。「早々本意を達し可立帰、若又敵人死候はば、慥なる証拠を以可申立」と云う沙汰である。三人には手当が出る。留守へは扶持(52)が下がる。りよはお許は出ても、敵を捜しには旅立たぬことになって見れば、これで未亡人とりよとの、江戸での居所さえ極めて置けば、九郎右衛門、宇平の二人は出立することが出来るのである。

りよは小笠原邸の原田夫婦が一先引き取ることになった。病身な未亡人は願済の上で、里方桜井須磨右衛門の家で保養することになった。

さていよいよ九郎右衛門、宇平の二人が門出をしようとしたが、二人共敵の顔を識らない。人相書だけをたよりにするのは、いかにも心細いので、口入宿の富士屋や、請宿の若狭屋へ往って、色々問い質したが、これと云う事実も聞き出されない。それに容貌が分からぬばかりでなく、生国も紀州だとは云っているが、確としたことは分からぬらしい。ただ酒井家に奉公する前には、上州高崎にいたことがあると云うだけである。

その時山本平作方へ突然尋ねて来た男がある。この男は近江国浅井郡の産で、少い時に江戸に出て、諸家に仲間奉公をしているうちに、丁度亀蔵と一しょに酒井家の表小使をして、三右衛門には世話になったこともあるので、もしお役に立つようなら、幸今は酒井家から暇を取っているから、敵の見識人として附いて行っても好いと云うのである。名は文吉(53)と云って、四十二歳になる。体は丈夫で、渡者(54)の仲間には珍らしい、実直なものだと云うことが、一目見て分かった。

九郎右衛門が会って話をして見て、すぐに宇平の家来に召し抱えることにした。

九郎右衛門、宇平、文吉の三人は二十九日に菩提所遍立寺から出立することに極めて、前日に浜町の山本平作方を引き払って、寺へ往った。そこへは病気のまだ好くならぬ未亡人の外、りよを始、親戚一同が集まって来て、先ず墓参をして、それから離別の盃を酌み交した。住持はその席へ蕎麦を出して、「これは手討のらん切(55)でございます」と、茶番めいた口上を言った。親戚は笑い興じて、ただ一人打ち萎れているりよを促し立てて帰った。

寺に一夜寝て、二十九日の朝三人は旅に立った。文吉は荷物を負って一歩跡を附いて行く。亀蔵が奉公前にいたと云うのをたよりにして、最初上野国高崎をさして往くのである。

九郎右衛門も宇平も文吉も、高崎をさして往くのに、亀蔵が高崎にいそうだと云う気にはなっていない。どこをさして往こうと云う見当が附かぬので、先ず高崎へでも往って見ようと思うに過ぎない。亀蔵と云う、無頼漢とも云えば云われる、住所不定の男のありかを、日本国中で捜そうとするのは、米倉の中の米粒一つを捜すようなものである。どの俵に手を着けて好いか分からない。しかしそれ程の覚束ない事が、一方から見れば、是非共為遂げなくてはならぬ事である。そこで一行は先ず高崎と云う俵をほどいて見ることにした。

高崎では踪跡が知れぬので、前橋へ出た。ここには榎町の政淳寺(56)に山本家の先祖の墓がある。九郎右衛門等はそれに参って成功を祈った。そこから藤岡に出て、五、六日いた。そこから武蔵国の境を越して、児玉村(57)に三日いた。三峯山(58)に登っては、三峯権現に祈願を籠めた。八王子を経て、甲斐国に入って、郡内(59)、甲府を二日に廻って、身延山へ参詣した。信濃国では、上諏訪から和田峠(60)を越えて、上田の善光寺に参った。越後国では、高田を三日、今町(61)を二日、柏崎、長岡を一日、三条、新潟を四日で廻った。そこから加賀街道(62)に転じて、越中国に入って、富山に三日いた。この辺は凶年の影響を蒙ることが甚しくて、一行は麦に芋大根を切り交ぜた飯を食って、農家の土間に筵を敷いて寝た。飛騨国では高山に二日、美濃国では金山(63)に一日いて、木曽路を太田に出た。尾張国では、犬山に一日、名古屋に四日いて、東海道を宮(64)に出て、佐屋(65)を経て伊勢国に入り、桑名、四日市、津を廻り、松坂(66)に三日いた。

一行が二日以上泊るのは、稀に一日の草臥休をすることもあるが、大抵何か手掛りがありそうに思われるので、特別捜索をするのである。松坂では殿町(67)に目代(68)岩橋某と云うものがいて、九郎右衛門等の言うことを親切に聞き取って、綿密な調べをしてくれた。その調べ上げた事実を言って聞せられた時は、一行は暗中に灯火を認めたような気がしたのである。

松坂に深野屋佐兵衛と云う大商人がある。そこへは紀伊国熊野浦長島外町(69)の漁師定右衛門と云うものが毎日魚を送ってよこす。その縁で佐兵衛は定右衛門一家と心安くなっている。しかるに定右衛門の長男亀蔵は若い時江戸へ出て、音信不通になったので、二男定助一人をたよりにしている。その亀蔵が今年正月二十一日に、襤褸を身に纏って深野屋へ尋ねて来た。佐兵衛は「お前のような不孝者を、親父様に知らせずに留めて置く事は出来ぬ」と云った。亀蔵はすごすご深野屋の店を立ち去ったが、それを見たものが、「あれは紀州の亀蔵と云う男で、なんでも江戸で悪い事をして、逃げて来たのだろう」と評判した。

後に深野屋へ聞えた所に依ると、亀蔵は正月二十四日に、熊野仁郷村(70)にいるははかたの小父林助の家に来て、置いてくれと頼んだが、林助は貧乏していて、人を置くことが出来ぬと云って、勧めて父定右衛門が許へ遣った。知人にたよろうとし、それが愜わぬ段になって、始めて親戚をおとずれ、親戚にことわられて、亀蔵はようよう親許へ帰る気になったらしい。定右衛門の家には二十八日に帰った。

二月中旬に亀蔵は江戸で悪い事をして帰ったのだろうと云う噂が、松坂から定右衛門の方へ聞えた。定右衛門が何をしたかと問うた時、亀蔵は目上の人に創を負わせたと云った。そこで定右衛門と林助とで、亀蔵を坊主にして、高野山に登らせることにした。二人が剃髪した亀蔵を三浦坂(71)まで送って別れたのが二月十九日の事である。亀蔵はその時茶の弁慶縞(72)の木綿綿入を着て、木綿帯を締め、藍の股引を穿いて、脚絆を当てていた。懐中には一両持っていた。

亀蔵は二十二日に高野領清水村(73)の又兵衛と云うものの家に泊って、翌二十三日も雨が降ったので滞留した。そして二十四日に高野山に登った。山で逢ったものもある。二十六日の夕方には、下山して橋本(74)にいたのを人が見た。それからは行方不明になっている。多分四国へでも渡ったかと云うことである。

松坂の目代にこの顛末を聞いた時、この坊主になった定右衛門の倅亀蔵が敵だと云うことに疑を挟むものは、主従三人の中に一人もなかった。宇平はすぐに四国へ尋ねに往こうと云った。しかし九郎右衛門がそれを止めて、四国へ渡ったかも知れぬと云うのは、根拠のない推量である、四国へもいずれ往くとして、先ず手近な土地から捜すが好いと云った。

一行は松坂を立って、武運を祈るために参宮[75]した。それから関[76]を経て、東海道を摂津国大阪に出て、ここに二十三日を費した。その間に松坂から便があって、紀州の定右衛門が倅の行末を心配して、気病で亡くなったと云う事を聞いた。それから西宮、兵庫を経て、播磨国に入り、明石から本国姫路に出て、魚町[77]の旅宿に三日いた。九郎右衛門は倅の家があっても、本意を遂げるまでは立ち寄らぬのである。それから備前国に入り、岡山を経て、下山[78]から六月十六日の夜舟に乗って、いよいよ四国へ渡った。松坂以来九郎右衛門の捜索方鍼に対して、やや不満らしい気色を見せながら、詰まりは意志の堅固な、機嫌に浮沈のない叔父に威圧せられて、附いて歩いていた宇平が、この時急に活気を生じて、船中で夜の更けるまで話し続けた。

十六日の朝舟は讃岐国丸亀に着いた。文吉に松尾[79]を尋ねさせて置いて、二人は象頭山[80]へ祈願に登った。すると参籠人が丸亀で一癖ありげな、他所者の若い僧を見たと云う話をした。宇平はもう敵を見附けたような気になって、亥の刻に山を下った。丸亀に帰って、文吉を松尾から呼んで僧を見させたが、それは別人であった。

伊予国の銅山は諸国の悪者の集まる所だと聞いて、一行は銅山を二日捜した。それから西条に二日、小春[81]今治に二日いて、松山から道後の温泉に出た。ここへ来るまでに、暑を侵して旅行をした宇平は留飲疝痛[82]に悩み、文吉も下痢して、食事が進まぬので、湯町で五十日の間保養した。大分体が好くなったと云って、中大洲[83]を二日捜して、八幡浜に出ると、病後を押して歩いた宇平が、力抜け[84]がして煩った。そこで五日間滞留して、ようよう九州行の舟に乗ることが出来た。四国の旅は空しく過ぎたのである。

舟は豊後国佐賀関[85]に着いた。鶴崎[86]を経て、肥後国に入り、阿蘇山の阿蘇神宮、熊本の清正公[87]へ祈願に参って、熊本と高橋[88]とを三日宛捜して、舟で肥前国島原に渡った。そこに二日いて、長崎へ出た。長崎で三日目に、敵らしい僧を島原で見たと云う話を聞いて、引き返してまた島原を五日尋ねた。それから熊本を更に三日、宇土を二日、八代[89]を一日、南工宿を二日尋ねて、再び舟で肥前国温泉嶽[90]の下の港へ渡った。すると長崎から来た人の話に、敵らしい僧の長崎にいることを聞いた。長崎上筑後町の一向宗の寺に、勧善寺[91]と云うのがある。そこへ二十歳前後の若い僧が来て、棒を指南[92]していると云うのである。一行はまた長崎行の舟に乗った。

長崎に着いたのは十一月八日の朝である。舟引地町(93)の紙屋と云う家に泊って、町年寄(94)福田某に尋人の事を頼んだ。ここで聞けば、勧善寺の客僧(95)はいよいよ敵らしく思われる。それは紀州産のもので、何か人目を憚るわけがあると云って、門外不出で暮していると云うのである。親切な町年寄は、もし取り逃がしてはならぬと云って、盗賊方(96)二人を同行させることにした。町で剣術師範をしている小川某と云うものも、町年寄の話を聞いて、是非その場に立ち会って、場合に依っては助太刀がしたいと申し込んだ。

九郎右衛門、宇平の二人は、大村家(97)の侍で棒の修行を懇望するものだと云って、勧善寺に弟子入の事を言い入れた。客僧は承引して、あすの巳の刻に面会しようと云った。二人は喜び勇んで、文吉を連れて寺に往く。小川と盗賊方の二人とは跡に続く。さて文吉に合図を教えて客僧に面会して見ると、似も寄らぬ人であった。ようようその場を取り繕って寺を出たが、皆忌々しがる中に、宇平は殊に落胆した。

一行は福田、小川等に礼を言って長崎を立って、大村に五日いて佐賀へ出た。この時九郎右衛門が足痛を起して、杖を衝いて歩くようになった。筑後国では久留米を五日尋ねた。筑前国では先ず太宰府天満宮に参詣して祈願を籠め、博多、福岡に二日いて、豊前国小倉から舟に乗って九州を離れた。

長門国下関に舟で渡ったのが十二月六日であった。雪は降って来る。九郎右衛門の足痛は次第に重るばかりである。とうとう宇平と文吉とで勧めて、九郎右衛門を一旦姫路へ帰すことにした。九郎右衛門は渋りながら下関から舟に乗って、十二月十二日の朝播磨国室津(98)に着いた。そしてその日のうちに姫路の城下平の町(99)の稲田屋に這入った。本意を遂げるまでは、飽くまでも旅中の心得でいて、倅の宅には帰らぬのである。

宇平は九郎右衛門を送って置いて、十二月十日に文吉を連れて下関を立った。それから周防国宮市(100)に二日いて、室積(101)を経て、岩国の錦帯橋へ出た。そこを三日捜して、舟で安芸国宮島へ渡った。広島に八日いて、備後国に入り、尾の道、鞆に十七日、福山に二日いた。それから備前国岡山を経て、九郎右衛門の見舞 旁 姫路に立ち寄った。

宇平、文吉が姫路の稲田屋で九郎右衛門と再会したのは、天保六年乙未の歳正月二十日であった。丁度その時広岸山(102)の神主谷口某と云うものが、怪しい非人(103)の事を知らせてくれたので、九郎右衛門が文吉を見せに遣った。非人は石見(104)産だと云っていた。人に怪まれるのは脇差を持っていたからであった。しかし敵ではなかった。

九郎右衛門の足はまだなかなか直らぬので、宇平は二月二日に文吉を連れて姫路を立って、五日に大阪に着いた。宿は阿波座おくい町(105)の摂津国屋である。しかるに九郎右衛門は二人を立たせてから間もなく、足が好くなって、十四日には姫路を立って、明石から舟に乗って、大阪へ追い掛けて往った。

三人は摂津国屋に泊って、所々を尋ね廻るうちに、路銀が尽きそうになった。そこで宿屋の主人の世話で、九郎右衛門は按摩になり、文吉は淡島(106)の神主になった。按摩になったのは、柔術の心得があるから、按摩の出来ぬ筈はないと云うのであった。淡島の神主と云うのは、神社で神に仕えるものではない。胸に小さい宮を懸けて、それに紅で縫った括猿(107)などを吊り下げ、手に鈴を振って歩く乞食である。

その時九郎右衛門、宇平の二人は文吉に暇を遣ろうとして、こう云った。(108)これまでも我々はただお前と寝食を共にすると云うだけで、給料と云うものも遣らず、名のみ家来にしていたのに、お前は好く辛抱して勤めてくれた。しかしもう日本全国をあらかた遍歴して見たが、敵はなかなか見附からない。この按排では我々が本意を遂げるのは、いつの事か分らない。事によったらこのまま恨を呑んで道路にのたれ死をするかも知れない。お前はこれまで詞で述べられぬ程の親切を尽してくれたのだから、どうもこの上一しょにいてくれとは云い兼ねる。勿論敵の面体を見識らぬ我々は、お前に別れては困るに違ないが、最早是非に及ばない。ただ運を天に任せて、名告り合う日を待つより外はない。お前は忠実この上もない人であるから、これから主取[109]をしたら、どんな立身も出来よう。どうぞここで別れてくれと云うのであった。

九郎右衛門は兼て宇平に相談して置いて、文吉を呼んでこの申渡をした。宇平は側で腕組をして聞いていたが、涙は頰を伝って流れていた。

黙って衝っ伏して聞いていた文吉は、詞の切れるのを待って、頭を擡げた。瞬った目は異様に赫いている。そして一声「檀那、それは違います」と叫んだ。心は激して詞はしどろであったが、文吉は大凡こんなことを言った。この度の奉公は当前の奉公ではない。敵討の供に立つからは、命はないものである。お二人が首尾好く本意を遂げられれば好し、万一敵に多勢の悪者でも荷担して、返討にでも逢われれば、一しょに討たれるか、その場を逃れて、二重の仇を討つかの二つより外ない。足腰の立つ間は、よしやお暇が出ても、影の形に添うように離れぬと云うのであった。

流石の九郎右衛門も詞の返しようがなかった。宇平は蘇った思をした。

それからは三人が摂津国屋を出て、木賃宿[110]に起臥することになった。もうどこをさして往って見ようと云う所もないので、ただ已むに勝る位の考で、神仏の加護を念じながら、日ごとに市中を徘徊していた。

そのうち大阪に咳逆[111]が流行して、木賃宿も咳をする人だらけになった。三月の初に宇平と文吉とが感染して、熱を出して寝た。九郎右衛門は自分の貰った銭で、三人が一口宛でも粥を啜るようにしていた。四月の初に二人が本復すると、こん度は九郎右衛門が寝た。体は巌畳でも、年を取っているので、容体が二人より悪い。人の好い医者を頼んで見て貰うと、傷寒[112]だと云った。それは熱が高いので、譫言に「こら待て」だの「逃がすものか」だのと叫んだからである。

木賃宿の主人が迷惑がるのを、文吉が宥め賺して、病人を介抱しているうちに、病附の急劇であったわりに、九郎右衛門の強い体は少い日数で病気に打ち勝った。

九郎右衛門の恢復したのを、文吉は喜んだが、ここに今一つの心配が出来た。それは不断から機嫌の変り易い宇平が、病後に際立って精神の変調を呈して来たことである。

　宇平は常はおとなしい性(たち)である。それにどこか世馴(よな)れぬぼんやりした所があるので、九郎右衛門は若殿(わかとの)と綽号(あだな)を附けていた。しかしこの若者は柔(やわら)かい草葉の風に靡(なび)くように、何事にも強く感動する。そんな時には常蒼(つねあお)い顔に紅(くれない)が潮(ちょう)して来て、別人のように能弁(のうべん)になる。それが過ぎると反動が来て、沈鬱(ちんうつ)になって頭を低(た)れ手を拱(こまぬ)いて黙っている。

　宇平がこの性質には、叔父も文吉も慣れていたが、今の様子はそれとも変って来ているのである。朝夕(ちょうせき)平穏な時がなくなって、始終興奮している。苛々(いらいら)したような起居(たちい)振舞(ふるまい)をする。それにいつものような発揚(はつよう)の状態になって、饒舌(おしゃべり)をすることは絶(た)えて無い。むしろ沈黙勝(がち)だと云っても好い。ただ興奮しているために、瑣細(ささい)な事にも腹を立てる。また何事もないと、わざわざ人を挑(いど)んで詞尻(ことばじり)を取って、怒(いかり)の動機を作る。さて怒が生じたところで、それをあらわに発動させずに、口小言(くちこごと)を言って拗(す)ねている。

　こう云う状態が二、三日続いた時、文吉は九郎右衛門に言った。「若檀那(わかだんな)の御様子はどうも変じゃございませんか。」文吉は宇平の事を、いつか若檀那(わかだんな)と云うことになっていた。

　九郎右衛門は気にも掛けぬらしく笑って云った。「若殿か。あの御機嫌の悪いのは、旨(うま)い物でも食わせると直るのだ。」

九郎右衛門のこう云ったのも無理はない。三人は日ごとに顔を見合っていて気が附かぬが、困窮と病痾(113)と羇旅との三つの苦艱を嘗め尽して、どれもどれも江戸を立った日の俤はなくなっているのである。

文吉がこの話をした翌日の朝であった。相宿のものがそれぞれ稼に出た跡で、宇平は九郎右衛門の前に膝を進めて、何か言い出しそうにしてまた黙ってしまった。

「どうしたのだい」と叔父が云った。

「実は少し考えた事があるのです。」

「なんでも好いから、そう云え。」

「おじさん。あなたはいつ敵に逢えると思っていますか。」

「それはお前にも分かるまいが、己にも分からんのう。」

「そうでしょう。蜘蛛は網を張って虫の掛かるのを待っています。あれはどの虫でも好いのだから、平気で待っているのです。もし一匹の極まった虫を取ろうとするのだと、蜘蛛の網は役に立ちますまい。わたしはこうして僥倖を当にしていつまでも待つのが厭になりました。」

「随分己もお前も方々歩いて見たじゃないか。」

「ええ。それは歩くには歩きましたが」と云い掛けて、宇平は黙った。

「はてな。歩くには歩いたが、何が悪かったと云うのか。構わんから言え。」

宇平は矢張黙って、叔父の顔をじっと見ていたが、暫くして云った。「おじさん。わたし共は随分歩くには歩きました。しかし歩いたってこれは見附からないのが当前かも知れません。じっとして網を張っていたって、来て掛かりっこはありませんが、歩いていたって、打っ附からないかも知れません。それを先へ先へと考えて見ますと、どうも妙です。わたしは変な心持がしてなりません。」宇平はまた膝を進めた。「おじさん。あなたはどうしてそんな平気な様子をしていられるのです。」

宇平のこの詞を、叔父は非常な注意の集中を以て聞いていた。「そうか。そう思うのか。よく聴けよ。それは武運が拙くて、神にも仏にも見放されたら、お前の云う通だろう。人間はそうしたものではない。腰が起てば歩いて捜す。病気になれば寝ていて待つ。神仏の加護があれば敵にはいつか逢われる。歩いて行き合うかも知れぬが、寝ている所へ来るかも知れぬ。」

宇平の口角には微かな、嘲るような微笑が閃いた。「おじさん。あなたは神や仏が本当に助けてくれるものだと思っていますか。」

九郎右衛門は物に動ぜぬ男なのに、これを聞いた時には一種の気味悪さを感じた。

「うん。それは分からん。分からんのが神仏だ。」

宇平の態度は不思議に恬然(114)としていて、いつもの興奮の状態とは違っている。「そうでしょう。神仏は分からぬものです。実はわたしはもう今までしたような事を罷めて、わたしの勝手にしようかと思っています。」

九郎右衛門の目は大きく開いて、眉が高く挙がったが、見る見る蒼ざめた顔に血が升って、拳が固く握られた。

「ふん。そんなら敵討は罷にするのか。」

宇平は軽く微笑んだ。おこったことのない叔父をおこらせたのに満足したらしい。

「そうじゃありません。亀蔵は憎い奴ですから、もし出合ったら、ひどい目に逢わせて遣ります。だが捜すのも待つのも駄目ですから、出合うまではあいつの事なんか考えずにいます。わたしは晴がましい敵討をしようとは思いませんから、助太刀もいりません。敵が知れれば知れる時知れるのですから、見識人もいりません。文吉はこれからあなたの家来にしてお使下さいまし。わたしは近い内にお暇をいたす積です。」

九郎右衛門が怒は発するや否や忽ち解けて、宇平のこの詞を聞いている間に、いつもの優しいおじさんになっていた。ただ何事をも強いて笑談に取りなす癖のおじが、珍らしく生真面目になっていただけである。

宇平が席を起って、木賃宿の縁側を降りる時、叔父は「おい、待て」と声を掛けたが、宇平の姿はもう見えなかった。しかし宇平がこれ切いなくなろうとは、叔父は思わなかった。

夕方に文吉が帰ったので、九郎右衛門は近所へ往って宇平を尋ねて来いと云った。宇平は折々町の若い者の象棋をさしている所などへ往った。最初は敵の手掛りを聞き出そうとして、雑談に耳を傾けていたのだが、後にはただ何となしにそこで話していたのである。文吉はそう云う家を尋ねた。しかしどこにもいなかった。その晩には遅くなるまで九郎右衛門が起きていて、宇平の帰るのを待ったが、とうとう帰らなかった。

文吉は宇平を尋ねて歩いた序に、ふと玉造豊空稲荷の霊験の話を聞いた。どこの誰の親の病気が直ったとか、どこの誰は迷子の居所を知らせて貰ったとか、若い者共が評判し合っていたのである。文吉は九郎右衛門にことわって、翌日行水して身を潔めて、玉造をさして出て行った。敵のありかと宇平の行方とを伺って見ようと思ったのである。

稲荷の社の前に来て見れば、大勢の人が出入している。数えられぬ程多く立ててある、赤い鳥居が重なり合っていて、群集はその赤い祠の中で蠢いているのである。外廻りには茶店が出来ている。汁粉屋がある。甘酒屋がある。赤い祠の両側には見せ物小屋やらおもちゃ店やらが出来ている。祠を潜って社に這入ると、神主がお初穂と云って金を受け取って、番号札をわたす。伺を立てる人をその番号順に呼び入れるのである。

文吉は持っていただけの銭を皆お初穂に上げた。しかし順番がなかなか来ぬので、とうとう日の暮れるまで待った。何も食わずに、腹が耗ったとも思わずにいたのである。暮六つが鳴ると、神主が出て「残りの番号の方は明朝お出なさい」と云った。

次の日には未明に文吉が社へ往った。番号順は文吉より前なのに、まだ来ておらぬ人があったので、文吉は思ったより早く呼び出された。文吉が沙に額を埋めて拝みながら待っていると、これも思ったより早く、神主が出て御託宣[115]を取り次いだ。「初の尋人は春頃から東国の繁華な土地にいる。後の尋人の事は御託宣が無い」と云った。

文吉は玉造から急いで帰って、御託宣を九郎右衛門に話した。

九郎右衛門はそれを聞いて云った。「そうか。東国の繁華な土地と云えば江戸だが、いかに亀蔵が横着でも、うかと江戸には戻っていまい。成程我々が敵討に余所へ出たと云うことは、噂に聞いたかも知れぬが、それにしても外の親類も気を附けているのだから、どうも江戸に戻っていそうにない。お前は神主に一杯食わされたのじゃないか。後の尋人が知れぬと云うのも、お初穂がもう一度貰いたいのかも知れん。」

文吉はひどく勿体ながって、九郎右衛門の詞を遮るようにして、どうぞそう云わずに御託宣を信ずる気になって貰いたいと頼んだ。

九郎右衛門は云った。「いや。己は稲荷様を疑いはせぬ。ただどうも江戸ではなさそうに思うのだ。」

こう云っている所へ、木賃宿の亭主が来た。今家主(116)の所へ呼ばれて江戸から来た手紙を貰ったら、山本様へのお手紙であったと云って、一封の書状を出した。九郎右衛門が手に受け取って、「山本宇平殿、同　九郎右衛門殿、桜井須磨右衛門、平安」と読んだ時、木賃宿でも主従の礼儀を守る文吉ではあるが、兼て聞き知っていた後室(117)の里からの手紙は、なんの用事かと気が急いて、九郎右衛門が抜く手紙の上に、乗り出すようにせずにはいられなかった。

敵討の一行が立った跡で、故人三右衛門の未亡人は、里方桜井須磨右衛門の家で持病の直るのを待った。暫くすると難儀に遭ってから時が立ったのと、四辺が静になったのとのために、頭痛が余程軽くなった。実弟須磨右衛門は親切にはしてくれるが、世話にばかりなってもいにくいので、未亡人は余り忙しくない奉公口をと云って捜して、とうとう小川町(118)俎橋(119)際の高家衆(120)大沢右京大夫基昭(121)が奥に使われることになった。

宇平の姉りよは叔母婿原田方に引き取られてから、墓参の時などには、樒(122)を売る媼の世間話にも耳を傾けて、敵のありかを聞き出そうとしていたが、いつか忌も明けた。そこで所々に一、二箇月ずつ奉公していたら、自然手掛りを得るたつきにもなろうと思い立って、最初は本所(123)のある家に住み込んだ。これは遠い親戚に当るので、奉公人やら客分やら分からぬ待遇を受けて、万事の手伝をしたのである。次に赤坂の堀と云う家の奥に、大小母が勤めていたので、そこへ手伝に往った。次に麻布のある家に奉公した。次に本郷弓町(124)の寄合衆(125)本多帯刀(126)の家来に、遠い親戚があるので、そこへ手伝に往った。こんな風に奉公先を取り替えて、天保六年の春からは御茶の水の寄合衆酒井亀之進[127]の奥に勤めていた。この酒井の妻は浅草の酒井石見守忠方[128]の娘である。

　未亡人もりよも敵のありかを聞き出そうと思っていて、中にもりよは昼夜それに心を砕いていたが、どうしても手掛りがない。九郎右衛門や宇平からは便が絶々になるのに、江戸でも何一つしでかした事がない。女子達の心細さは言おう様がなかった。

　月日が立って、天保六年の五月の初になった。ある日未亡人の里方の桜井須磨右衛門が浅草の観音に参詣して、茶店に腰を掛けていると、今まで歇んでいた雨がまた一しきり降って来た。その時茶店の軒へ駆け込んで雨を避ける二人連の遊人体の男がある。それが小降になるのを待ちながら、軒に立ってこんな話をした。

　一人が云った。「お前に話そうと思って忘れていたが、ゆうべの事だった。丁度今のように神田で雨に降り出されて、酒問屋の戸の締っている外でしゃがんでいると、そこへ駆け込んだ奴がある。見れば、あの酒井様にいた亀じゃあねえか。己はびっくりしたよ。好くずうずうしく帰って来やがったと思いながら、おい、亀と声を掛けたのだ。すると、えと云って振り向いたが、人違をしなさんな、おいらあ虎と云うもんだと云っといて、まだ雨がどしどし降っているのに、駆け出して行ってしまやがった。」

今一人が云った。「じゃあまた帰っていやがるのだ。太え奴だなあ。」

須磨右衛門は二人に声を掛けて、その亀と云う男は何者だと問うた。二人は侍に糺されるのをひどく当惑がる様子であったが、おとどしの暮に大手の酒井様のお邸で悪い事をして逃げた仲間の亀蔵の事だと云った。そして最後に「なに、ちょいと見たのですから、全く人違で、本当に虎と云うものだったかも知れません」と詞を濁した。ただ見掛けたと云うだけのこの二人を取り押さえても、別に役に立ちそうではなく、また荒立てて亀蔵に江戸を逃げられてはならぬと思って、須磨右衛門は穏便に二人を立ち去らせた。

大阪で九郎右衛門が受け取ったのは、桜井から亀蔵の江戸にいることを知らせて遣った手紙である。

文吉はすぐに玉造へお礼参に往った。九郎右衛門は文吉の帰るのを待って、手分をして大阪の出口々々を廻って見た。宇平の行方を街道の駕籠の立場(129)、港の船問屋に就いて尋ねたのである。しかしそれは皆徒労であった。

九郎右衛門は是非なく甥の事を思い棄てて、江戸へ立つ支度をした。路銀は使い果しても、用心金(130)と衣類腰の物(131)とには手は着けない。九郎右衛門は花色木綿(132)の単物に茶小倉(133)の帯を締め、紺麻絣の野羽織(134)を着て、両刀を手挟んだ。持物は鳶色ごろふく(135)の懐中物、鼠木綿の鼻紙袋、十手早縄(136)である。文吉も取って置いた花色の単物に御納戸(137)小倉の帯を締めて、十手早縄を懐中した。

木賃宿の主人には礼金を遣り、摂津国屋へは挨拶に立ち寄って、九郎右衛門主従は六月二十八日の夜船で、伏見から津(138)へ渡った。三十日に大暴風で阪の下(139)に半日留められた外は、道中なんの障もなく、二人は七月十一日の夜品川に着いた。

十二日寅の刻に、二人は品川の宿を出て、浅草の遍立寺に往って、草鞋のままで三右衛門の墓に参った。それから住持に面会して、一夜旅の疲を休めた。

翌十三日は盂蘭盆会(140)で、親戚のものが墓参に来る日である。九郎右衛門は住持に、自分達の来たのを知らせてくれるなと口止をして、自分と文吉とは庫裡に隠れていた。住持はなぜかと問うたが、九郎右衛門はただ「謀は密なるをとうとぶと申しますからな」と云った切り、外の話にまぎらした。墓参に来たのは原田、桜井の女房達で、厳しい武家奉公をしている未亡人やりよは来なかった。

戌の下刻(141)になった時、九郎右衛門は文吉に言った。「さあ、これから捜しに出るのだ。見附けるまでは足を擂粉木にして歩くぞ。」

遍立寺を旅支度のままで出た二人は、先ず浅草の観音をさして往った。雷門近くなった時、九郎右衛門が文吉に言った。「どうも坊主にはなっておらぬらしいが、どんな風体でいても見逃がすなよ。だがどうせ立派な形はしていないのだ。」

境内を廻って、観音を拝んで、見識人を桜井に逢わせて貰った礼を言った。それから蔵前(142)を両国へ出た。きょうは蒸暑いのに、花火(143)があるので、涼旁見物に出た人が押し合っている。提灯に火を附ける頃、二人は茶店で暫く休んで、汗が少し乾くと、また歩き出した。

川も見えず、船も見えない。玉や鍵や(144)と叫ぶ時、群集が項を反らして、群集の上の花火を見る。

酉の下刻(145)と思われる頃であった。文吉が背後から九郎右衛門の袖を引いた。九郎右衛門は文吉の視線を辿って、左手一歩前を行く背の高い男を見附けた。古びた中形木綿[146]の単物に、古びた花色縞博多[147]の帯を締めている。

二人は黙って跡を附けた。月の明るい夜である。横山町を曲る。塩町から大伝馬町に出る。本町を横切って、石町河岸から龍閑橋[148]、鎌倉河岸[149]に掛る。次第に人通が薄らぐので、九郎右衛門は手拭を出して頬被をして、わざとよろめきながら歩く。文吉はそれを扶ける振をして附いて行く。

神田橋外元護持院二番原[150]に来た時は丁度子の刻頃であった。往来はもう全く絶えている。九郎右衛門が文吉に目ぐわせした。二つの体を一つの意志で働かすように二人は背後から目ざす男に飛び着いて、黙って両腕をしっかり攫んだ。

「何をしやあがる」と叫んだ男は、振り放そうと身をもがいた。

無言の二人は釘抜で釘を挟んだように腕を攫んだまま、もがく男を道傍の立木の蔭へ、引き摩って往った。

九郎右衛門は強烈な火を節光板で遮ったような声で云った。「己はおとどしの暮お主に討たれた山本三右衛門の弟九郎右衛門だ。国所と名前を言って、覚悟をせい。」

「そりゃあ人違だ。おいらあ泉州産[151]で、虎蔵と云うものだ。そんな事をした覚はねえ。」

文吉が顔を覗き込んだ。「おい。亀。目の下の黒痣まで知っている己がいる。そんなしらを切るな。」

男は文吉の顔を見て、草葉が霜に萎れるように、がくりと首を低れた。「ああ。文公か。」

九郎右衛門はこれだけ聞いて、手早く懐中から早縄を出して、男を縛った。そして文吉に言った。「もうここは好いから、お茶の水の酒井亀之進様のお邸へ往ってくれ。口上はこうだ。手前は御当家のお奥に勤めているりよの宿許[152]から参りました。母親が霍乱[153]で夜明まで持つまいと申すことでござります。どうぞ格別の思召でお暇を下さって、一目お逢わせ下さるようにと、そう云うのだ。急げ。」

「は」と云って、文吉は錦町の方角へ駆け出した。

酒井亀之進の邸では、今宵奥のひけが遅くて、[154]りよはようよう部屋に帰って、寝巻に着換えようとしている所であった。そこへ老女の使が呼びに来た。

りよは着換えぬうちで好かったと思いながら、すぐに起って上草履を穿いて、廊下伝に老女の部屋へ往った。

老女は云った。「お前の宿から使が来ているがね、母親が急病だと云うことだ。盆ではあり、御多用の所だが、親の病気は格別だから、帰ってお出。親御に逢ったら、夜でもすぐにお邸へ戻るのだよ。あすになってから、また改めてお暇を願って遣るから。」

「難有うございます」と、りよはお請をして、老女の部屋をすべり出た。

りよはこのまま往っても好いと考えながら、使とは誰が来たのかと、奥の口(155)へ覗きに出た。御用を勤める時の支度で、木綿中形の単物に黒繻子(156)の帯を締めていたのである。奥の口でりよは旅支度の文吉と顔を見合せた。そして親の病気が口実だと云うことを悟った。

りよと一しょに奥を下がった傍輩が二、三人、物珍らしげに廊下に集まって、りよが宿の使に逢うのを見ようとしている。

「ちょいと忘物をいたしましたから」と、りよは独言のように云って、足を早めて部屋へ引き返した。

部屋の戸を内から締めたりよは、葛籠の蓋を開けた。先ず取り出したのは着換の帷子(157)一枚である。次に臂をずっと底までさし入れて、短刀を一本取り出した。当番の夜父三右衛門が持っていた脇差である。りよは二品を手早く袱紗[158]に包んで持って出た。

文吉は敵を摑まえた顚末を、途中でりよに話しながら、護持院原へ来た。

りよは九郎右衛門に挨拶して、着換をする余裕はないので、短刀だけを包の中から出した。

九郎右衛門は敵に言った。「そこへ来たのが三右衛門の娘りよだ。三右衛門を殺した事と、自分の国所名前をそこで言え。」

敵は顔を挙げてりよを見た。そして云った。「わたしもこれまでだ。本当の事を言います。なる程山本さんに創を附けたのはわたしだが、殺しはしません。勝負事に負けて金に困ったものですから、どうかして金が取りたいと思って、あんなへまな事をしました。わたしは泉州生田郡上野原村[159]の吉兵衛と云うものの倅で、名は虎蔵と云います。酒井様へ小使に住み込む時、勝負事で識合になっていた紀州の亀蔵と云う奴の名を、口から出任せに言ったのです。この外に言うことはありません。どうぞ御存分になすって下さい。」

「好く言った」と九郎右衛門は答えた。そしてりよと文吉とに目ぐわせして虎蔵の縄を解いた。三人が三方からじりじりと詰め寄った。

縄をほどかれて、しょんぼり立っていた虎蔵が、ひょいと物をねらう獣のように体を前屈にしたかと思うと、突然りよに飛び掛かって、押し倒して逃げようとした。その時りよは一歩下がって、柄を握っていた短刀で、抜打に虎蔵を切った。右の肩尖から乳へ掛けて切り下げたのである。虎蔵はよろけた。りよは二太刀三太刀切った。虎蔵は倒れた。

「見事じゃ。とどめは己が刺す。」九郎右衛門は乗り掛かって吭を刺した。

九郎右衛門は刀の血を虎蔵の袖で拭いた。そしてりよにも脇差を拭かせた。二人共目は涙ぐんでいた。

「宇平がこの場に居合せませんのが」と、りよはただ一言云った。

九郎右衛門等三人は河岸にある本多伊予守[160]頭取の辻番所[161]に届け出た。辻番組合月番西丸御小納戸[162]鵜殿吉之丞[163]の家来玉木勝三郎組合の辻番人[164]が聞き取った。本多から大目附に届けた。辻番所組合遠藤但馬守胤統[165]から酒井忠学[166]の留守居[167]へ知らせた。酒井家[168]は今年四月に代替しているのである。

酒井家から役人が来て、三人の口書を取って忠学に復命した。

翌十四日の朝は護持院原一ぱいの見物人である。敵を討った三人の周囲へは、山本家の親戚が追々馳せ附けた。三人に鵜殿家から鮨と生菓子とを贈った。

酉の下刻に西丸目附徒士頭(169)十五番組水野采女(170)の指図で、西丸徒士目附(171)永井亀次郎、久保田英次郎、西丸小人目附(172)平岡唯八郎、井上又八、使之者(173)志母谷金左衛門、伊丹長次郎、黒鍬之者(174)四人が出張した。それに本多家、遠藤家、平岡家、鵜殿家の出役があって、先ず三人の人体、衣類、持物、手創の有無を取り調べた。創は誰も負っていない。次に永井、久保田両徒目附に当てた口書を取った。次に死骸の見分をした。酒井家に奉公した時の亀蔵の名を以て調書に載せられた創はこうである。「背中左之方一寸程突創一箇所、創口腫上り深さ相知不申、領に切創一箇所、長さ三寸程、深さ二寸程、同所下之方に切創一箇所、長さ一寸五分程、深さ六分程、左耳之脇に切創一箇所、長さ一寸、深さ六分程、右之肩より乳へ掛け一尺程切創一箇所、深さ四寸程、同所脇肩に切創一箇所、長さ二寸、深さ一寸程、咽突創一箇所、長さ三寸程、都合七箇所。」衣類は木綿単物、博多帯、持物は浅葱手拭一筋である。死骸は玉木勝三郎に預けられた。次に呼び出されていた、亀蔵の口入人神田久右衛門町代地富士屋治三郎、同五人組、亀蔵の下請宿若狭屋亀吉が口書を取られた。次に九郎右衛門等の届を聞き取った辻番人が口書を取られた。

見分の役人は戌の上刻に引き上げた。見分が済んで、鵜殿吉之丞から西丸目附(177)松本助之丞へ(175)、酒井家留守居庄野慈父右衛門(176)から酒井家目附へ、酒井家から用番大久保加賀守忠真へ届けた。

十五日卯の下刻に、水野采女の指図で、庄野へ九郎右衛門等三人を引き渡された。前晩酉の刻から、九郎右衛門とりよとを載せるために、酒井家でさし立てた二挺の乗物は、辻番所に来て控えていたのである。九郎右衛門、文吉は本多某に、りよは神戸に預けられた。

この日酉の下刻に町奉行筒井伊賀守政憲(178)が九郎右衛門等三人を呼び出した。酒井家からは目附、下目附(179)、足軽小頭(180)に足軽を添えて、乗物に乗った二人と徒歩の文吉とを警固した。三人が筒井政憲の直の取調を受けて下がったのは戌の下刻であった。

十六日には筒井から再度の呼出が来た。酉の下刻に与力仁杉八右衛門の取調を受けて、口書を出した。

この日にりよは酒井亀之進から、三右衛門の未亡人は大沢家から願に依って暇を遣された。りよが元の主人細川家からは、敵討の祝儀を言ってよこした。

十九日には筒井から三度目の呼出が来た。九郎右衛門等三人は口書下書を読み聞せられて、酉の下刻に引き取った。

二十三日には筒井から四度目の呼出が来た。口書清書に実印、(181)爪印(182)をさせられた。

二十八日には筒井から五度目の呼出が来た。用番老中水野越前守忠邦(183)の沙汰で、九郎右衛門、りよは「奇特之儀に付構なし、(184)」文吉は「仔細無之構なし(185)」と申し渡された。それから筒井の褒詞を受けて酉の下刻に引き取った。

続いて酒井家の大目附から、町奉行の糺明が済んだから、「平常通心得べし」と、九郎右衛門、りよ、文吉の三人に達せられた。九郎右衛門、りよは天保五年二月に貰った御判物(186)を大目附に納めた。

閏七月朔日にりよに酒井家の御用召(187)があった。辰の下刻に親戚山本平作、桜井須磨右衛門が麻上下で附き添って、御用部屋に出た。家老河合小太郎に大目附が陪席して申渡をした。「女性なれば別して御賞美あり、三右衛門の家名相続被仰附、宛行(188)十四人扶持被下置、追て相応の者婿養子可被仰附、又近日中奥(189)御目見可被仰附」と云うのである。

十一日にりよは中奥目見に出て、「御紋附黒縮緬、紅裏(190)真綿添、白羽二重一重」と菓子一折とを賜った。同じ日に浜町の後室から「縞縮緬一反」、故酒井忠質(191)室専寿院から「高砂染(192)縮緬帛二、扇二本、包之内」を賜った。

九郎右衛門が事に就いては、酒井忠学から家老本多意気揚へ、「九郎右衛門は何の思召も無之、以前之通可召出、且行届候段満足褒美可致、別段之思召を以て御紋附麻上下被下置」と云う沙汰があった。本多は九郎右衛門に百石遣って、用人の上席にした。りよへも本多から「反物代千疋(193)」を贈り、本多の母から「縞縮緬一反、交肴(194)一折」を贈った。

文吉は酒井家の目附役所に呼び出されて、元表小使、山本九郎右衛門家来と云う資格で、「格段骨折奇特に附、小役人格に被召抱、御宛行金四両二人扶持被下置」と達せられた。それから苗字を深中と名告って、酒井家の下邸巣鴨の山番(195)を勤めた。

この敵討のあった時、屋代太郎弘賢(196)は七十八歳で、九郎右衛門、りよに賞美の歌を贈った。「又もあらじ魂祭るてふ折に逢ひて父兄の仇討ちしたぐひは。」幸に太田七左衛門(197)が死んでから十二年程立っているので、もうパロヂイを作って屋代を揶揄うもの(198)もなかった。

大塩平八郎

一、西町奉行所

天保八年丁酉の歳二月十九日の暁方七つ時に、大阪西町奉行所(1)の門を敲くものがある。西町奉行所と云うのは、大阪城の大手の方角から、内本町通を西へ行って、本町橋に掛かろうとする北側にあった。この頃はもう四年前から引き続いての飢饉(2)で、やれ盗人、やれ行倒と、夜中も用事が断えない。それにきのうの御用日(3)に、月番(4)の東町奉行所へ立会に往って帰ってからは、奉行堀伊賀守利堅(5)は何かひどく心せわしい様子で、急に西組与力(6)吉田勝右衛門(7)を呼び寄せて、長い間密談をした。それから東町奉行所との間に往反して、きょう十九日にある筈であった堀の初入式の巡見(8)が取止になった。それから家老中泉撰司(9)を以て、奉行所詰のもの一同に、夜中といえども、格別に用心するようにと云う達しがあった。そこで門を敲かれた時、門番がすぐに立って出て、外に来たものの姓名と用事とを聞き取った。

門外に来ているのは二人の少年であった。一人は東組町同心(10)吉見九郎右衛門(11)の倅英太郎、今一人は同組同心河合郷左衛門(12)の倅八十次郎と名告った。用向は一大事があって吉見九郎右衛門の訴状を持参したのを、じきにお奉行様に差し出したいと云うことである。

上下共何か事がありそうに思っていた時、一大事と云ったので、それが門番の耳にも相応に強く響いた。門番は猶予なく潜門(13)をあけて二人の少年を入れた。まだ暁の白けた光が夜闇の衣を僅に穿っている時で、薄曇の空の下、風の無い、沈んだ空気の中に、二人は寒げに立っている。英太郎は十六歳、八十次郎は十八歳である。

「お奉行様にじきに差し上げる書付があるのだな。」門番は念を押した。

「はい。ここに持っております。」英太郎が懐を指さした。

「お前がその吉見九郎右衛門の倅か。なぜ九郎右衛門が自分で持って来ぬのか。」

「父は病気で寝ております。」

「一体東のお奉行所附のものの書付なら、なぜそれを西のお奉行所へ持って来たのだい。」

「西のお奉行様にでなくては申し上げられぬと、父が申しました。」

「ふん。そうか。」門番は八十次郎の方に向いた。「お前はなぜ附いて来たのか。」

「大切な事だから、間違の無いように二人で往けと、吉見のおじさんが言い附けました。」

「ふん。お前は河合と言ったな。お前の親父様は承知してお前をよこしたのかい。」

「父は正月の二十七日に出た切、帰って来ません。」

「そうか。」

門番は二人の若者に対して、こんな問答をした。吉見の父が少年二人を密訴に出したので、門番も猜疑心を起さずに応対して、かえって運びが好かった。門番の聞き取った所を、当番のものが中泉に届ける。中泉が堀に申し上げる。間もなく堀の指図で、中泉が二人を長屋に呼び入れて、一応取り調べた上訴状を受け取った。

堀は前役矢部駿河守定謙(14)の後を襲いで、去年十一月に西町奉行になって、ようよう今月二日に到着した。東西の町奉行は月番交代をして職務を行っていて、今月は堀が非番である。東町奉行跡部山城守良弼(15)も去年四月に現職に任ぜられて、七月に到着したのだから、まだ大阪には半年しかおらぬが、兎に角一日の長があるので、堀は引き廻して貰うと云う風になっている。町奉行になって大阪に来たものは、初入式と云って、前からいる町奉行と一しょに三度に分けて市中を巡見する。初度が北組(16)、二度目が南組、三度目が天満組である。北組、南組とは大手前は本町通北側、船場(17)は安土町通、西横堀以西は神田町通を界にして、市中を二分してあるのである。天満組とは北組の北界になっている大川(18)より更に北方に当る地域で、東は材木蔵(19)から西は堂島の米市場(20)までの間、天満の青物市場(21)、天満宮(22)、総会所(23)等を含んでいる。北組が二百五十町、南組が二百六十一町、天満組が百九町ある。予定通にすると、きょうは天満組を巡見して、最後に東照宮(24)附近の与力町(25)に出て、夕七つ時には天満橋筋長柄町を東に入る北側の、迎方東組与力朝岡助之丞(26)が屋敷で休息するのであった。迎方とは新任の奉行を迎えに江戸に往って、町与力同心の総代として祝詞を述べ、引き続いてその奉行の在勤中、手許の用を達す与力一人同心二人で、朝岡はその与力である。しかるにきのうの御用日の朝、月番跡部の東町奉行所へ立会に往くと、その前日十七日の夜東組同心平山助次郎(27)と云うものの密訴の事を聞せられた。一大事と云う詞が堀の耳を打ったのはこの時が始であった。それからはどんな事が起って来るかと、前晩もほとんど寝ずに心配している。今中泉が一大事の訴状を持って二人の少年が来たと云うのを聞くと、堀はすぐにあの事だなと思った。堀のためには、中泉が英太郎の手から受け取って出した書付の内容は、未知の事の発明ではなくて、既知の事の証験として期待せられているのである。

　堀は訴状を披見した。胸を跳らせながら最初から読んで行くと、果してきのう跡部に聞いた、あの事である。陰謀の首領、その与党[28]などの事は、前に聞いた所と格別の相違は無い。長文の訴状の末三分の二程は筆者九郎右衛門の身囲[29]である。堀が今少し く精しく知りたいと思うような事は書いてなくて、読んでも読んでも、陰謀に対する九郎右衛門の立場、疑懼、愁訴である。きのうから気に掛かっている所謂一大事がこれからどう発展して行くだろうか、それが堀自身にどう影響するだろうかと、とつおいつ考えながら読むので、動もすれば二行も三行も読んでから、書いてある意味が少しも分かっておらぬのに気が附く。はっと思ってはまた読み返す。ようよう読んでしまって、堀の心の内には、きのうから知っている事の外に、これだけの事が残った。陰謀の与党の中で、筆者と東組与力渡辺良左衛門[30]、同組同心河合郷左衛門との三人は首領を諫めて陰謀を止めさせようとした。しかし首領が聴かぬ。そこで河合は逐電した。筆者は正月三日後に風を引いて持病が起って寝ているので、渡辺を以て首領にことわらせた。この体では事を挙げられる日になっても所詮働く事は出来ぬから、切腹して詫びようと云ったのである。渡辺は首領の返事を伝えた。そんなならゆるゆる保養しろ。場合によっては立ち退けと云うことである。これを伝えると同時に、渡辺は自分が是非なく首領と進退を共にすると決心したことを話した。次いで首領は倅と渡辺とを見舞によこした。筆者は病中ようようの事で訴状を書いた。それを支配を受けている東町奉行に出そうには、取次を頼むべき人が無い。そこで隔所を見計らって托訴[31]をする。筆者は自分と倅英太郎以下の血族との赦免を願いたい。もっとも自分は与党を召し捕られる時には、矢張召し捕って貰いたい。あるいはその間に自殺するかも知れない。留置[32]、預け[33]などと云うことにせられては、病体で凌ぎ兼ねるから、それは罷にして貰いたい。倅英太郎は首領の立てている塾で、人質のようになっていて帰って来ない。兎に角自分と一族とを赦免して貰いたい。それから西組与力見習に内山彦次郎[34]と云うものがある。これは首領に嫉まれているから、保護を加えて貰いたいと云うのである。

読んでしまって、堀は前から懐いていた憂慮は別として、この訴状の筆者に対する一種の侮蔑の念を起さずにはいられなかった。形式に絡まれた役人生涯に慣れてはいても、成立している秩序を維持するために、賞讃すべきものにしてある返忠[35]を、真の忠誠だと看ることは、生れ附いた人間の感情が許さない。その上自分の心中の私を去ることを難んずる人程かえって他人の意中の私を許くに敏なるものである。九郎右衛門は一しょに召し捕られたいと云う。それは責を引く潔い心ではなくて、与党を怖れ、世間を憚る臆病である。また自殺するかも知れぬと云う。それは覚束ない。自殺することが出来るなら、なぜ先ず自殺して後に訴状を貽そうとはしない。また牢に入れてくれるなと云う。大阪の牢屋から生きて還るものの少い(36)のは公然の秘密だから、病体でなくても、入らずに済めば入るまいとする筈である。横着者だなとは思ったが、役馴れた堀は、公儀のお役に立つ返忠のものを周章の間にも非難しようとはしない。家老に言い付けて、少年二人を目通りへ出させた。

「吉見英太郎と云うのはお前か。」

「はい。」怜悧らしい目を見張って、存外怯れた様子もなく堀を仰ぎ視た。

「父九郎右衛門は病気で寝ておるのじゃな。」

「風邪の跡で持病の疝痛痔疾が起りまして、行歩が愜いませぬ。」

「書付にはお前は内へ帰られぬと書いてあるが、どうして帰られた。」

「父は帰られぬかも知れぬが、大変になるまでに脱けて出られるなら、出て来いと申し付けておりました。そう申したのは十三日に見舞に参った時の事でございます。

それから一しょに塾にいる河合八十次郎と相談いたしまして、昨晩四つ時に抜けて帰りました。先生の所にはお客が大勢ありまして、混雑いたしていましたので、出られたのでございます。それから。」英太郎は何か言いさして口を噤んだ。

堀は暫く待っていたが、英太郎は黙っている。「それからどういたした」と、堀が問うた。

「それから父が申しました。東の奉行所には瀬田と小泉とが当番で出ておりますから、それを申し上げいと申しました。」

「そうか。」東組与力瀬田済之助、[37]同小泉淵次郎[38]の二人が連判に加わっていると云うことは、平山の口上にもあったのである。

堀は八十次郎の方に向いた。「お前が河合八十次郎か。」

「はい。」頬の円い英太郎と違って、これは面長な少年であるが、同じように小気が利いていて、臆する気色は無い。

「お前の父はどういたしたのじゃ。」

「母が申しました。先月の二十六日の晩であったそうでございます。父は先生の所から帰って、火箸で打擲せられて残念だと申したそうでございます。あくる朝父は弟の謹之助を連れて、天満宮へ参ると云って出ましたが、それ切どちらへ参ったか、帰りません。」

「そうか。もう宜しい。」こう云って堀は中泉を顧みた。

「いかが取り計らいましょう」と、中泉が主人の気色を伺った。

「番人を附けて留め置け。」こう云って置いて、堀は座を立った。

堀は居間に帰って不安らしい様子をしていたが、忙しげに手紙を書き出した。これは東町奉行に宛てて、当方にも訴人があった、当番の瀬田、小泉に油断せられるな、追附参上すると書いたのである。堀はそれを持たせて使を出した跡で、暫く腕組をして強いて気を落ち着けようとしていた。

堀はきのう跡部に陰謀者の方略を聞いた。きょうの巡見を取り止めたのはそのためである。しかるにただ三月と書いて日附をせぬ吉見の訴状には、その方略は書いてない。吉見が未明に倅を托訴に出したのを見ると方略を知らぬのではない。書き入れる暇がなかったのだろう。東町奉行所へ訴えた平山は、今月十五日に渡辺良左衛門が来て、十九日の手筈を話し、翌十六日に同志一同が集まった席で、首領が方略を打ち明けたと云ったそうである。それは跡部と自分とが与力朝岡の役宅に休息している所へ襲って来ようと云うのである。一体吉見の訴状にはなんと云ってあったか、それに添えてある檄文(39)にはどう書いてあるか、好く見て置こうと堀は考えて、書類を袖の中から出した。

堀は不安らしい目附をして、二つの文書をあちこち見競べた。陰謀に対してどう云う手段を取ろうと云う成案がないので、すぐに跡部の所へ往かずに書面を遣ったが、安座して考えても、思案が纏まらない。しかし何かせずにはいられぬので、文書を調べ始めたのである。

訴状には「御城、御役所、その外組屋敷(40)等火攻の謀」と書いてある。檄文には無道の役人を誅し、次に金持の町人共を懲すと云ってある。兎に角恐ろしい陰謀である。昨晩跡部からの書状には、慥な与力共の言分によれば、さ程の事でないかも知れぬから、兼て打ち合せたように捕方を出すことは見合せてくれと云ってあった。それで少し安心して、こっちから吉田を出すことも控えて置いた。しかし数人の申分がこう符合して見れば、容易な事ではあるまい。跡部はどうする積だろうか。手紙を遣ったのだから、なんとか云って来そうなものだ。こんな事を考えて、堀は時の移るのをも知らずにいた。

二、東町奉行所

東町奉行所で、奉行跡部山城守良弼が堀の手紙を受け取ったのは、明六つ時頃であった。

大阪の東町奉行所は城の京橋口の外、京橋通と谷町との角屋敷(41)で、天満橋の南詰東側にあった。東は城、西は谷町の通である。南の島町通には街を隔てて籾蔵がある。北は京橋通の河岸で、書院の庭から見れば、対岸天満組の人家が一目に見える。ただ庭の外囲に梅の立木があって、少し展望を遮るだけである。

跡部もきのうから堀と同じような心配をしている。きのうの御用日にわざと落ち着いて、平常の事務を片附けて、それから平山の密訴した陰謀に対する処置を、堀と相談して別れた後、堀が吉田を呼んだように、跡部は東組与力の中で、あれかこれかと慥なものを選り抜いて、とうとう荻野勘左衛門(42)、同人倅四郎助、磯矢頼母(43)の三人を呼び出した。頼母と四郎助とは陰謀の首領を師と仰いでいるものではあるが、半年以上使っているうちに、その師弟の関係は読書の上ばかりで、師の家とは疎遠にしているのが分かった。「あの先生は学問はえらいが、肝積持で困ります」などと、四郎助が云ったこともある。「そんな男か」と跡部が聞くと、「矢部様の前でお話をしているうちに激して来て、六寸もある金頭[44]を頭からめりめりと咬んで食べたそうでございます」と云った。それにこの三人は半年の間跡部の言い付けた用事を、人一倍念入にしている。そこを見込んで跡部が呼び出したのである。

さて捕方の事を言い付けると、三人共思いも掛けぬ様子で、良久しく顔を見合せて考えた上で云った。平山が訴はいかにも実事とは信ぜられない。例の肝積持の放言を真に受けたのではあるまいか。お受はいたすが、余所ながら様子を見て、いよいよ実正と知れてから手を着けたいと、折り入って申し出た。後に跡部の手紙でこの事を聞いた堀よりは、三人の態度を目のあたり見た跡部は、一層切実に忌々しい陰謀事件が譃かも知れぬと云う想像に伴う、一種の安心を感じた。そこで逮捕を見合せた。

跡部は荻野等の話を聞いてから考えて見て、平山に今一度一大事を聞いた前後の事を精しく聞いて置けば好かったと後悔した。おとついの夜平山が来て、用人[45]野々村次平に取り次いで貰って、所謂一大事の訴をした時、跡部は急に思案して、突飛な手段を取った。尋常なら平山を留め置いて、陰謀を鎮圧する手段を取るべきであるのに、跡部はその決心が出来なかった。もし平山を留め置いたら、陰謀者が露顕を悟って、急に事を挙げはすまいかと懼れ、さりとて平山を手放してこの土地に置くのも心許ないと思ったのである。そこで江戸で勘定奉行になっている前任西町奉行矢部駿河守定謙に当てた私信を書いて、平山にそれを持たせて、急に江戸へ立たせたのである。平山はきのう暁七つ時[46]に、小者[47]多助、雇人弥助を連れて大阪を立った。そして後十二日目の二月二十九日[48]に、江戸の矢部が邸に着いた。

　意志の確かでない跡部は、荻野等三人の詞をたやすく聴き納れて、逮捕の事を見合せたが、既にそれを見合せて置いて見ると、その見合せが自分の責任に帰すると云う所から、疑懼が生じて来た。延期は自分が極めて堀に言って遣った。もし手遅れと云う問題が起ると、堀は免れて自分は免れぬのである。跡部が丁度この新に生じた疑懼に悩まされている所へ、堀の使が手紙を持って来た。同じ陰謀に就いて西奉行所へも訴人が出た、今日当番の瀬田、小泉に油断をするなと云う手紙である。

　跡部はこの手紙を読んで突然決心して、当番の瀬田、小泉に手を着けることにした。この決心には少し不思議な処がある。堀の手紙には何一つ前に平山が訴えたより以上の事実を書いては無い。瀬田、小泉が陰謀の与党だと云うことは、既に平山が云ったので、荻野等三人に内命を下すにも、跡部は綿密な警戒をした。そうして見れば、堀の手紙によって得た所は、今まで平山一人の訴で聞いていた事が、更に吉見と云うものの訴で繰り返されたと云うに過ぎない。これには決心を促す動機としての価値はほとんど無い。しかるにその決心が跡部には出来て、前には腫物に障るようにして平山を江戸へ立たせて置きながら、今は目前の瀬田、小泉に手を着けようとする。これは一昨日の夜平山の密訴を聞いた時にすべき決心を、今偶然の機縁に触れてしたようなものである。

跡部は荻野等を呼んで、二人を捕えることを命じた。その手筈はこうである。奉行所に詰めるものは、先ず刀を脱して詰所[49]の刀架に懸ける。そこで脇差ばかり挿していて、奉行に呼ばれると、脇差をも畳廊下に抜いて置いて、無腰[50]で御用談の間[51]に出る。この御用談の間に呼んで捕えようと云うのが手筈である。しかし万一の事があったら切り棄てる外ないと云うので、奉行所に居合せた剣術の師一条一が切棄の役を引き受けた。

さて跡部は瀬田、小泉の二人を呼ばせた。それを聞いた時、瀬田は「暫時御猶予を」と云って便所に起った。小泉は一人いつもの畳廊下まで来て、脇差を抜いて下に置こうとした。この畳廊下の横手に奉行の近習部屋[52]がある。小泉が脇差を下に置くや否や、その近習部屋から一人の男が飛び出して、脇差に手を掛けた。「はっ」と思った小泉は、一旦手を放した脇差をまた摑んだ。引き合うはずみに鞘走って、とうとう、小泉が手に白刃が残った。様子を見ていた跡部が、「それ、切り棄てい」と云うと、弓の間[53]まで踏み出した小泉の背後から、一条が百会[54]の下へ二寸程切り附けた。次に右の肩尖を四寸程切り込んだ。小泉がよろめく所を、右の脇腹へ突を一本食わせた。東組与力小泉淵次郎は十八歳を一期として、陰謀第一の犠牲として命を隕した。花のような許嫁の妻があったそうである。

便所にいた瀬田は素足で庭へ飛び出して、一本の梅の木を足場にして、奉行所の北側の塀を乗り越した。そして天満橋を北へ渡って、陰謀の首領大塩平八郎の家へ奔った。

三、四軒屋敷

天満橋筋長柄町を東に入って、角から二軒目の南側で、所謂四軒屋敷[55]の中に、東組与力大塩格之助[56]の役宅がある。主人は今年二十七歳で、同じ組与力西田青太夫の弟に生れたのを、養父平八郎が貰って置いて、七年前にお暇[57]になる時、番代[58]に立たせたのである。しかしこの家では当主は一向当主らしくなく、今年四十五歳になる隠居平八郎が万事の指図をしている。

玄関を上がって右が旧塾[59]と云って、ここには平八郎が隠居する数年前から、その学風[60]を慕って寄宿したものがある。左は講堂で、読礼堂と云う扁額が懸けてある。その東隣が後に他家を買い潰して広げた新塾である。講堂の背後が平八郎の書斎で、中斎と名づけてある。それから奥、東照宮の境内の方へ向いた部屋々々が家内のものの居所で、食事の時などに集まる広間には、鏡中看花館と云う扁額が懸かっている。これだけの建物の内に起臥しているものは、家族でも学生でも、悉く平八郎が独裁の杖[61]の下に項を屈している。当主格之助などは、旧塾に九人、新塾に十余人いる平の学生に比べて、ほとんど何等の特権をも有しておらぬのである。

東町奉行所で白刃の下を脱れて、瀬田済之助がこの屋敷に駆け込んで来た時の屋敷は、決してこの出来事を青天の霹靂として聞くような、平穏無事の光景ではなかった。家内中の女子供はもう十日前に悉く立ち退かせてある。平八郎が二十六歳で番代に出た年に雇った妾、曽根崎新地[62]の茶屋大黒屋和市の娘ひろ、後の名ゆう[63]が四十歳、七年前に格之助が十九歳で番代に出た時に雇った妾、般若寺村[64]の庄屋橋本忠兵衛[65]の娘みねが十七歳、平八郎が叔父宮脇志摩[66]の二女を五年前に養女にしたいくが九歳、大塩家にいた女はこの三人で、それに去年の暮にみねの生んだ弓太郎[67]を附け、女中りつを連れさせて、ゆうがためには義兄、みねがためには実父に当る般若寺村の橋本方へ立ち退かせたのである。

　女子供がおらぬばかりでは無い。屋敷は近頃急に殺風景になっている。それは兼て門人の籍にいる兵庫西出町の柴屋長太夫[68]、その外縁故のある商人に買って納めさせ、また学生が失錯をする度に、科料の代に父兄に買って納めさせた書籍[69]が、玄関から講堂、書斎へ掛けて、二、三段に積んだ本箱の中にあったのに、今月に入ってからそれを悉く運び出させ、土蔵にあった一切経[70]などをさえそれに加えて、書店河内屋喜兵衛[71]、同新次郎、同記一兵衛、同茂兵衛の四人の手で銀に換えさせ、飢饉続きのために難儀する人民に施すのだと云って、安堂寺町五丁目の本屋会所[72]で、親類や門下生に縁故のある凡三十三町村のもの一万軒に、一軒一朱[73]の割を以て配った。質素な家の唯一の装飾になっていた書籍が無くなったので、家はがらんとしてしまった。

今一つこの家の外貌が傷けられているのは、職人を入れて兵器弾薬を製造させているからである。町与力は武芸を以て奉公している上に、隠居平八郎は玉造組与力(74)柴田勘兵衛(75)の門人で、佐分利流の槍を使う。当主格之助は同組同心故人藤重孫三郎の門人で、中島流(76)の大筒を打つ。中にも砲術家は大筒をも貯え火薬をも製する習ではあるが、この家ではそれが格別に盛になっている。去年九月の事であった。平八郎は格之助の師藤重の倅良左衛門、孫槌太郎の両人を呼んで、今年の春堺七堂(77)が浜で格之助に丁打(78)をさせる相談をした。それから平八郎、格之助の部屋の附近に戸締をして、塾生を使って火薬を製させる。棒火矢(79)、炮碌玉(80)を作らせる。職人を入れると、口実を設けて再び外へ出さない。火矢の材木を挽き切った天満北木幡町の大工作兵衛(81)などがそれである。こう云う製造は昨晩まで続けられていた。大筒は人から買い取った百目筒(82)が一挺、人から借り入れて返さずにある百目筒が一挺、門人守口村(83)の百姓兼質商白井孝右衛門(84)が土蔵の側の松の木を伐って作った木筒が二挺ある。砲車は石を運ぶ台だと云って作らせた。要するにこの半年ばかりの間に、絃誦洋々(85)の地が次第に喧噪と雑遝とを常とする工場になっていたのである。

家がそんな摸様になっていて、そこへ重立った門人共の寄り合って、夜の更けるまで還らぬことが、この頃次第に度重なって来ている。昨夜は隠居と当主との妾の家元、摂津般若寺村の庄屋橋本忠兵衛、物持で大塩家の生計を助けている摂津守口村の百姓兼質屋白井孝右衛門、東組与力渡辺良左衛門、同組同心庄司義左衛門(86)、同組同心の倅近藤梶五郎(87)、般若寺村の百姓柏岡源右衛門(88)、同倅伝七(89)、河内門真三番村(90)の百姓茨田郡次(91)の八人が酒を飲みながら話をしていて、折々いつもの人を圧伏するような調子の、隠居の声が漏れた。平生最も隠居に親んでいるこの八人の門人は、とうとう屋敷に泊まってしまった。この頃は客があってもなくても、勝手の為事は、兼て塾の賄方をしている杉山三平(92)が、人夫を使って取り賄っている。杉山は河内国衣摺村の庄屋で、何か仔細があって所払(93)になったものだそうである。手近な用を達すのは、格之助の若党(94)大和国曽我村(95)生の曽我岩蔵(96)、中間木八、吉助である。女はうたと云う女中が一人、傍輩のりつがお部屋(97)に附いて立ち退いた跡で、頻に暇を貰いたがるのを、宥め賺して引き留めてあるばかりで、格別物の用には立っていない。そこでけさ奥にいるものは、隠居平八郎、当主格之助、賄方杉山、若党曽我、中間木八、吉助、女中うたの七人、昨夜の泊客八人、合計十五人で、その外には屋敷内の旧塾、新塾の学生、職人、人夫などがいたのである。

瀬田済之助はこう云う中へ駆け込んで来た。

四、宇津木と岡田

新塾にいる学生のうちに、三年前に来て寄宿し、翌年一旦立ち去って、去年再び来た宇津木矩之允(98)と云うものがある。平八郎の著した「大学刮目」(99)の訓点を施した一人で、大塩の門人中学力の優れた方である。この宇津木が一昨年九州に遊歴して、連れて来た孫弟子がある。これは長崎西築町(100)の医師岡田道玄の子で、名を良之進(101)と云う。宇津木に連れられて親元を離れた時が十四歳だから、今年十六歳になっている。

この岡田と云う少年が、けさ六つ半に目を醒ました。職人が多く入り込むようになってから、随分騒がしい家ではあるが、けさはまた格別である。がたがた、めりめり、みしみしと、物を打ち毀す音がする。しかと聴き定めようとして、床の上にすわっているうちに、今毀している物が障子襖だと云うことが分かった。それに雑って人声がする。「役に立たぬものは討ち棄てい」と云う詞がはっきり聞えた。岡田は怜悧な、思慮のある少年であったが、余り思い掛けぬ事なので、一旦夢ではないかと思った。それから宇津木先生はどうしているかと思って、頸を延ばして見ると、先生はいつもの通に着布団の襟を頤の下に挿むようにして寝ている。物音は次第に劇しくなる。岡田は心のはっきりすると共に、尋常でないこの屋敷の現状が意識に上って来た。

岡田は跳ね起きた。宇津木の枕元にいざり寄って、「先生」と声を掛けた。

宇津木は黙って目を大きく開いた。眠ってはいなかったのである。

「先生。えらい騒ぎでございますが。」

「うん。知っておる。己は余り人を信じ過ぎて、君をまで危地に置いた。こらえてくれ給え。去年の秋からの丁打の支度が、仰山だとは己も思った。それに門人中の老輩数人と、塾生の一半とが、次第に我々と疎遠になって、何か我々の知らぬ事を知っておるらしい素振をする。それを怪しいとは己も思った。しかし己はゆうべまで事の真相を看破することが出来なかった。所が君、ゆうべ塾生一同に申し渡すことがあると云って呼んだ、あの時の事だね。己は代りに聞いて来て遣ると云って、君を残して置いて出席した。それから帰って、格別な事でもないから、あした話すと云って寝たのだがね、実はあの時例の老輩共と酒宴をしていた先生が、独り席を起って我々の集まっている所へ出て来て、こう云ったのだ。一大事であるが、お前方はどう身を処置するか承知したいと云ったのだ。己は一大事とは何事か問うて見た。先生はざっとこんな事を説かれた。我々は平生良知の学(102)を攻めている。あれは根本の教だ。しかるに今の天下の形勢は枝葉を病んでいる。民の疲弊は窮まっている。草妨礙あらば、理亦宜しく去るべし(103)である。天下のために残賊(104)を除かんではならぬと云うのだ。そこでその残賊だがな。」

「はあ」と云って、岡田は目を瞬った。

「先ず町奉行衆位の所らしい。それがなんになる。我々は実に先生を見損っておったのだ。先生の眼中には将軍家もなければ、朝廷もない。先生はそこまでは考えておられぬらしい。」

「そんなら今事を挙げるのですね。」

「そうだ。家には火を掛け、与せぬものは切棄てて起つと云うのだろう。しかしあの物音のするのは奥から書斎の辺だ。まだ旧塾もある。講堂もある。ここまで来るには少し暇がある。まあ、聞き給え。例の先生の流義だから、ゆうべも誰一人抗争するものはなかった。己は明朝御返事をすると云って一時を糊塗した。もし諫める機会があったら、諌めて陰謀を思い止まらせよう。それが出来なかったら、師となり弟子となったのが命だ、甘んじて死のうと決心した。そこで君だがね。」

岡田はまた「はあ」と云って耳を欹てた。

「君は中斎先生の弟子ではない。己は君にこの場を立ち退いて貰いたい。挙兵の時期が最も好い。もしどうすると問うものがあったら、お供をすると云い給え。そう云って置いて逃げるのだ。己はゆうべ寝られぬから墓誌銘を自撰した。それを今書いて君に遣る。それから京都東本願寺家の粟津陸奥之助と云うものに、己の心血を灑いだ詩文稿(105)が借してある。君は京都へ往ってそれを受け取って、彦根にいる兄下総(106)の邸へ往って大林権之進と云うものに逢って、詩文稿に墓誌銘を添えてわたしてくれ給え。」こう云いながら宇津木はゆっくり起きて、机に靠れたが、宿墨(107)に筆を浸して、有り合せた美濃紙二枚に、一字の書損もなく腹藁(108)の文章を書いた。書き畢って一読して、「さあ、これだ」と云って岡田にわたした。

岡田は草稿を受け取りながら、「しかし先生」と何やら言い出しそうにした。

宇津木は「ちょいと」と云い掛けて、便所へ立った。

手に草稿を持ったまま、じっとして考えている岡田の耳に、廊下一つを隔てた講堂の口あたりから人声が聞えた。

「先生の指図通、宇津木を遣ってしまうのだ。君は出口で見張っていてくれ給え。」聞き馴れた門人大井の声である。玉造組与力の倅で、名は正一郎[109]と云う。三十五歳になる。

「宜しい。しっかり遣り給え。」これは安田図書[110]の声である。外宮の御師[111]で、三十三歳になる。

岡田はそっと立って便所の戸口へ往った。「殺しに来ます。」

「好い。君早く逃げてくれ給え。」

「しかし。」

「早くせんと駄目だ。」

廊下を忍び寄る大井の足音がする。岡田は草稿を懐に捩じ込んで、机の所へ小鼠のように走り戻って、鉄の文鎮を手に持った。そして跣足で庭に飛び下りて、植込の中を潜って、塀にぴったり身を寄せた。

大井は抜刀を手にして新塾に這入って来た。先ず寝所の温みを探ってあたりを見廻して、便所の口に来て、立ち留まった。暫くして便所の戸に手を掛けて開けた。

中から無腰の宇津木が、恬然たる態度で出て来た。

大井は戸から手を放して一歩下がった。そして刀を構えながら言分らしく「先生のお指図だ」と云った。

宇津木は「うん」と云った切、棒立に立っている。

大井は酔人を虎が食い兼ねる[112]ように、良久しく立ち竦んでいたが、ようよう思い切って、「やっ」と声を掛けて真甲を目掛けて切り下した。宇津木が刀を受け取るように、俯向加減になったので、百会の背後が縦に六寸程骨まで切れた。宇津木はそのまま立っている。大井は少し慌てながら、二の太刀で宇津木の腹を刺した。刀は臍の上から背へ抜けた。宇津木は縁側にぺたりとすわった。大井は背後へ押し倒して喉を刺した。

塀際にいた岡田は、宇津木の最期を見届けるや否や、塀に沿うて東照宮の境内へ抜ける非常口に駆け附けた。そして錠前を文鎮で開けて、こっそり大塩の屋敷を出た。岡田は二十日に京都に立ち寄って二十一日には彦根へ着いた。

五、門出

瀬田済之助が東町奉行所の危急を逃れて、大塩の屋敷へ駆け込んだのは、明六つを少し過ぎた時であった。

書斎の襖をあけて見ると、ゆうべ泊った八人の与党、その外中船場町の医師の倅で僅に十四歳になる松本隣太夫(113)、天満五丁目の商人阿部長助、摂津沢上江村(114)の百姓上田孝太郎(115)、河内門真三番村の百姓高橋九右衛門(116)、河内弓削村(117)の百姓西村利三郎(118)、河内尊延寺村(119)の百姓深尾才次郎(120)、播磨西村(121)の百姓堀井儀三郎(122)、近江小川村(123)の医師志村力之助(124)、大井、安田等に取り巻かれて、平八郎は茵の上に端坐していた。

身の丈五尺五六寸の、面長な、色の白い男で、四十五歳にしては老人らしい所が無い。濃い、細い眉は弔っているが、張の強い、鋭い目は眉程には弔っていない。広い額に青筋がある。髷は短く詰めて結っている。月題は薄い。一度喀血したことがあって、口の悪い男には青瓢箪と云われたと云うが、現にもと頷かれる。

「先生。御用心をなさい。手入れがあります。」駆け込んで、平八郎が前にすわりながら、瀬田は叫んだ。

「そうだろう。巡見が取止になったには、仔細がのうてはならぬ。江戸へ立った平山の所為だ。」

「小泉は遣られました。」

「そうか。」

目を見合せた一座の中には、同情のささやきが起った。

平八郎は一座をずっと見わたした。「兼ての手筈の通りに打ち立とう。棄て置き難いのは宇津木一人だが、その処置は大井と安田に任せる。」

大井、安田の二人はすぐに起とうとした。

「まあ待て。打ち立ってからの順序は、ただ第一段を除いて、すぐに第二段に掛かるまでじゃ。」第一段とは朝岡の家を襲うことで、第二段とは北船場へ進むことである。これは方略に極めてあったのである。

「さあ」と瀬田が声を掛けて一座を顧みると、皆席を起った。中で人夫の募集を受け合っていた柏岡伝七と、檄文を配る役になっていた上田とは屋敷を出て往った。間もなく家財や、はずした建具を奥庭へ運び出す音がし出した。

平八郎はそのまま端坐している。そして熱した心の内を、この陰謀がいかに萌芽し、いかに生長し、いかなる曲折を経て今に至ったと云うことが夢のように往来する。平八郎はこう思い続けた。己が自分の材幹と値遇(125)とによって、吏胥(126)として成し遂げられるだけの事を成し遂げた上で、身を引いた天保元年は泰平であった。民の休戚(127)が米作の豊凶に繫っている国では、豊年は泰平である。二年も豊作であった。三年から気候が不順になって、四年には東北の洪水のために、天明六、七年以来の飢饉になった。五年にやや常に復しそうに見えるかと思うと、冬から六年の春に掛けて雨がない。六年には東北に螟虫(128)が出来る。海嘯がある。とうとう去年は五月から雨続きで、冬のように寒く、秋は大風大水があり、東北を始として全国の不作になった。己は隠居してから心を著述に専にして、「古本大学刮目」、「洗心洞劄記(129)」、「同附録抄(130)」、「儒門空虚聚語(131)」、「孝経彙註(132)」の刻本が次第に完成し、劄記を富士山の石室(133)に蔵し、また足代権太夫弘訓(134)の勧によって、宮崎、林崎の両文庫(135)に納めて、学者としての志をも遂げたのだが、連年の飢饉、賤民の困窮を、目を塞いで見ずにはおられなかった。そしてそれに対する町奉行以下諸役人の処置に平かなることが出来なかった。賑恤(136)もする。造酒(137)に制限も加える。しかし民の疾苦は増すばかりで減じはせぬ。殊に去年から与力内山を使って東町奉行跡部の遣っている為事が気に食わぬ。幕命(138)によって江戸へ米を廻漕するのは好い。しかし些しの米を京都に輸ることをも拒んで、細民が大阪へ小買に出ると、捕縛するのは何事だ。己は王道の大体を学んで、功利の末技を知らぬ。上の驕奢と下の疲弊とがこれまでになったのを見ては、己にも策の施すべきものが無い。しかし理を以て推せば、これが人世必然の勢だとして旁看するか、町奉行以下諸役人や市中の富豪に進んで救済の法を講ぜさせるか、諸役人を誅し富豪を脅してその私蓄を散ずるかの三つより外あるまい。己はこの不平に甘んじて旁看してはおられぬ。己は諸役人や富豪が大阪のために謀ってくれようとも信ぜぬ。己はとうとう誅伐と脅迫とによって事を済そうと思い立った。鹿台(139)の財を発するには、無道の商(140)を滅さんではならぬと考えたのだ。己が意をここに決し、言を彼に託し、格之助に丁打をさせると称して、準備に取り掛ったのは、去年の秋であった。それからは不平の事は日を逐うて加わっても、準備の捗って行くのを顧みて、慰藉をその中に求めていた。その間に半年立った。さてきょうになって見れば、心に逡巡する怯もないが、また踊躍する競もない。準備をしている久しい間には、折々成功の時の光景が幻のように目に浮かんで、地上に血を流す役人、脚下に頭を叩(141)く金持、それから草木の風に靡くように来り附する諸民が見えた。それが近頃はもうそんな幻も見えなくなった。己はまだ三十代で役を勤めていた頃、高井殿(142)に信任せられて、耶蘇教徒を逮捕(143)したり、奸吏を糺弾(144)したり、破戒僧を羅致(145)したりしていながら、老婆豊田貢(146)の磔になる所や、両組与力(147) 弓削新右衛門(148)の切腹する所や、大勢の坊主が珠数繋(149)にせられる所を幻に見ることがあったが、それは皆間もなく事実になった。そして事実になるまで、己の胸には一度も疑が萌さなかった。今度はどうもあの時とは違う。それにあの時は己の意図が先ず恣に動いて、外界の事柄がそれに附随して来た。今度の事になってからは、己は準備をしている間、何時でも用に立てられる左券(150)を握っているように思って、それを慰藉にしただけで、動もすればその準備を永く準備のままで置きたいような気がした。きょうまでに事柄の捗って来たのは、事柄その物が自然に捗って来たのだと云っても好い。己が陰謀を推して進めたのではなくて、陰謀が己を拉して走ったのだと云っても好い。一体この終局はどうなり行くだろう。平八郎はこう思い続けた。

平八郎が書斎で沈思している間に、事柄は実際自然に捗って行く。屋敷中に立ち別れた与党の人々は、受持々々の為事をする。時々書斎の入口まで来て、今宇津木を討ち果したとか、今奥庭に積み上げた家財に火を掛けたとか、知らせるものがあるが、その度毎に平八郎はただ一目そっちを見るだけである。

　さていよいよ勢揃をすることになった。場所は兼て東照宮の境内を使うことにしてある。そこへ出る時人々は始て非常口の錠前の開いていたのを知った。行列の真っ先に押し立てたのは救民と書いた四半の旗[151]である。次に中に天照皇大神宮、右に湯武両聖王[152]、左に八幡大菩薩と書いた旗、五七の桐に二つ引[153]の旗を立てて行く。次に木筒が二挺行く。次は大井と庄司とで各小筒を持つ。次に格之助が着込野袴[154]で、白木綿の鉢巻を締めて行く。下辻村の猟師金助[155]がそれに引き添う。次に大筒が二挺と鑓を持った雑人とが行く。次にほぼ格之助と同じ支度の平八郎が、黒羅紗の羽織、野袴で行く。茨田と杉山とが鑓を持って左右に随う。若党曽我と中間木八、吉助とが背後に附き添う。次に相図の太鼓が行く。平八郎の手には高橋、堀井、安田、松本等の与党がいる。次は渡辺、志村、近藤、深尾、父柏岡等重立った人々で、特に平八郎に親しい白井や橋本もこの中にいる。一同着込帯刀で、多くは手鑓[156]を持つ。押[157]えは大筒一挺を挽かせ、小筒持の雑人二十人を随えた瀬田で、傍に若党植松周次[158]、中間浅信[159]が附いている。

　この総人数およそ百余人が屋敷に火を掛け、表側の塀を押し倒して繰り出したのが、朝五つ時である。先ず主人の出勤した跡の、向屋敷朝岡の門に大筒の第一発を打ち込んで、天満橋筋の長柄町に出て、南へ(160)源八町まで進んで、与力町を西へ折れた。これは城と東町奉行所とに接している天満橋を避けて、迂回して船場(161)に向おうとするのである。

六、坂本鉉之助

東町奉行所で小泉を殺し、瀬田を取り逃がした所へ、堀が部下の与力同心を随えて来た。跡部は堀と相談して、明六つ時にようよう三箇条の手配をした。鈴木町(162)の代官根本善左衛門(163)に近郷の取締を托したのが一つ。谷町の代官池田岩之丞に天満の東照宮、建国寺(164)方面の防備を托したのが二つ。平八郎の母の兄、東組与力大西与五郎(165)が病気引をしている所へ使を遣って、甥平八郎に切腹させるか、刺し違えて死ぬるかのうちを選べと云わせたのが三つである。与五郎の養子善之進は父のために偵察しようとして長柄町近くへ往くと、もう大塩の同勢が繰り出すので、驚いて逃げ帰り、父と一しょに西の宮へ奔り、また懼れて大阪へ引き返ししなに、両刀を海に投げ込んだ。

大西へ使を遣った跡で、跡部、堀の両奉行は更に相談して、両組の与力同心を合併した捕手を大塩が屋敷へ出した。そのうち朝五つ近くなると、天満に火の手が上がって、間もなく砲声が聞えた。捕手は所詮近寄れぬと云って帰った。

両奉行は鉄砲奉行[166]石渡彦太夫[167]、御手洗伊右衛門[168]に、鉄砲同心を借りに遣った。同心は二人の部下を併せて四十人である。次にそれでは足らぬと思って、玉造口定番[169]遠藤但馬守胤統[170]に加勢を願った。遠藤は公用人[171]畑佐秋之助に命じて、玉造組与力で月番同心支配をしている坂本鉉之助[172]を上屋敷[173]に呼び出した。

坂本は荻野流[174]の砲術者で、けさ丁打をすると云って、門人を城の東裏にある役宅の裏庭に集めていた。そのうち五つ頃になると、天満に火の手が上がったので、急いで役宅から近い大番所[175]へ出た。そこに月番の玉造組平与力本多為助、山寺三二郎、小島鶴之丞が出ていて、本多が天満の火事は大塩平八郎の所為だと告げた。これは大塩の屋敷に出入する猟師清五郎と云う者が、火事場に駆け附けて引き返し、同心支配岡翁助に告げたのを、岡が本多に話したのである。坂本はすぐに城の東裏にいる同じ組の与力同心に総出仕[176]の用意を命じた。間もなく遠藤の総出仕の達しが来て、同時に坂本は上屋敷へ呼ばれたのである。

畑佐の伝えた遠藤の命令はこうである。同心支配一人、与力二人、同心三十人鉄砲を持って東町奉行所へ出て来い。また同文の命令を京橋組[177]へも伝達せいと云うのである。坂本は承知の旨を答えて、上屋敷から大番所へ廻って手配をした。同心支配は三人あるが、これは自分が出ることにし、小頭の与力二人には平与力蒲生熊次郎、本多為助を当て、同心三十人は自分と同役岡との組から十五人宛出すことにした。集合の場所は土橋[178]と極めた。京橋組への伝達には、当番与力脇勝太郎に書附を持たせて出して遣った。

手配が済んで、坂本は役宅に帰った。そして火事装束[179]、草鞋掛で、十文目筒[180]を持って土橋へ出向いた。蒲生と同心三十人とは揃っていた。本多はまだ来ていない。集合を見に来ていた畑佐は、跡部に二度催促せられて、京橋口へ廻って東町奉行所に往くことにして、先へ帰ったのだそうである。坂本は本多がために同心一人を留めて置いて、集合地を発した。堀端を西へ、東町奉行所を指して進むうちに、跡部からの三度目の使者に行き合った。本多と残して置いた同心とは途中で追い附いた。

坂本が東町奉行所に来て見ると、畑佐はまだ来ていない。東組与力朝岡助之丞と西組与力近藤三右衛門とが応接して、大筒を用意して貰いたいと云った。坂本はそれまでの事には及ばぬと思い、また指図の区々なのを不平に思ったが、それでも馬一頭を借りて蒲生を乗せて、大筒を取り寄せさせに、玉造口定番所へ遣った。昼四つ時に跡部が坂本を引見した。そして坂本を書院の庭に連れて出て、防備の相談をした。坂本は大川に面した北手の展望を害する梅の木を伐ること、島町に面した南手の控柱[181]と松の木とに丸太を結び附けて、武者走[182]の板をわたすことを建議した。混雑の中で、跡部の指図は少しも行われない。坂本は部下の同心に工事を命じて、自分でそれを見張っていた。

坂本が防備の工事をしているうちに、跡部は大塩の一行が長柄町から南へ迂廻したことを聞いた。そして杣人足の一組に天神橋と難波橋との橋板をこわせと言い付けた。

坂本の使者脇は京橋口へ往って、同心支配広瀬治左衛門、馬場佐十郎に遠藤の命令を伝達した。これは京橋口定番米津丹後守昌寿[183]が、去年十一月に任命せられて、まだ到着せぬので、京橋口も遠藤が預りになっているからである。広瀬は伝達の書附を見て、首を傾けて何やら思案していたが、脇へはいずれ当方から出向いて承ろうと云った。

広瀬は雪駄穿[184]で東町奉行所に来て、坂本に逢ってこう云った。「ただ今書面を拝見して、これへ出向いて参りましたが、原来お互に御城警固の役柄ではありませんか。それをお城の外で使おうと云う、遠藤殿の思召が分かり兼ねます。貴殿はどう考えられますか。」

坂本は目を瞠った。「成程自分の役柄は拙者も心得ております。しかし頭(185)遠藤殿の申付であって見れば、縦い生駒山を越してでも出張せんではなりますまい。御覧の通拙者は打支度(186)をいたしております。」

「いや。それは頭御自身が御出馬になることなら、拙者もどちらへでも出張しましょう。我々ばかりがこんな所へ参って働いては、町奉行(187)の下知を受けるようなわけで、体面にも係るではありませんか。先年出水の時、城代松平伊豆守殿へ町奉行が出兵を願ったが、大切の御城警固の者を貸すことは相成らぬと仰ゃったように聞いております。一応御一しょにことわって見ようじゃありませんか。」

「それは御同意がなり兼ねます。頭の申付なら、拙者は誰の下にでも附いて働きます。その上叛逆人が起った場合は出水などとは違います。貴殿がおことわりになるなら、どうぞお一人で上屋敷へお出になって下さい。」

「いや。そう云う御所存ですか。何事によらず両組相談の上で取り計らう慣例でありますから申し出しました。さようなら以後御相談は申しますまい。」

「已むを得ません。いかようとも御勝手になさりませい。」

「しからばお暇しましょう。」広瀬は町奉行所を出ようとした。

そこへ京橋口を廻って来た畑佐が落ち合って、広瀬を引き止めて利害を説いた。広瀬はしぶりながら納得して引き返したが、暫くして同心三十人を連れて来た。しかし自分は矢張雪駄穿で、小筒も何も持たなかった。

坂本は庭に出て、今工事を片付けて持口[188]に附いた同心共を見張っていた。そこへ跡部は、相役堀を城代土井大炊頭利位[189]の所へ報告に遣って置いて、書院から降りて来た。そして天満の火事を見ていた。強くはないが、方角の極まらぬ風が折々吹くので、火は人家の立て込んでいる西南の方へひろがって行く。大塩の進む道筋を聞いた坂本が、「いかがでございましょう、御出馬になりましては」と跡部に言った。「されば」と云って、跡部は火事を見ている。暫くして坂本が、「どうもなかなかこちらへは参りますまいが」と云った。跡部は矢張「されば」と云って、火事を見ている。

七、船場

大塩平八郎は天満与力町を西へ進みながら、平生私曲(190)のあるように思った与力の家々に大筒を打ち込ませて、夫婦町の四辻から綿屋町を南へ折れた。それから天満宮の側を通って、天神橋に掛かった。向うを見れば、もう天神橋はこわされている。ここまで来るうちに、兼て天満に火事があったら駆け附けてくれと言い付けてあった近郷の者が寄って来たり、途中で行き逢って誘われたりした者があるので、同勢三百人ばかり(191)になった。不意に馳せ加わったものの中に、砲術の心得のある梅田源左衛門(192)と云う彦根浪人もあった。

平八郎は天神橋のこわされたのを見て、菅原町河岸を西に進んで、門樋橋(193)を渡り、樋上町河岸(194)を難波橋の袂に出た。見れば天神橋をこわしてしまって、こちらへ廻った杣人足が、今難波橋の橋板を剝がそうとしている所である。「それ、渡れ」と云うと、格之助が先に立って橋に掛かった。人足は抜身の鑓を見て、ばらばらと散った。

北浜二丁目の辻に立って、平八郎は同勢の渡ってしまうのを待った。そのうち時刻は正午になった。

方略の第二段に襲撃を加えることにしてある大阪富豪の家々は、北船場[195]に簇がっているので、もう悉く指顧の間にある。平八郎は倅格之助、瀬田以下の重立った人々を呼んで、手筈の通に取り掛かれと命じた。北側の今橋筋には鴻池屋善右衛門[196]、同庄兵衛[197]、同善五郎[198]、天王寺屋五兵衛[199]、平野屋五兵衛[200]等の大商人がいる。南側の高麗橋筋には三井[201]、岩城桝屋[202]等の大店がある。誰がどこに向うと云うこと、どう脅喝してどう談判すると云うこと、取り出した金銭米穀はどう取り扱うと云うことなどは、一々方略に取り極めてあったので、ここでも為事は自然に発展した。ただ銭穀の取扱だけは全く予定した所と相違して、雑人共は身に着けられる限の金銀を身に着けて、思い思いに立ち退いてしまった。鴻池本家の外は、大抵金庫を破壊せられたので、今橋筋には二分金[203]が道にばら蒔いてあった。

平八郎は難波橋の南詰に床几[204]を立てさせて、白井、橋本、その外若党中間を傍におらせ、腰に附けて出た握飯を嚙みながら、砲声の轟き渡り、火焔の燃え上がるのを見ていた。そして心の内には自分が兼て排斥した枯寂の空[205]を感じていた。昼八つ時に平八郎は引上の太鼓を打たせた。それを聞いて寄り集まったのはようよう百五十人許りであった。その重立った人々の顔には、言い合せた様な失望の色がある。これは富豪を懲すことは出来たが、窮民を賑すことが出来ないからである。切角発散した鹿台の財を、徒に烏合の衆の攫み取るに任せたからである。

人々は黙って平八郎の気色を伺った。平八郎も黙って人々の顔を見た。暫くして瀬田が「まだ米店が残っていましたな」と云った。平八郎は夢を揺り覚されたように床几を起って、「好い、そんなら手配をしょう」と云った。そして残の人数を二手に分けて、自分達親子の一手は高麗橋を渡り、瀬田の一手は今橋を渡って、内平野町(206)の米店(207)に向うことにした。

八、高麗橋、平野橋、淡路町

土井の所へ報告に往った堀が、東町奉行所に帰って来て、跡部に土井の指図を伝えた。両町奉行に出馬せいと指図したのである。

「承知いたしました。そんなら拙者は手の者と玉造組(208)とを連れて出ることにいたしましょう。」跡部はこう云ったまますわっていた。

堀は土井の機嫌の悪いのを見て来たので、気がせいていた。そこで席を離れるや否や、部下の与力同心を呼び集めて東町奉行所の門前に出た。そこには広瀬が京橋組の同心三十人に小筒を持たせて来ていた。

「どこの組か」と堀が声を掛けた。

「京橋組でございます」と広瀬が答えた。

「そんなら先手[209]に立て」と堀が号令した。

同階級の坂本に対しては命令の筋道を論じた広瀬が、奉行の詞を聞くと、一も二もなく領承した。そして鉄砲同心を引き纏めて、西組与力同心の前に立った。

堀の手は島町通を西へ御祓筋[210]まで進んだ。丁度大塩父子の率いた手が高麗橋に掛かった時で、橋の上に白旗が見えた。

「あれを打たせい」と、堀が広瀬に言った。

広瀬が同心等に「打て」と云った。

同心等の持っていた三文目五分筒[211]が煎豆のような音を立てた。

堀の乗っていた馬が驚いて跳ねた。堀はころりと馬から墜ちた。それを見て同心等は「それ、お頭が打たれた」と云って、ぱっと散った。堀は馬丁に馬を牽かせて、御祓筋の会所に這入って休息した。部下を失った広瀬は、暇乞をして京橋口に帰って、同役馬場にこの顚末を話して、一しょに東町奉行所前まで来て、大川を隔てて南北両方にひろがって行く火事を見ていた。

御祓筋から高麗橋までは三丁余あるので、三文目五分筒の射撃を、大塩の同勢は知らずにしまった。

堀が出た跡の東町奉行所へ、玉造口へ往った蒲生が大筒を受け取って帰った。蒲生は遠藤の所へ乗り付けて、大筒の事を言上すると、遠藤は岡翁助に当てて、平与力四人に大筒を持たせて、目附(212)中井半左衛門(213)方へ出せと云う達しをした。岡は柴田勘兵衛、石川彦兵衛に百目筒を一挺宛、脇勝太郎、米倉倬次郎に三十目筒一挺宛を持たせて中川方へ遣った。中川がおらぬので、四人は遠藤にことわって、蒲生と一しょに東町奉行所へ来たのである。跡部は坂本が手の者と、今到着した与力四人とを併せて、玉造組の加勢与力七人、同心三十人を得たので、坂本を先に立てて出馬した。この一手は島町通を西へ進んで、同町二丁目の角から、内骨屋町筋を南に折れ、それから内平野町へ出て、再び西へ曲ろうとした。

この時大塩の同勢は、高麗橋を渡った平八郎父子の手と、今橋を渡った瀬田の手とが東横堀川の東河岸に落ち合って、南へ内平野町まで押して行き、米店数軒に火を掛けて平野橋の東詰に引き上げていた。そうすると内骨屋町筋から、神明の社の角をこっちへ曲がって来る跡部の纏(214)が見えた。二町足らず隔たった纏を目当に、格之助は木筒を打たせた。

跡部の手は停止した。与力本多や同心山崎弥四郎が、坂本に「打ちましょうか打ちましょうか」と催促した。

坂本は敵が見えぬので、「待て待て」と制しながら、神明の社の角に立って見ていると、ようよう烟の中に木筒の口が現れた。「さあ、打て」と云って、坂本は待ち構えた部下と一しょに小筒をつるべかけた。

烟が散ってから見れば、もう敵は退いて、道が橋向まで開いている。橋詰近く進んで見ると、雑人が一人打たれて死んでいた。

坂本は平野橋へ掛かろうとしたが、東詰の両側の人家が焼けているので、烟に噎んで引き返した。そして始て敵に逢って混乱している跡部の手の者を押し分けながら、天神橋筋を少し南へ抜けて、豊後町を西へ思案橋に出た。跡部は混乱の渦中に巻き込まれてとうとう落馬した。

思案橋を渡って、瓦町を西へ進む坂本の跡には、本多、蒲生の外、同心山崎弥四郎、糟谷助蔵等が切れ切れに続いた。

平野橋で跡部の手と衝突した大塩の同勢は、また逃亡者が出たので百人余になり、浅手を負った庄司に手当をして遣って、平野橋の西詰から少し南へよじれて、今淡路町を西へ退く所である。

北の淡路町を大塩の同勢が一歩先に西へ退くと、それと併行した南の瓦町通を坂本の手の者が一歩遅れて西へ進む。南北に通じた町を交叉する毎に、坂本は淡路町の方角を見ながら進む。一丁目筋と鍛冶屋町筋との交叉点では、もう敵が見えなかった。堺筋との交叉点に来た時、坂本はようよう敵の砲車を認めた。黒羽織を来た大男がそれを挽かせて西へ退こうとしている所である。坂本は堺筋西側の紙屋の戸口に紙荷の積んであるのを小楯[215]に取って、十文目筒で大筒方らしい、彼黒羽織を狙う。そうするとまた東側の用水桶の蔭から、大塩方の猟師金助が猟筒[216]で坂本を狙う。坂本の背後にいた本多が金助を見付けて、自分の小筒で金助を狙いながら、坂本に声を掛ける。しかし二度まで呼んでも、坂本の耳に入らない。そのうち大筒方が少しずつ西へ歩くので、坂本は西側の人家に沿うて、十間程前へ出た。三人の筒はほとんど同時に発射せられた。

坂本の玉は大砲方の腰を打ち抜いた。金助の玉は坂本の陣笠をかすったが、坂本はただ顔に風が当ったように感じただけであった。本多の玉は全く的をはずれた。

坂本等はやや久しく敵と鉄砲を打ち合っていたが、敵がもう打たなくなったので、用心しつつ淡路町の四辻に出た。西の方を見れば、もう大塩の同勢は見えない。東の方を見れば、火が次第に燃えて来る。四辻の辺に敵の遺棄した品々を拾い集めたのが、百目筒三挺車台(217)付、木筒二挺内一挺車台付、小筒三挺、その外鑓、旗、太鼓、火薬葛籠(218)、具足櫃(219)、長持等であった。鑓のうち一本は、見知ったものがあって平八郎の持鑓だと云った。

玉に中って死んだものは、黒羽織の大筒方の外には、淡路町の北側に雑人が一人倒れているだけである。大筒方は大筒の側に仰向に倒れていた。身の丈六尺余の大男で、羅紗の黒羽織の下には、黒羽二重(220)紅裏の小袖、八丈(221)の下着を着て、裾をからげ、袴も股引も着ずに、素足に草鞋を穿いて、立派な拵の大小を帯びている。高麗橋、平野橋、淡路町の三度の衝突で、大塩方の死者は士分一人、雑人二人に過ぎない。堀、跡部の両奉行の手には一人の死傷もない。双方から打つ玉は大抵頭の上を越して、堺筋では町家の看板が蜂の巣のように貫かれ、檐口の瓦が砕かれていたのである。

跡部は大筒方の首を斬らせて、鑓先に貫かせ、市中を持ち歩かせた。後にこの戦死した唯一の士が、途中から大塩の同勢に加わった浪人梅田だと云うことが知れた。

跡部が淡路町の辻にいた所へ、堀が来合せた。堀は御祓筋の会所で休息していると、一旦散った与力同心がまたぽつぽつ寄って来て、二十人ばかりになった。そのうち跡部の手が平野橋の敵を打ち退けたので、堀は会所を出て、内平野町で跡部に逢った。そして二人相談した上、堀は跡部の手にいた脇、石川、米倉の三人を借りて先手を命じ、天神橋筋を南へ橋詰町まで出て、西に折れて本町橋を渡った。これは本町を西に進んで、迂廻して敵の退路を絶とうと云う計画であった。しかし一手のものが悉く跡へ跡へとすざるので、脇等三人との間が切れる。人数もぽつぽつ耗って、本町堺筋では十三、四人になってしまう。そのうち瓦町と淡路町との間で鉄砲を打ち合うのを見て、ようよう堺筋を北へ、衝突のあった処に駆け付けたのである。

跡部は堀と一しょに淡路町を西へ踏み出して見たが、もう敵らしいものの影も見えない。そこで本町橋の東詰まで引き上げて、二人は袂を分ち、堀は石川と米倉とを借りて、西町奉行所へ連れて帰り、跡部は城へ這入った。坂本、本多、蒲生、柴田、脇並に同心等は、大手前の番場(222)で跡部に分れて、東町奉行所へ帰った。

九、八軒屋、新築地、下寺町

梅田の挽かせて行く大筒を、坂本が見付けた時、平八郎はまだ淡路町二丁目の往来の四辻に近い処に立ち止まっていた。同勢は見る見る耗って、大筒の車を挽く人足にも事を闕くようになって来る。坂本等の銃声が聞えはじめてからは、同勢がほとんど無節制の状態に陥り掛かる。もう射撃をするにも、号令には依らずに、人々勝手に射撃する。平八郎は暫くそれを見ていたが、重立った人々を呼び集めて、「もう働きもこれまでじゃ、好く今まで踏みこたえていてくれた、銘々この場を立ち退いて、しかるべく処決せられい」と云い渡した。

集まっていた十二人は、格之助、白井、橋本、渡辺、瀬田、庄司、茨田、高橋、父柏岡、西村、杉山と瀬田の若党植松とであったが、平八郎の詞を聞いて、皆顔を見合せて黙っていた。瀬田が進み出て、「我々はどこまでもお供をしますが、御趣意はなるべく一同に伝えることにしましょう」と云った。そして所々に固まっている身方の残兵に首領の詞を伝達した。

それを聞いて悄然と手持無沙汰に立ち去るものもある。待ち構えたように持っていた鑓、負っていた荷を棄てて、足早に逃げるものもある。大抵はこの場を脱け出ることが出来たが、安田が一人逃げおくれて、町家に潜伏したために捕えられた。この時同勢の中に長持の宰領(223)をして来た大工作兵衛がいたが、首領の詞を伝達せられた時、自分だけはどこまでも大塩父子の供がしたいと云って居残った。質樸な職人気質から平八郎が企の私欲を離れた処に感心したので、強いて与党に入れられた怨を忘れて、生死を共にする気になったのである。

平八郎は格之助以下十二人と作兵衛とに取り巻かれて、淡路町二丁目の西端から半丁程東へ引き返して、隣まで火の移っている北側の町家に踏み込んだ。そして北裏の東平野町へ抜けた。坂本等が梅田を打ち倒してから、四辻に出るまで、大ぶ時が立ったので、この上下十四人は首尾好く迹を晦ますことが出来た。

この時北船場の方角は、もう騒動が済んでから暫く立ったので、焼けた家の址から青い煙が立ち昇っているだけである。何物にか執着して、黒く焦げた柱、地に委ねた瓦のかけらの側を離れ兼ねているような人、獣の屍の腐る所に、鴉や野犬の寄るように、何物をか捜し顔にうろついている人などが、互に顔を見合せぬようにして行き違うだけで、平八郎等の立ち退く邪魔をするものはない。八つ頃から空は次第に薄鼠色になって来て、陰鬱な、人の頭を押さえ附けるような気分が市中を支配している。まだ鉄砲や鑓を持っている十四人は、詞もなく、稲妻形に焼跡の町を縫って、影のように歩を運びつつ東横堀川の西河岸へ出た。途中で道に沿うて建て並べた土蔵の一つが焼け崩れて、壁の裾だけ残った中に、青い火がちょろちょろと燃えているのを、平八郎が足を停めて見て、懐から巻物を出して焔の中に投げた。これは陰謀の檄文と軍令状[224]とを書いた裏へ、今年の正月八日から二月十五日までの間に、同盟者に記名調印させた連判状であった。

十四人はたった今七、八十人の同勢を率いて渡った高麗橋を、ほとんど世を隔てたような思をして、同じ方向に渡った。河岸に沿うて曲って、天神橋詰を過ぎ、八軒屋[225]に出たのは七つ時であった。ふと見れば、桟橋に一艘の舟が繋いであった。船頭が一人艫の方に蹲っている。土地のものが火事なんぞの時、荷物を積んで逃げる、屋形のような、余り大きくない舟である。平八郎は一行に目食わせ[226]をして、この舟に飛び乗った。跡から十三人がどやどやと乗込んだ。

「こら。舟を出せ。」こう叫んだのは瀬田である。

不意を打たれた船頭は器械的に起って纜を解いた。

舟が中流に出てから、庄司は持っていた十文目筒、その外の人々は手鑓を水中に投げた。それから川風の寒いのに、皆着込を脱いで、これも水中に投げた。

「どっちへでも好いから漕いでおれ。」瀬田はこう云って、船頭に艪を操らせた。火災に遭ったものの荷物を運び出す舟が、大川にはばら蒔いたように浮かんでいる。平八郎等の舟がそれに雑って上ったり下だったりしていても、誰も見咎めるものはない。

しかし器械的に働いている船頭は、次第に醒覚して来て、どうにかして早くこの気味の悪い客を上陸させてしまおうと思った。「旦那方どこへお上りなさいます。」

「黙っておれ」と瀬田が叱った。

平八郎は側にいた高橋に何やらささやいだ。高橋は懐中から金を二両出して船頭の手に握らせた。「いかい(227)世話になるのう。お前の名はなんと云うかい。」

「へえ。これは済みません。直吉と申します。」

これからは船頭が素直に指図を聞いた。平八郎は項垂れていた頭を挙げて、「これから拙者の所存をお話いたすから、一同聞いてくれられい」と云った。所存と云うのは大略こうである。この度の企は残賊を誅して禍害を絶つと云う事と、私蓄を発いて陥溺(228)を救うと云う事との二つを志した者である。しかるに彼は全く敗れ、これは成るに垂として挫けた。主謀たる自分は天をも怨まず、人をも尤めない。ただ気の毒に堪えぬのは、親戚故旧友人徒弟たるお前方である。自分はお前方に罪を謝する。どうぞこの同舟の会合を最後の団欒として、袂を分って陸に上り、各潔く処決して貰いたい。自分等父子は最早思い置くこともないが、跡には女小供がある。橋本氏には大工作兵衛を連れて、いかにもして彼等の隠家へ往き、自裁(229)するように勧めて貰うことを頼むと云うのである。平八郎の妾以下は、初め般若寺村の橋本方へ立ち退いて、それから伊丹の紙屋某方(230)へ往ったのである。後に彼等が縛に就いたのは京都(231)であったが、それは二人の妾が弓太郎を残しては死なれぬと云うので、橋本が連れてさまよい歩いた末である。

暮六つ頃から、天満橋北詰の人の目に立たぬ所に舟を寄せて、先ず橋本と作兵衛とが上陸した。次いで父柏岡、西村、茨田、高橋と瀬田に暇を貰った植松との五人が上陸した。後に茨田は瀬田の妻子を落して遣った上で自首し、父柏岡と高橋とも自首し、西村は江戸で願人坊主(232)になって、時疫で死に、植松は京都で捕われた。

跡に残った人々は土佐堀川から西横堀川に這入って、新築地に上陸[233]した。平八郎、格之助、瀬田、渡辺、庄司、白井、杉山の七人である。人々は平八郎に迫って所存を問うたが、ただ「いずれ免れぬ身ながら、少し考がある」とばかり云って、打ち明けない。そして白井と杉山とに、「お前方は心残のないようにして、身の始末を附けるが好い」と云って、杉山には金五両を渡した。

一行は暫く四つ橋の傍に立ち止まっていた。その時平八郎が「どこへ死所を求めに往くにしても、大小を挿していては人目に掛かるから、一同刀を棄てるが好い」と云って、先ず自分の刀を橋の上から水中に投げた。格之助始、人々もこれに従って刀を投げて、皆脇差ばかりになった。それから平八郎の黙って歩く跡に附いて、一同下寺町[234]まで出た。ここで白井と杉山とが、いつまで往っても名残は尽きぬと云って、暇乞をした。後に白井は杉山を連れて、河内国渋川郡大蓮寺村[235]の伯父の家に往き、鋏を借りて杉山と倶に髪を剪り、伏見へ出ようとする途中で捕われた。

跡には平八郎父子と瀬田、渡辺、庄司との五人が残った。そのうち下寺町で火事を見に出ていた人の群を避けようとするはずみに、庄司が平八郎等四人にはぐれた。後に庄司は天王寺村[236]で夜を明かして、平野郷[237]から河内、大和を経て、自分と前後して大和路へ奔った平八郎父子には出逢わず、大阪へ様子を見に帰る気になって、奈良まで引き返して捕われた。

庄司がはぐれて、平八郎父子と瀬田、渡辺との四人になった時、下寺町の両側共寺ばかりの所を歩きながら、瀬田が重ねて平八郎に所存を問うた。平八郎は暫く黙っていて答えた。「いや先刻考があるとは云ったが、別にこうと極まった事ではない。お前方二人は格別の間柄だから話して聞かせる。己は今暫く世の成行を見ていようと思う。もっとも間断なく死ぬる覚悟をしていて、恥辱を受けるような事はせぬ」と云ったのである。これを聞いた瀬田と渡辺とは、「そんなら我々も是非共御先途を見届けます」と云って、河内から大和路へ奔ることを父子に勧めた。四人の影は平野郷方角へ出る畑中道の闇の裏に消えた。

十、城

きょうの騒動が始て大阪の城代土井の耳に入ったのは、東町奉行跡部が玉造口定番遠藤に加勢を請うた時の事である。土井は遠藤を以て東西両町奉行に出馬を言い付けた。丁度西町奉行堀が遠藤の所に来ていたので、堀自分はすぐに沙汰を受け、それから東町奉行所に往って、跡部に出馬の命を伝えることになった。

土井は両町奉行に出馬を命じ、同時に目附中川半左衛門、犬塚太郎左衛門(238)を陰謀の偵察、与党の逮捕に任じて置いて、昼四つ時に定番、大番、加番(239)の面々を呼び集めた。

城代土井は下総古河の城主である。その下に居る定番二人のうち、まだ着任しない京橋口定番米倉は武蔵金沢の城主で、現に京橋口をも兼ね預かっている玉造口定番遠藤は近江三上の城主である。定番の下には一年交代の大番頭(240)が二人いる。東大番頭は三河新城の菅沼織部正定忠(241)、西大番頭は河内狭山の北条遠江守氏春(242)である。以上は幕府の旗下で、定番の下には各与力三十騎、同心百人がいる。大番頭の下には各組頭四人、組衆四十六人、与力十騎、同心二十人がいる。京橋組、玉造組、東西大番を通算すると、上下の人数が定番二百六十四人、大番百六十二人、合計四百二十六人になる。これだけでは守備が不足なので、幕府は外様の大名に役知一万石宛を遣って加番に取っている。山里丸の一加番(243)が越前大野の土井能登守利忠(244)、中小屋(245)の二加番が越後与板の井伊右京亮直経(246)、青屋口(247)の三加番が出羽長瀞の米津伊勢守政懿(248)、雁木坂(249)の四加番が播磨安志の小笠原信濃守長武(250)である。加番は各物頭(251)五人、徒目付(252)六人、平士[253]九人、徒[254]六人、小頭[255]七人、足軽[256]二百二十四人を率いて入城する。その内に小筒六十挺弓二十張がある。また棒突足軽[257]が三十五人いる。四箇所の加番を積算すると、上下の人数が千三十四人になる。定番以下のこの人数に城代の家来を加えると、城内には千五、六百人の士卒がいる。

　定番、大番、加番の集まった所で、土井は正九つ時に城内を巡見するから、それまでに各持口を固めるようにと言い付けた。それから士分のものは鎧櫃を担ぎ出す。具足奉行[258]上田五兵衛は具足を分配する。鉄砲奉行石渡彦太夫は鉄砲玉薬を分配する。鍋釜の這入っていた鎧櫃もあつた位で、兵器装具には用立たぬものが多く、城内は一方ならぬ混雑であった。

　九つ時になると、両大番頭が先導になって、土井は定番、加番の諸大名を連れて、城内を巡見した。門の数が三十三箇所、番所の数が四十三箇所あるのだから、随分手間が取れる。どこに往って見ても、防備はまだ目も鼻も開いていない。土井は暮六つ時に改めて巡見することにした。

　二度目に巡見した時は、城内の士卒の外に、尼崎[259]、岸和田[260]、高槻[261]、淀[262]などから繰り出した兵が到着している[263]。

坤[264]に開いている城の大手は土井の持口である。詰所は門内の北にある。門前には柵を結い、竹束を立て、土俵を築き上げて、大筒二門を据え、別に予備筒二門が置いてある。門内には番頭が控え、門外北側には小筒を持った足軽百人が北向に陣取っている。南側には尼崎から来た松平遠江守忠栄の一番手三百三十余人が西向に陣取る。ほぼ同数の二番手は後にここへ参着して、京橋口に遷り、次いで跡部の要求によって守口、吹田[265]へ往った。後に郡山[266]の一、二番手も大手に加わった。

大手門内を、城代の詰所を過ぎて北へ行くと、西の丸[267]である。西の丸の北、乾[268]の角に京橋口が開いている。この口の定番の詰所は門内の東側にある。定番米津[269]が着任しておらぬので、山里丸加番土井が守っている。大筒の数は大手と同じである。門外には岸和田から来た岡部内膳正長和の一番手二百余人、高槻の永井飛驒守直与の手、その外淀の手が備えている。

京橋口定番の詰所の東隣は焔硝蔵[270]である。焔硝蔵と艮[271]の角の青屋口との中間に、本丸に入る極楽橋が掛かっている。極楽橋から這入った所が山里で、その南が天主閣[272]、そのまた南が御殿[273]である。本丸には菅沼、北条の両大番頭が備えている。

青屋口には門の南側に加番の詰所がある。この門は加番米津が守って、中小屋加番の井伊が遊軍[274]としてこれに加わっている。青屋口加番の詰所から南へ順次に、中小屋加番、雁木坂加番、玉造口定番の詰所が並んでいる。雁木坂加番小笠原は、自分の詰所の前の雁木坂に馬印[275]を立てている。

玉造口定番の詰所は巽[276]に開いている。玉造口の北側である。この門は定番遠藤が守っている。これに高槻の手が加わり、後には郡山の三番手も同じ所に附けられた。玉造口と大手との間は、東が東大番、西が西大番の平常の詰所である。

土井の二度の巡見の外、中川、犬塚の両目附は城内所々を廻って警戒し、また両町奉行所に出向いて情報を取った。夜に入ってからは、城の内外の持口々々に篝火を焚き連ねて、炎焔天を焦すのであった。跡部の役宅には伏見奉行[277]加納遠江守久儔[278]、堀の役宅には堺奉行[279]曲淵甲斐守景山[280]が、各与力同心を率いて繰り込んだ。また天王寺方面には岸和田から来た二番手千四百余人が陣を張った。

目附中川、犬塚の手で陰謀の与党を逮捕しようと云う手配は、日暮頃から始まったが、はかばかしい働きも出来なかった。吹田村で氏神の神主をしている、平八郎の叔父宮脇志摩の所へ捕手の向ったのは翌二十日で、宮脇は切腹して溜池に飛び込んだ。

船手奉行[281]の手で、川口の舟を調べはじめたのは、中一日置いた二十一日の晩からである。城の兵備を撤したのも二十一日である。

朝五つ時に天満から始まった火事は、大塩の同勢が到る処に大筒を打ち掛け火を放ったので、風の余り無い日でありながら、思の外にひろがった。天満は東が川崎、西が知源寺、摂津国町、又二郎町、越後町、旅籠町、南が大川、北が与力町を界とし、大手前から船場へ掛けての市街は、谷町一丁目から三丁目までを東界、上大みそ筋から下難波橋筋までを西界、内本町、太郎左衛門町、西入町、豊後町、安土町、魚屋町を南界、大川、土佐堀川を北界として、一面の焦土となった。本町橋東詰で、西町奉行堀に分れて入城した東町奉行跡部は、火が大手近く燃えて来たので、夕七つ時にまた坂本以下の与力同心を率いて火事場に出馬した。丁度火消人足[282]が谷町で火を食い止めようとしている所であったが、人数が少いのと一同疲れているのとのために、暮六つ半に谷町代官所に火の移るのを防ぐことが出来なかった。鎮火したのは翌二十日の宵五つ半である。町数で言えば天満組四十二町、北組五十九町、南組十一町、家数、竈数[283]で言えば、三千三百八十九軒、一万二千五百七十八戸が災に罹ったのである。

十一、二月十九日の後の一、信貴越[284]

大阪兵燹[285]の余焔が城内の篝火と共に闇を照し、番場の原には避難した病人産婦の呻吟を聞く二月十九日の夜、平野郷のとある森蔭に体を寄せ合って寒さを凌いでいる四人があった。これは夜の明けぬ間に河内へ越そうとして、身も心も疲れ果て、最早一歩も進むことの出来なくなった平八郎父子と瀬田、渡辺とである。

四人は翌二十日に河内の界に入って、食を求める外には人家に立ち寄らぬように心掛け、平野川に沿うて、間道を東へ急いだ。さて途中どこで夜を明かそうかと思っているうち、夜なかから大風雨になった。ようよう産土の社[286]を見付けて駈け込んでいると、暫く物を案じていた渡辺が、突然もうこの先きは歩けそうにないから、先生の手足纏にならぬようにすると云って、手早く脇差を抜いて腹に突き立てた。左の脇腹に三寸余り切先が這入ったので、所詮助からぬと見極めて、平八郎が介錯した。渡辺は色の白い、少し歯の出た[287]、温順篤実な男で、年齢は僅に四十を越したばかりであった。

二十一日の暁になっても、大風雨は止みそうな気色もない。平八郎父子と瀬田とは、渡辺の死骸を跡に残して、産土の社を出た。土地の百姓が死骸を見出して訴えたのは、二十二日の事であった。社のあった所は河内国志紀郡田井中村(288)である。

三人は風雨を冒して、間道を東北の方向に進んだ。風雨はようよう午頃に息んだが、肌まで濡れ通って、寒さは身に染みる。辛うじて大和川の支流幾つかを渡って、夜に入って高安郡恩地村(289)に着いた。さて例の通人家を避けて、籔陰の辻堂を捜し当てた。近辺から枯枝を集めて来て、おそるおそる焚火をしていると、瀬田が発熱して来た。いつも血色の悪い、蒼白い顔が、大酒をしたように暗赤色になって、持前の二皮目(290)が血走っている。平八郎父子が物を言い掛ければ、驚いたように返事をするが、その間々は焚火の前に蹲って、現とも夢とも分からなくなっている。ここまで来る途中で、先生が寒かろうと云って、瀬田は自分の着ていた羽織を脱いで平八郎に襲ねさせたので、誰よりも強く寒さに侵されたものだろう。平八郎は瀬田に、兎に角人家に立ち寄って保養して跡から来るが好いと云って、無理に田圃道を百姓家のある方へ往かせた。その後影を暫く見送っていた平八郎は、急に身を起して焚火を踏み消した。そして信貴越の方角を志して、格之助と一しょに、また間道を歩き出した。

瀬田は頭がぼんやりして、体じゅうの脈が鼓を打つように耳に響く。狭い田の畔道を踏んで行くに、足がどこを踏んでいるか感じが無い。動もすれば苅株の間の湿った泥に足を蹈み込む。ようよう一軒の百姓家の戸の隙から明かりのさしているのにたどり着いて、瀬田ははっきりとした声で、暫く休息させて貰いたいと云った。雨戸を開けて顔を出したのは、四角な赭ら顔の爺いさんである。瀬田の様子をじっと見ていたが、思の外拒もうともせずに、囲炉裏の側に寄って休めと云った。婆あさんが草鞋を脱がせて、足を洗ってくれた。瀬田は火の側に横になるや否や、目を閉じてすぐに鼾をかき出した。その時爺いさんはそっと瀬田の顔に手を当てた。瀬田は知らずにいた。爺いさんはその手を瀬田の腰の所に持って往って、脇差を抜き取った。そしてそれを持って、家を駈け出した。行灯の下にすわった婆あさんは、呆れて夫の跡を見送った。

　瀬田は夢を見ている。松並木のどこまでも続いている街道を、自分は力限駈けて行く。跡から大勢の人が追い掛けて来る。自分の身は非常に軽くて、ほとんど鳥の飛ぶように駈けることが出来る。それに追うものの足音が少しも遠ざからない。瀬田は自分の足の早いのに頗満足して、ただ追うものの足音の同じように近く聞えるのを不審に思っている。足音は急調に鼓を打つ様に聞える。ふと気が附いて見ると、足音と思ったのは、自分の脈の響くのであった。意識が次第に明瞭になると共に、瀬田は腰の物の亡くなったのを知った。そしてそれと同時に自分の境遇を不思議な程的確に判断することが出来た。

瀬田は跳ね起きた。眩暈の起りそうなのを、出来るだけ意志を緊張してこらえた。そして前に爺いさんの出て行った口から、同じように駈け出した。行灯の下の婆あさんは、また呆れてそれを見送った。

百姓家の裏に出て見ると、小道を隔てて孟宗竹の大藪がある。その奥を透かして見ると、高低種々の枝を出している松の木がある。瀬田は堆く積もった竹の葉を蹈んで、松の下に往って懐を探った。懐には偶然捕縄(291)があった。それを出してほぐして、低い枝に足を蹈み締めて、高い枝に投げ掛けた。そして罠を作って自分の頸に掛けて、低い枝から飛び降りた。瀬田は二十五歳で、脇差を盗まれたために、見苦しい最期を遂げた。村役人を連れて帰った爺いさんが、その夜の中に死骸を見付けて、二十二日に領主稲葉丹後守(292)に届けた。

平八郎は格之助の遅れ勝になるのを叱り励まして、二十二日の午後に大和の境に入った。それから日暮に南畑(293)で格之助に色々な物を買わせて、身なりを整えて、駅のはずれにある寺に這入った。暫くすると出て来て、「お前も頭を剃るのだ」と云った。

格之助は別に驚きもせず、連れられて這入った。親子が僧形になって、麻の衣を着て寺を出たのは、二十三日の明六つ頃であった。

寺にいた間は平八郎がほとんど一言も物を言わなかった。さて寺を出離れると、平八郎が突然云った。「さあ、これから大阪に帰るのだ。」

格之助もこの詞には驚いた。「でも帰りましたら。」

「好いから黙って附いて来い。」

平八郎は足の裏が燃えるように逃げて来た道を、渇したものが泉を求めて走るように引き返して行く。傍から見れば、その大阪へ帰ろうとする念は、一種の不可抗力のように平八郎の上に加わっているらしい。格之助も寺で宵と暁とに温い粥を振舞われてからは、霊薬を服したように元気を恢復して、もう遅れるような事はない。しかし一歩々々危険な境に向って進むのだと云う考が念頭を去らぬので、先に立って行く養父の背を望んで、驚異の情の次第に加わるのを禁ずることが出来ない。

十二、二月十九日後の二、美吉屋

大阪油懸町の(294)、紀伊国橋を南へ渡って東へ入る南側で、東から二軒目に美吉屋と云う手拭地の為入屋(295)がある。主人五郎兵衛(296)は六十二歳、妻つねは五十歳になって、娘かつ、孫娘かくの外、家内に下男五人、下女一人を使っている。上下十人暮しである。五郎兵衛は年来大塩家に出入して、勝手向(297)の用を達したこともあるので、二月十九日に暴動のあった後は、町奉行所の沙汰で町預(298)になっている。

この美吉屋で二月二十四日の晩に、いつものように主人が勝手に寝て、家族や奉公人を二階と台所とに寝させていると、宵の五つ過に表の門を敲くものがある。主人が起きて誰だと問えば、備前島町河内屋八五郎の使だと云う。河内屋は兼て取引をしている家なので、どんな用事があって、夜に入って人をよこしたかと訝りながら、庭へ降りて潜戸を開けた。

戸があくとすぐに、衣の上に鼠色の木綿合羽をはおった僧侶が二人つと這入って、低い声に力を入れて、早くその戸を締めろと指図した。驚きながら見れば、二人共僧形に不似合な脇差を左の手に持っている。五郎兵衛はがたがた震えて、返事もせず、身動きもしない。先に這入った年上の僧が目食わせをすると、跡から這入った若い僧が五郎兵衛を押し除けて戸締をした。

二人は縁に腰を掛けて、草鞋の紐を解き始めた。五郎兵衛はそれを見ているうちに、再び驚いた。髪をおろして相好は変っていても、大塩親子だと分かったからである。「や。大塩様ではございませんか。」「名なんぞを言うな」と、平八郎が叱るように云った。

二人は黙って奥へ通るので、五郎兵衛は先に立って、納戸[299]の小部屋に案内した。五郎兵衛が、「どうなさる思召か」と問うと、平八郎はただ「当分厄介になる」とだけ云った。

陰謀の首領をかくまうと云うことが、容易ならぬ罪になるとは、五郎兵衛もすぐに思った。しかし平八郎の言うことは、年来暗示のようにこの爺いさんの心の上に働く習慣になっているので、ことわることは所詮出来ない。その上親子が放さずに持っている脇差も、それとなく威嚇の功を奏している。五郎兵衛はただ二人を留めて置いて、もし人に知られるなら、それが一刻も遅く、一日も遅いようにと、禍殃[300]を未来に推し遣る工夫をするより外ない。そこで小部屋の襖をぴったり締め切って、女房にだけわけを話し、奉公人に知らせぬように、食事を調えて運ぶことにした。

一日立つ。二日立つ。いつは立ち退いてくれるかと、老人夫婦は客の様子を覗っているが、平八郎は落ち着き払っている。心安い人が来ては奥の間へ通ることもあるので、襖一重の先にお尋者を置くのが心配に堪えない。幸に美吉屋の家には、坤の隅に離座敷がある。周囲は小庭になっていて、母屋との間には、小さい戸口の附いた板塀がある。それから今一つすぐに往来に出られる口が、表口から西に当る路次に附いている。この離座敷なら家族も出入せぬから、奉公人に知られる虞もない。そこで五郎兵衛は平八郎父子を夜中にそこへ移した。そして日々飯米を測って勝手へ出す時、紙袋に取り分け、味噌、塩、香の物などを添えて、五郎兵衛が手ずから持ち運んだ。それを親子炭火で自炊するのである。

兎角するうちに三月になって、美吉屋にも奉公人の出代があった(301)。その時女中の一人が平野郷の宿元(302)に帰ってこんな話をした。美吉屋では不思議に米が多くいる。老人夫婦が毎日米を取り分けて置くのを、奉公人は神様に供えるのだろうと云っているが、それにしてもおさがりが少しも無いと云うのである。

平野郷は城代土井の領分八万石の内一万石の土地で、七名家(304)と云う土着のものが支配している。その中の末吉平左衛門(305)、中瀬九郎兵衛の二人が、美吉屋から帰った女中の話を聞いて、郷の陣屋に訴えた。陣屋に詰めている家来が土井に上申した。土井は、東西両町奉行の組のうちから城代の許へ出して用を聞せる与力である。立入与力と云うのは内山に糺問せられて、すぐに実を告げた。

土井は大目附時田肇に、岡野小右衛門(306)、菊地鉄平、芹沢啓次郎、松高縫蔵、安立讃太郎、遠山勇之助、斎藤正五郎、菊地弥六の八人を附けて、これに逮捕を命じた。

三月二十六日の夜四つ半時、時田は自宅に八人のものを呼んで命を伝え、すぐに支度をして中屋敷(307)に集合させた。中屋敷では、時田が美吉屋の家宅の摸様を書いたものを一同に見せ、なるべく二人を生擒にするようにと云う城代の注文を告げた。岡野某は相談して、時田から半棒(308)を受け取った。それから岡野が入口の狭い所を進むには、順番を籤で極めて、争論のないようにしたいと云うと、一同これに同意した。岡野は重ねて、自分は齢五十歳を過ぎて、跡取の倅もあり、この度の事を奉公のしおさめにしたいから、一番を譲って貰って、次の二番から八番までの籤を人々に引かせたいと云った。これにも一同が同意したので、籤を引いて二番菊地弥六、三番松高、四番菊地鉄平、五番遠山、六番安立、七番芹沢、八番斎藤と極めた。

二十七日の暁八つ時過、土井の家老鷹見十郎左衛門[309]は岡野、菊地鉄平、芹沢の三人を宅に呼んで、西組与力内山を引き合せ、内山と同心四人とに部屋目附鳥巣彦四郎を添えて、偵察に遣ることを告げた。岡野等三人は中屋敷に帰って、一同に鷹見の処置を話して、偵察の結果を待っていると、鷹見が出向いて来て、大切の役目だから、手落のないようにせいと云う訓示をした。七つ半過に鳥巣が中屋敷に来て、内山の口上を伝えて、本町五丁目の会所へ案内した。時田以下の九人は鳥巣を先に立てて、外に岡村桂蔵と云うものを連れて本町へ往った。暫く本町の会所に待っていると、内山の使に同心が一人来て、一同を信濃町の会所に案内した。油懸町の南裏通である。信濃町では、一同が内山の出した美吉屋の家の図面を見て、その意見に従って、東表口に向う追手[310]と、西裏口に向う搦手[311]とに分れることになった。

追手は内山、同心二人、岡野、菊地弥六、松高、菊地鉄平の七人、搦手は同心二人、遠山、安立、芹沢、斎藤、時田の七人である。この二手は総年寄[312]今井官之助[313]、比田小伝次、永瀬七三郎三人の率いた火消人足に前以て取り巻かせてある美吉屋へ、六つ半時に出向いた。搦手は一歩先に進んで西裏口を固めた。追手は続いて岡野、菊地弥六、松高、菊地鉄平、内山の順序に東表口を這入った。内山は菊地鉄平に表口の内側に居残ってくれと頼んだ。鉄平は一人では心元ないので、附いて来た岡村に一しょにいて貰った。

追手の同心一人は美吉屋の女房つねを呼び出して、耳に口を寄せて云った。「お前大切の御用だから、しっかりして勤めんではならぬぞ。お前は板塀の戸口へ往って、平八郎にこう云うのだ。内の五郎兵衛はお預けになっているので、今家財改のお役人が来られた。どうぞちょいとの間裏の路次口から外へ出ていて下さいと云うのだ。間違えてはならぬぞ」と云った。

つねは顔色が真っ蒼になったが、ようよう先に立って板塀の戸口に往って、もしもしと声を掛けた。しかし教えられた口上を言うことは出来なかった。

暫くすると戸口が細目に開いた。内から覗いたのは坊主頭の平八郎である。平八郎は捕手と顔を見合せて、すぐに戸を閉じた。

岡野等は戸を打ちこわした。そして戸口から岡野が呼び掛けた。「平八郎卑怯だ。これへ出い。」

「待て」と、平八郎が離座敷(はなれざしき)の雨戸の内から叫んだ。

岡野等は暫(しばら)くためらっていた。

表口(おもてぐち)の内側にいた菊地鉄平は、美吉屋の女房小供や奉公人の立(た)ち退(の)いた跡(あと)で暫(しばら)く待っていたが、板塀(いたべい)の戸口で手間の取れる様子を見て、鍵形(かぎがた)になっている表の庭を、縁側の角(すみ)に附いて廻って、戸口にいる同心に、「もう踏み込んではどうだろう」と云った。

「宜(よろ)しゅうございましょう」と同心が答えた。

鉄平は戸口をつと這入(はい)って、正面にある離座敷(はなれざしき)の雨戸を半棒(はんぼう)で敲(たた)きこわした。戸の破れた所からは烟が出て、火薬の臭(におい)がした。

鉄平に続いて、同心、岡野、菊地弥六、松高が一しょに踏み込んで、残る雨戸を打ちこわした。

離座敷の正面には格之助の死骸らしいものが倒れていて、それに衣類を覆(おお)い、間内(まうち)の障子をはずして、死骸の上を越させて、雨戸に立て掛け、それに火を附けてあった。雨戸がこわれると、火の附いた障子が、燃(も)えながら庭へ落ちた。死骸らしい物のある奥の壁際(かべぎわ)に、平八郎は鞘(さや)を払った脇差(わきざし)を持って立っていたが、踏み込んだ捕手(とりて)を見て、その刃を横に吭に突き立て、引き抜いて捕手の方へ投げた。

投げた脇差は、傍輩と一しょに半棒で火を払い除けている菊地弥六の頭を越し、襟から袖をかすって、半棒に触れ、少し切り込んでけし飛んだ。弥六の襟、袖、手首は、灑ぎ掛けたように血が附いた。

火は次第に燃えひろがった。捕手は皆焔を避けて、板塀の戸口から表庭へ出た。弥六は脇差を投げ附けられたことを鉄平に話した。鉄平が「そんなら庭にあるだろう」と云って、弥六を連れて戸口に往って見ると、四、五尺ばかり先に脇差は落ちている。しかし火が強くて取りに往くことが出来ない。そこへ最初案内に立った同心が来て、「わたくし共の木刀には鍔がありますから、引っ掛けて掻き寄せましょう」と云った。脇差は旨く掻き寄せられた。柄は茶糸巻で、刃が一尺八寸あった。

搦手は一歩先に西裏口に来て、遠山、安立、芹沢、時田が東側に、斎藤と同心二人とが西側に並んで、真ん中に道を開け、逃げ出したら挟撃にしようと待っていた。そのうち余り手間取るので、安立、遠山、斎藤の三人が覗きに這入った。離座敷には人声がしている。また持場に帰って暫く待ったが、誰も出て来ない。三人がまた覗きに這入ると、雨戸の隙から火焔の中に立っている平八郎の坊主頭が見えた。そこで時田、芹沢と同心二人とを促して、一しょに半棒で雨戸を打ちこわした。しかし火気が熾なので、この手のものも這入ることが出来なかった。

そこへ内山が来て、「もう跡は火を消せば好いのですから、消防方に任せてはいかがでしょう」と云った。

遠山が云った。「いや。死骸がじき手近にありますから、どうかしてあれを引き出すことにしましょう。」

遠山はこう云って、傍輩と一しょに死骸のある所へ水を打ち掛けていると、消防方が段々集って来て、朝五つ過に火を消し止めた。

総年寄今井が火消人足を指揮して、焼けた材木を取り除けさせた。その下から吉兵衛と云う人足が先ず格之助らしい死骸を引き出した。胸が刺し貫いてある。平生歯が出ていたが、その歯を剝き出している。次に平八郎らしい死骸が出た。これは吭を突いて俯伏している。今井は二つの死骸を水で洗わせた。平八郎の首は焼けふくらんで、肩に埋まったようになっているのを、頭を抱えて引き上げて、面体を見定めた。格之助は創の様子で、父の手に掛かって死んだものと察せられた。今井は近所の三宅という医者の家から、駕籠を二挺出させて、それに死骸を載せた。

二つの死骸は美吉屋夫婦と共に高原溜へ[314]送られた。道筋には見物人の山を築いた。

十三、二月十九日後の三、評定

　大塩平八郎が陰謀事件の評定は、六月七日に江戸の評定所[315]に命ぜられた。大岡紀伊守忠愛[316]の預っていた平山助次郎、大阪から護送して来た吉見九郎右衛門、同英太郎、河合八十次郎、大井正一郎、安田図書、大西与五郎、美吉屋五郎兵衛、同つね、その外西村利三郎を連れて伊勢から仙台に往き、江戸で利三郎が病死するまで世話をした黄檗[317]の僧剛嶽[318]、江戸で西村を弟子にした橋本町一丁目の願人冷月、西村の死骸を葬った浅草遍照院[319]の所化[320]尭周等が呼び出されて、七月十六日から取調が始まった。次いで役人が大阪へも出張して、両方で取り調べた。罪案[321]が定まって上申[322]せられたのは天保九年閏四月八日で、宣告のあったのは八月二十一日である。

　平八郎、格之助、渡辺、瀬田、小泉、庄司、近藤、大井、深尾、茨田、高橋、父柏岡、倅柏岡、西村、宮脇、橋本、白井孝右衛門と暴動には加わらぬが連判をしていた摂津森小路村[323]の医師横山文哉[324]、同国猪飼野村の百姓木村司馬之助[325]との十九人、それから返忠をし掛けて遅疑[326]した弓奉行組[327]同心小頭竹上万太郎[328]は磔[329]になった。しかるに九月十八日に鳶田[330]で刑の執行があった時、生きていたのは竹上一人である。他の十九人は、自殺した平八郎、渡辺、瀬田、近藤、深尾、宮脇、病死した西村、人に殺された格之助、小泉を除き、彼江戸へ廻された大井迄悉く牢死したので、磔柱には塩詰の死骸[331]を懸けた。中にも平八郎父子は焼けた死骸を塩詰にして懸けられたのである。西村は死骸が腐っていたので、墓を毀たれた。

松本、堀井、杉山、曽我、植松、大工作兵衛、猟師金助、美吉屋五郎兵衛、瀬田の中間浅佶、深尾の募集に応じた尊延寺村の百姓忠右衛門と無宿[332]新右衛門とは獄門[333]、暴動に加わらぬ与党の内、上田、白井孝右衛門の甥儀次郎、般若寺村の百姓卯兵衛は死罪[334]、平八郎の妾ゆう、美吉屋の女房つね、大西与五郎と白井孝右衛門の倅で、穉い時大塩の塾にいたこともあり、父の陰謀の情を知っていた彦右衛門とは遠島[335]、安田と杉山を剃髪させた同人の伯父、河内大蓮寺の僧正方[336]、西村の逃亡を助けた同人の姉婿、堺の医師寛輔[337]の二人とは追放[338]になった。しかしこの人々も杉山、上田、大西、倅白井の四人の外は、皆刑の執行前に牢死した。

密訴をした平山と父吉見とは取高のまま[339]譜代席小普請入[340]になり、吉見英太郎、河合八十次郎は各銀五十枚(341)を賜わった。この中で酒井大和守忠嗣(342)へ預替(343)になっていた平山は、番人の便所に立った留守に詰所の棚の刀箱から脇差を取り出して自殺した。

城代土井以下賞与を受けたものは十九人あった。中にも坂本鉉之助は鉄砲方(344)になって、目見以上の末席(345)に進められた。しかし両町奉行には賞与がなかった。

附録

私が大塩平八郎の事を調べて見ようと思い立ったのは、鈴木本次郎(346)君に一冊の写本を借りて見た時からの事である。写本は墨付(すみつき)(347)二十七枚の美濃紙本で、表紙に「大阪大塩平八郎万記録(よろずきろく)(348)」と題してある。表紙の右肩には「川辺文庫」の印がある。川辺御楯(かわのべみたて)(349)君が鈴木君に贈与したものだそうである。

万記録(よろずきろく)の内容は、松平遠江守(とおとうみのかみ)の家来稲垣左近右衛門(さこんえもん)(350)と云う者が、見聞した事を数度に主家へ注進した文書である。松平遠江守とは摂津(せっつ)尼崎の城主松平忠栄(ただなが)の事であろう。万記録は所謂(いわゆる)風説が大部分を占めているので、その中から史実を選(えら)み出(だ)そうとして見ると、獲ものは頗(すこぶ)る乏しい。しかし記事が穴だらけなだけに、私はそれに空想を刺戟(しげき)せられた。

そこで現に公にせられている、大塩に関した書籍の中で、一番多くの史料を使って、一番精(くわ)しく書いてある幸田成友(こうだしげとも)(351)君の「大塩平八郎(352)」を読み、同君の新小説に出した同題の記事(353)を読んだ。そして古い大阪の地図や、「大阪城志(354)」を参考して、伝えられた事実を時間と空間との経緯に配列して見た。

こんな事をしている間、私の頭の中をやや久しく大塩平八郎と云う人物が占領していた。私は友人に逢う度に、平八郎の話をし出して、これに関係した史料や史論を聞こうとした。松岡寿(355)君は平八郎の塾にいた宇津木矩之允と岡田良之進との事に就いて、在来の記録に無い事実を聞かせてくれ、また三上参次(356)君、松本亦太郎(357)君は多少纏った評論を聞せてくれた。

そのうち私の旧主人(358)が建てている菁々塾(359)の創立記念会があった。私は講話を頼まれて、外に何も考えていなかった為め、大塩平八郎を題とした二時間ばかりの話をした。そしてとうとう平八郎の事に就いて何か書こうと云う気になった。

私は無遠慮に「大塩平八郎」と題した一篇を書いた。それは中央公論に載せられた。平八郎の暴動は天保八年二月十九日である。私は史実に推測を加えて、この二月十九日と云う一日の間の出来事を書いたのである。史実として時刻の考えられるものは、

概ね左の通である。

天保八年二月十九日

今の時刻	昔の時刻	事実
午前四時	暁七時（寅）	吉見英太郎、河合八十次郎の二少年吉見の父九郎右衛門の告発書を大阪西町奉行堀利堅に呈す。
六時	明六時（卯）	東町奉行跡部良弼は代官二人に防備を命じ、大塩平八郎の母兄大西与五郎に平八郎を訪ひて処決せしむることを嘱す。
七時	朝五時（辰）	平八郎家宅に放火して事を挙ぐ。
十時	昼四時（巳）	跡部坂本鉉之助に東町奉行所の防備を命ず。
十一時	昼四半時	城代土井利位城内の防備を命ず。
十二時	昼九時（午）	平八郎の隊北浜に至る。土井初めて城内を巡視す。
午後四時	夕七時（申）	平八郎等八軒屋に至りて船に上る。
六時	暮六時（酉）	平八郎に附随せる与党の一部上陸す。土井再び城内を巡視す。

時刻の知れているこれだけの事実の前後と中間とに、伝えられている一日間の一切の事実を盛り込んで、矛盾が生じなければ、それで一切の事実が正確だと云うことは証明せられぬまでも、記載の信用はかなり高まるわけである。私は敢てそれを試みた。そしてその間に推測を逞くしたには相違ないが、余り暴力的な切盛や、人を馬鹿にした捏造はしなかった。

私の「大塩平八郎」は一日間の事を書くを主としてはいたのだが、その一日の間に活動している平八郎と周囲の人物とは、皆それぞれの過去を持っている。記憶を持っている。殊に外生活だけを臚列するに甘んじないで、幾分か内生活に立ち入って書くことになると、過去の記憶は比較的大きい影響をその人々の上に加えなくてはならない。そう云う場合を書く時、一目に見わたしの付くように、私は平八郎の年譜を作った。原稿には次第に種々な事を書き入れたので、ただに些の空白をも残さぬばかりでなく、文字と文字とが重なり合って、他人が見てはなんの反古だか分からぬようになった。ここにはそれを省略して載せる。

大塩平八郎年譜

寛政五年癸丑（一七九三年）　大塩平八郎後素生る。幼名文之助。祖先は今川氏の族にして、波右衛門と云ふ。今川氏滅びて後、岡崎(360)の徳川家康に仕ふ。小田原役(361)に足立勘平を討ちて弓を賜はる。伊豆塚本に采地(さいち)(362)を授けらる。大阪陣(363)の時、越後柏崎の城を守る。後尾張侯(364)に仕へ、嫡子をして家を襲(つ)がしむ。名古屋白壁町の大塩氏はその後なり。波右衛門の末子(ばっし)大阪に入り、町奉行組与力となる。天満橋筋長柄町東入四軒屋敷に住す。数世にして喜内と云ふものあり。その弟を助左衛門、その子を政之丞成余と云ふ。成余の子を平八郎敬高と云ふ。敬高の弟志摩出でて宮脇氏を冒(おか)す。敬高大西氏(366)を娶(めと)る。文之助を生む。名は後素(365)。字(あざな)は子起。通称は平八郎。中斎と号す。居る所を洗心洞(367)と云ふ。其親族関係左の如し。（幸田）

橋本氏

某
├ 忠兵衛
│　├ ゆう ＝
│　└ みね
│　└ 松次郎

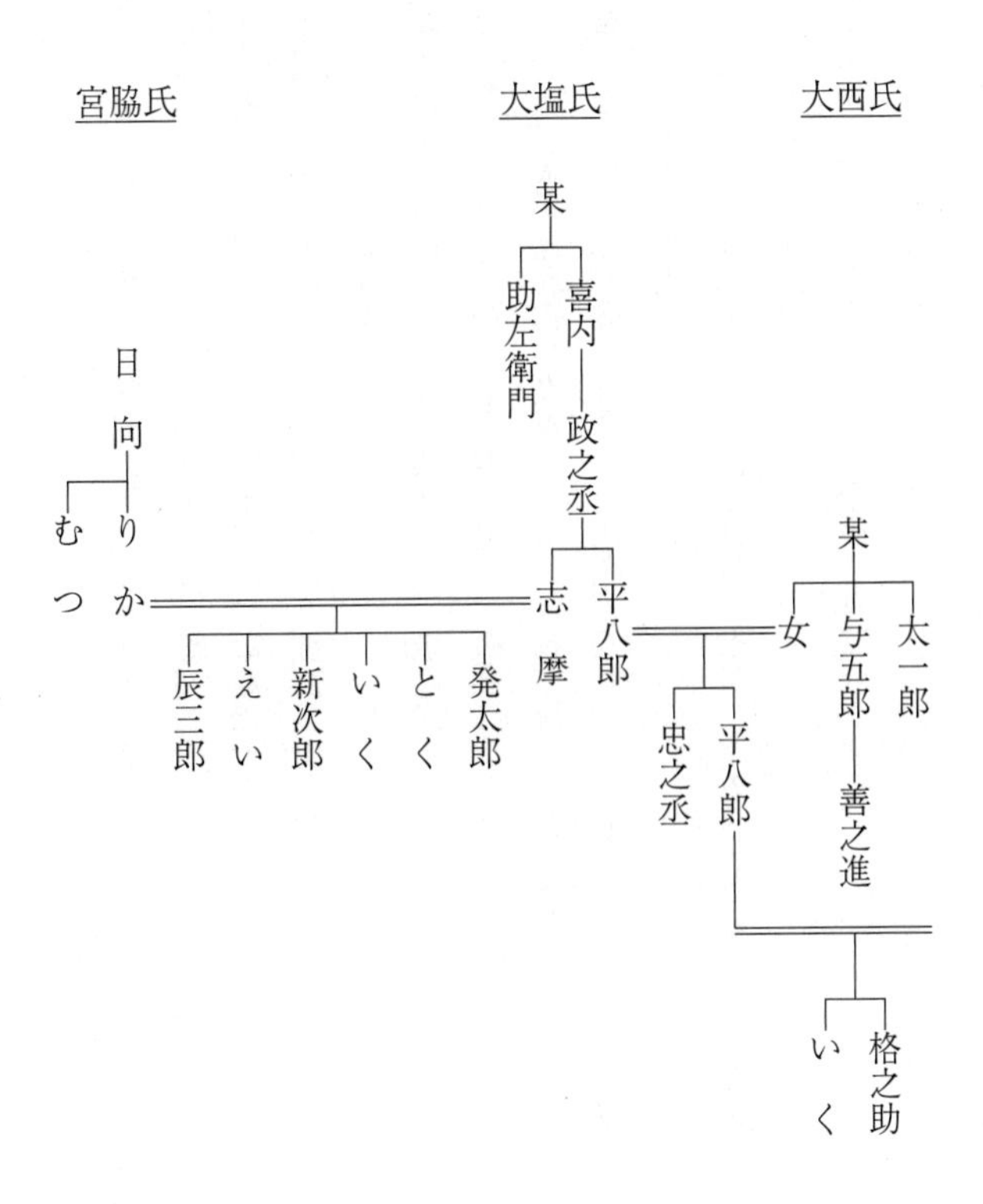
宮脇氏
大塩氏
大西氏
某
喜内
助左衛門
政之丞
平八郎
志摩
日向
りか
むつ
発太郎
とく
いく
新次郎
えい
辰三郎
某
太一郎
与五郎
善之進
女
平八郎
忠之丞
格之助
いく

この年平八郎後素の祖父成余四十二歳、父敬高二十四歳。
六年甲寅　平八郎二歳。成余四十三歳。敬高二十五歳。
七年乙卯　平八郎三歳。成余四十四歳。敬高二十六歳。
八年丙辰　平八郎四歳。成余四十五歳。敬高二十七歳。
　橋本忠兵衛生る。
九年丁巳　平八郎五歳。成余四十六歳。敬高二十八歳。
十年戊午　平八郎六歳。成余四十七歳。敬高二十九歳。
　大黒屋和市の女ひろ生る。後橋本氏ゆうと改名し、平八郎の妾(めかけ)となる。
十一年己未　平八郎七歳。成余四十八歳。五月十一日敬高三十歳にして歿す。平八
　郎の弟忠之丞生る。
十二年庚申　平八郎八歳。成余四十九歳。七月二十五日忠之丞歿す。九月二十日平
　八郎の母大西氏歿す。
享和元年辛酉　平八郎九歳。成余五十歳。宮脇りか生る。
二年壬戌　平八郎十歳。成余五十一歳。

三年癸亥　平八郎十一歳。成余五十二歳。
文化元年甲子　平八郎十二歳。成余五十三歳。
二年乙丑　平八郎十三歳。成余五十四歳。
三年丙寅　平八郎十四歳。この頃番方見習(368)となる。成余五十五歳。
四年丁卯　平八郎十五歳。家譜(369)を読みて志を立つ。成余五十六歳。
五年戊辰　平八郎十六歳。成余五十七歳。
六年己巳　平八郎十七歳。成余五十八歳。
七年庚午　平八郎十八歳。成余五十九歳。豊田貢斎藤伊織に離別せられ、水野軍記の徒弟となる。
八年辛未　平八郎十九歳。成余六十歳。
九年壬申　平八郎二十歳。成余六十一歳。
十年癸酉　平八郎二十一歳。始(はじめ)て学問す。成余六十二歳。西組与力弓削(ゆげ)新右衛門地方役たり。
十一年甲戌　平八郎二十二歳。この頃竹上万太郎平八郎の門人となる。成余六十三歳。

十二年乙亥　平八郎二十三歳。成余六十四歳。

十三年丙子　平八郎二十四歳。成余六十五歳。京屋きぬ水野の徒弟となる。

十四年丁丑　平八郎二十五歳。成余六十六歳。

文政元年戊寅　六月二日成余六十七歳にして歿す。平八郎二十六歳にして番代を命ぜらる。妾ゆうを納る。二十一歳。宮脇むつ生る。

二年己卯　平八郎二十七歳。

三年庚辰　平八郎二十八歳。目安役並証文役たり。[370] 十一月高井山城守実徳東町奉行となる。

四年辛巳　平八郎二十九歳。平山助次郎十六歳にして入門す。四月坂本鉉之助始て平八郎を訪ふ。橋本みね生る。

五年壬午　平八郎三十歳。

六年癸未　平八郎三十一歳。平八郎の叔父志摩宮脇氏の婿養子となり、りかに配せらる。この年大井正一郎入門す。水野軍記の妻そへ歿す。

七年甲申　平八郎三十二歳。宮脇発太郎生る。庄司義左衛門、堀井儀三郎入門す。庄司は二十七歳。水野軍記大阪木屋町に歿す。

八年乙酉　平八郎三十三歳。正月十四日洗心洞学舎東掲西掲を書す。白井孝右衛門三十七歳にして入門す。

九年丙戌　平八郎三十四歳。宮脇とく生る。

十年丁亥　平八郎三十五歳。吟味役たり[371]。正月京屋さの、四月京屋きぬ、六月豊田貢、閏六月より七月に至り、水野軍記の関係者皆逮捕せらる。さの五十六歳、きぬ五十九歳、貢五十四歳、所謂邪宗門事件なり。

十一年戊子　平八郎三十六歳。吉見九郎右衛門三十八歳にして入門す。十月邪宗門事件評定所に移さる。

十二年己丑　平八郎三十七歳。三月弓削新右衛門糺弾事件あり。平八郎の妾ゆう薙髪す。十二月五日邪宗門事件落着す。貢、きぬ、さの、外三人磔に処せらる。きぬ、さのは屍を磔す。この年宮脇いく生る。上田孝太郎入門す。木村司馬之助、横山文哉交を訂す。

天保元年庚寅　平八郎三十八歳。三月破戒僧検挙事件あり。七月高井実徳西丸留守居[372]に転ず。平八郎勤仕十三年にして暇を乞ひ、養子格之助番代[373]を命ぜらる。格之助妾橋本みねを納る。九月平八郎名古屋の宗家を訪ひ、展墓す。頼襄[374]序を作りて送る。十一月大阪に帰る。この年松本隣太夫、茨田軍次、白井儀次郎入門す。松本は甫めて七歳なりき。

二年辛卯　平八郎三十九歳。父祖の墓石を天満東寺町成正寺に建つ。吉見英太郎、河合八十次郎入門す。彼は十歳、此は十二歳なり。

三年壬辰　平八郎四十歳。四月頼襄京都より至り、古本大学刮目に序せんことを約す。六月大学刮目に自序す。同月近江国小川村なる中江藤樹[375]の遺蹟を訪ふ。帰途舟に上りて大溝より坂本に至り、風波に逢ふ。秋頼襄京都に病む。平八郎往いて訪へば既に亡し。この年宮脇いくを養ひて女とす。柴屋長太夫三十六歳にして入門す。

四年癸巳　平八郎四十一歳。四月洗心洞箚記に自序し、これを刻す。頼余一[376]に一本を貽る。また一本を佐藤坦[377]に寄せ、手書して志を言ふ。七月十七日富士山に登り、箚記を石室に蔵す。八月足代弘訓の勧により、箚記を宮崎、林崎の両文庫に納む。九月奉納書籍聚跋に序す。十二月儒門空虚聚語に自序す。

この年柏岡伝七、塩屋喜代蔵入門す。

五年甲午　平八郎四十二歳。秋箚記附録抄を刻す。十一月孝経彙註に序す。この年宇津木矩之允入塾す。柏岡源右衛門入門す。この頃高橋九右衛門もまた入門す。

六年乙未　平八郎四十三歳。四月孝経彙註を刻す。夏剳記及(および)附録抄の版を書估(しょこ)(378)に与ふ。

七年丙申　平八郎四十四歳。七月跡部良弼東町奉行となる。九月格之助砲術を試みんとすと称し、火薬を製す。十一月百目筒三挺を買ひまた借る。十二月檄文を印刷す。同月格之助の子弓太郎生る。安田図書、服部末次郎入門す。宇津木矩之允再び入塾す。天保四年以後飢饉にして、この歳最も甚し。

八年丁酉（一八三七年）　平八郎四十五歳。正月八日吉見、平山、庄司連判状に署名す。十八日柏岡源右衛門、同伝七署名す。二十八日茨田、高橋署名す。この月白井孝右衛門、橋本、大井もまた署名す。二月二日西町奉行堀利堅就任す。七日ゆう、みね、弓太郎、いく般若寺村橋本の家に徙(うつ)る。上旬中書籍を売りて、金を窮民に施す。十三日竹上署名す。吉見父子平八郎の陰謀を告発せんと謀(はか)る。十五日上田署名す。木村、横山もまたこの頃署名す。十六日より与党日々平八郎の家に会す。十七日夜平山陰謀を跡部に告発す。十八日暁(あけ)六時(どき)跡部平山を江戸矢部定謙の許に遣る。堀と共に次日市内を巡視することを停む。十九日暁七時吉見英太郎、河合八十次郎英太郎が父の書を懐にして、平八郎の陰謀を堀利堅に告発す。東町奉行所に跡部平八郎の与党小泉淵次郎を斬らしめ、瀬田済之助を逸す。瀬田逃れて平八郎の家に至る。平八郎宇津木を殺さしめ、朝五時事を挙ぐ。昼九時北浜に至る。鴻池等を襲ふ。跡部の兵と平野橋、淡路町に闘ふ。二十日夜兵火息む。二十四日夕平八郎父子油懸町美吉屋五郎兵衛の家に潜む。三月二十七日平八郎父子死す。

九年戊戌　八月二十一日平八郎等の獄定まる。九月十八日平八郎以下二十人を鳶田に磔す。竹上一人を除く外、皆屍なり。十月江戸日本橋に捨札[379]を掲ぐ。

二月十九日中の事を書くに、十九日前の事を回顧する必要があるように、十九日後の事も多少書き足さなくてはならない。それは平八郎の末路を明にして置きたいからである。平八郎は十九日の夜大阪下寺町を彷徨していた。それから二十四日の夕方同所油懸町の美吉屋に来て潜伏するまでの道行は不確である。しかし下寺町で平八郎と一しょに彷徨していた渡辺良左衛門は河内国志紀郡田井中村で切腹しており、瀬田済之助は同国高安郡恩地村で縊死しておって、二人の死骸は二十二日に発見せられた。

そこで大阪下寺町、河内田井中村、同恩地村の三箇所を貫いて線を引いて見ると、大阪から河内国を横断して、大和国に入る道筋になる。平八郎が二十日の朝から二十四日の暮までの間に、大阪、田井中、恩地の間を往反したことは、ほとんど疑を容れない。また下寺町から田井中へ出るには、平野郷口から出たことも、また推定することが出来る。ただ恩地から先をどの方向にどれだけ歩いたかが不明である。

試みに大阪、田井中、恩地の線を、甚しい方向の変換と行程の延長とを避けて、大和境に向けて引いて見ると、亀瀬峠は南に偏し、十三峠は北に偏していて、恩地と相隣している服部川から信貴越をするのが順路だと云いたくなる。こう云う理由で、私は平八郎父子に信貴越をさせた。そして美吉屋を叙する前に、信貴越の一段を挿入した。

二月十九日後の記事は一、信貴越　二、美吉屋　三、評定と云うことになった。

平八郎が暴動の原因は、簡単に言えば飢饉である。外に種々の説があっても、大抵揣摩(380)である。

大阪は全国の生産物の融通分配を行っている土地なので、どの地方に凶歉[381]があっても、すぐに大影響を被る。市内の賤民が飢饉に苦むのに、官吏や富豪が奢侈を恣にしている。平八郎はそれを憤った。それから幕府の命令で江戸に米を回漕して、京都へ遣らない。それをも不公平だと思った。江戸の米の需要に比すれば、京都の米の需要は極僅少であるから、京都への米の運送を絶たなくても好さそうなものである。全国の石高を幕府、諸大名、御料[382]、皇族 並 公卿、社寺に配当したのを見るに、左の通である。

	石高実数(単位万石)	全国石高に対する百分比例
徳川幕府	800	29.2
諸大名	1900	69.4
御　料	3	0.1
皇族幷公卿	4.7	0.2
社　寺	30	1.2
計	2737.7	100

天保元年、二年は豊作であった。三年の春は寒気が強く、気候が不順になって、江

戸で白米が小売百文に付五合になった。文政頃百文に付三升であったのだから、非常な騰貴である。四年には出羽の洪水のために、江戸で白米が一両に付四斗、百文に付四合とまでなった。卸値(おろしね)は文政頃一両に付二石であったのである。五年になっても江戸で最高価格が前年と同じであった。七年には五月から寒くなって雨が続き、秋洪水があって、白米が江戸で一両に付一斗二升、百文に付二合とまでなった。大阪では江戸程の騰貴を見なかったらしいが、当時大阪総年寄をしていた今井官之助、後に克復と云った人の話に、一石二十七匁五分の白米が二百匁近くなっていたと云うことである。いかにも一石百八十七匁と云う記載がある。金一両銀六十匁銭六貫五百文の比例で換算して見ると、平常の一石二十七匁五分は一両に付二石一斗八升となり、一石百八十七匁は一両に付三斗二升となる。百文に付四合九勺である。この年の全国の作割と云うものがある。

五畿内東山道	45%
東海道	45
関八州	30—40
奥　州	28

羽　州	40
北陸道	54
山陰道	32
山陽道及南海道	55
西海道	50
◯	42.4%

これから古米食込高一二%を入れ戻せば、三〇・四%の収穫となる。七年の不良な景況は、八年の初になっても依然としていた。江戸で白米が百俵百十五両、小売百文に付二合五勺、京都の小売相場も同じだと云う記載がある。江戸の卸値は二斗五升俵として換算すれば、一両に付三斗四合である。

平八郎は天保七年に米価の騰貴した最中に陰謀を企てて、八年二月に事を挙げた。貧民の身方になって、官吏と富豪とに反抗したのである。そうして見れば、この事件は社会問題と関係している。勿論(もちろん)社会問題と云う名は、西洋の十八世紀末に、工業に機関を使用するようになり、大工場が起ってから、企業者と労働者との間に生じたものではあるが、その萌芽はどこの国にも昔からある。貧富の差から生ずる衝突は皆それである。

もし平八郎が、人に貴賤貧富の別のあるのは自然の結果だから、成行のままに放任するが好いと、個人主義的に考えたら、暴動は起さなかっただろう。

もし平八郎が、国家なり、自治団体なりにたよって、当時の秩序を維持していながら、救済の方法を講ずることが出来たら、彼は一種の社会政策を立てただろう。幕府のために謀ることは、平八郎風情(ふぜい)には不可能でも、まだ徳川氏の手に帰せぬ前から、自治団体として幾分の発展を遂げていた大阪に、平八郎の手腕を揮(ふる)わせる余地があったら、暴動は起らなかっただろう。

この二つの道が塞(ふさ)がっていたので、平八郎は当時の秩序を破壊して望(のぞみ)を達せようとした。平八郎の思想は未だ醒覚せざる社会主義である。

未だ醒覚せざる社会主義は、独り平八郎が懐抱していたばかりではない。天保より前に、天明の飢饉と云うのがあった。天明七年には江戸で白米が一両に付一斗二升、小売百文に付三合五勺になった。この年の五月十二日に大阪で米屋こわし[383]と云うことが始まった。貧民が群をなして米店を破壊したのである。同月二十日には江戸でも米屋こわしが起った[384]。赤坂から端緒を発して、破壊せられた米商富人の家が千七百戸に及んだ。次いで天保の飢饉になっても、天保七年五月十二日に大阪の貧民が米屋と富家とを襲撃し、[385]同月十八日には江戸の貧民も同じ暴動をした。[386]これ等(ら)の貧民の頭の中には、皆未だ醒覚せざる社会主義があったのである。彼等は食うべき米を得ることが出来ない。そして富家と米商とがその資本を運転して、買占その他の策を施し、貧民の膏血(こうけつ)を涸(か)らして自ら肥えるのを見ている。彼等はこれに処するにどう云う方法を以てして好いか知らない。彼等は未だ醒覚していない。ただ盲目な暴力を以て富家と米商とに反抗するのである。

平八郎は極言すれば米屋こわしの雄である。天明においても、天保においても、米屋こわしは大阪から始まった。平八郎が大阪の人であるのは、決して偶然ではない。平八郎は哲学者である。しかしその良知の哲学からは、頼もしい社会政策も生れず、恐ろしい社会主義も出なかったのである。

平八郎が陰謀の与党は養子格之助、叔父宮脇志摩を除く外、ほとんど皆門人である。それ以外には家塾の賄方(まかないかた)、格之助の若党、中間(ちゅうげん)、瀬田済之助の若党、中間、大工が一

人、猟師が一人いる位のものである。橋本忠兵衛は平八郎の妾の義兄、格之助の妾の実父であるが、これも同時に門人になっていた。

暴動の翌年天保九年八月二十一日の裁決によって、磔に処せられた二十人は左の通である。

大塩平八郎		美吉屋にて自刃す
大塩格之助	東組与力西田青太夫実子	美吉屋にて死す
渡辺良左衛門	東組同心	河内田井中にて切腹す
瀬田済之助	東組与力	河内恩地にて縊死す
小泉淵次郎	郡山柳沢甲斐守家来春木弥之助実子、東組与力養子	東町奉行所にて斬らる
庄司義左衛門	河内丹北郡東瓜破村助右衛門実子、東組同心養子	奈良にて捕はる
近藤梶五郎	東組同心	自宅焼跡にて切腹す
大井正一郎	玉造口与力倅	京都にて捕はる
深尾才次郎	河内交野郡尊延寺村百姓	能登にて自殺す

茨田郡次　河内茨田郡門真三番村百姓　支配役場へ自首す
高橋九右衛門　河内茨田郡門真三番村百姓　支配役場へ自首す
柏岡源右衛門　摂津東成郡般若寺村百姓　支配役場へ自首す
柏岡伝七　同上倅　自宅にて捕はる
西村利三郎　河内志紀郡弓削村百姓　江戸にて願人となり病死す
宮脇志摩　摂津三島郡吹田村神主　自宅にて切腹入水す
橋本忠兵衛　摂津東成郡般若寺村庄屋　京都にて捕はる
白井孝右衛門　摂津守口村百姓兼質屋　伏見に往く途中豊後橋にて捕はる
横山文哉　肥前三原村の人、摂津東成郡森小路村の医師となる　捕はる
木村司馬之助　摂津東成郡猪飼野村百姓　捕はる
竹上万太郎　弓奉行組同心　捕はる

次に左の十一人は獄門に処せられた。

松本隣太夫　大阪船場医師倅　捕はる
堀井儀三郎　播磨加東郡西村百姓　捕はる
杉山三平　大塩塾賄方　伏見に往く途中豊後橋にて捕はる
曽我岩蔵　大塩若党　大阪にて捕はる
植松周次　瀬田若党　京都にて捕はる
作兵衛　天満北木幡町大工　京都にて捕はる
金　助　摂津東成郡下辻村猟師　捕はる
美吉屋五郎兵衛　油懸町手拭地職　自宅にて捕はる
浅　佶　瀬田中間　捕はる
新兵衛　河内尊延寺村無宿、深尾才次郎の募に応ず　捕はる
忠右衛門　同村百姓、同上　捕はる

次に左の三人は死罪に処せられた。
上田孝太郎　摂津東成郡沢上江村百姓　捕はる

白井儀次郎　河内渋河郡衣摺村百姓、白井孝右衛門従弟　捕はる
卯兵衛　摂津東成郡般若寺村百姓　捕はる

次に左の四人は遠島に処せられた。
大西与五郎　東組与力、平八郎の母兄　捕はる
白井彦右衛門　孝右衛門倅　大和に往く途中捕はる
橋本氏ゆう　実は曽根崎新地茶屋町大黒屋和市娘ひろ　京都にて捕はる
美吉屋つね　五郎兵衛妻　自宅にて捕はる

次に左の三人は追放に処せられた。
安田図書　伊勢山田外宮御師　淡路町附近にて捕はる
寛　輔　堺北糸町医師、西村の姉婿、西村の逃亡を幇助（ほうじょ）す　捕はる
正　方　河内渋河郡大蓮寺隠居、杉山の伯父にして杉山をして剃髪せしむ　捕はる

以上重罪者三十一人[387]の中で、刑を執行せられる時生存していたものは、竹上、杉山、上田、大西、白井彦右衛門の五人だけである。他の二十六人は悉く死んでいて、内平八郎、渡辺、瀬田、近藤、深尾、宮脇六人は自殺、小泉は他殺、格之助は他殺の疑、西村は逮捕せられずに病死、残余の十七人は牢死である。九月十八日には鳶田で塩詰にした屍首を磔柱、獄門台に懸けた。江戸で願人坊主になって死んだ西村だけは、浅草遍照院に葬った死骸が腐っていたので、墓を毀たれた。

当時の罪人は一年以内には必ず死ぬる牢屋に入れられ、死んでから刑の宣告を受け、塩詰にした死骸を磔柱などに懸けられたものである。これは独平八郎の与党のみではない。平八郎が前に吟味役として取り扱った邪宗門事件の罪人も、同じ処置に逢ったのである。

近い頃のロシアの小説に、譃を衝かぬ小学生徒と云うものを書いたのがある。我事も人の事も、有のままを教師に告げる。そこで傍輩に憎まれていたたまらなくなるのである。またドイツのある新聞は「小学教師は生徒に傍輩の非行を告発することを強

制すべきものなりや否や」と云う問題を出して、諸方面の名士の答案を募った。答案は区々であった。

個人の告発は、現に諸国の法律で自由行為になっている。昔は一歩進んで、それを褒むべき行為にしていた。秩序を維持する一の手段として奨励したのである。中にも非行の同類が告発をするのを返忠と称して、これに忠と云う名を許すに至っては、奨励の最顕著なるものである。

平八郎の陰謀を告発した四人は皆その門人で、中で単に手先に使われた少年二人を除けば、皆その与党である。

平山助次郎　東組同心　暴動に先だつこと二日、東町奉行跡部良弼に密訴す

吉見九郎右衛門　東組同心　暴動当日の昧爽、西町奉行堀利堅に上書す

吉見英太郎　九郎右衛門倅　九郎右衛門の訴状を堀に呈す

河合八十次郎　平八郎の陰謀に与し、半途にして逃亡し、遂に行方不明になりし東組同心郷左衛門の倅なり、陰謀事件の関係者中行方不明になりしは、この郷左衛門と近江小川村医師志村力之助との二人

のみ　九郎右衛門の訴状を堀に呈す

評定の結果として、平山、吉見は取高のまま小普請入を命ぜられ、英太郎、八十次郎の二少年は賞銀を賜わった。しかるに平山は評定の局を結んだ天保九年閏四月八日と、それが発表せられた八月二十一日との中間、六月二十日に自分の預けられていた安房勝山の城主酒井大和守忠和(388)の邸で、人間らしく自殺を遂げた。

堺事件

明治元年戊辰の歳正月、徳川慶喜(1)の軍が伏見、鳥羽に敗れて(2)、大阪城をも守ることが出来ず、海路を江戸へ遁れた跡で、大阪、兵庫、堺の諸役人は職を棄てて潜み匿れ、これ等の都会は一時無政府の状況に陥った。そこで大阪は薩摩、兵庫は長門、堺は土佐(3)の三藩が、朝命によって取り締ることになった。堺へは二月の初に先(4)ず土佐の六番歩兵隊(5)が這入り、次いで八番歩兵隊(6)が繰り込んだ。陣所になったのは糸屋町(7)の与力屋敷(8)、同心屋敷(9)である。そのうち土佐藩は堺の民政をも預けられたので、大目附(10)杉紀平太、目附生駒静次(11)等が入り込んで大通(12)櫛屋町(13)の元総会所(14)に、軍監府(15)を置いた。軍監府では河内、大和辺から、旧幕府の役人の隠れていたのを、七十三人捜し出して、先例によって事務を取り扱わせた。市中は間もなく秩序を恢復して、一旦鎖された芝居の木戸も、また開かれるようになった。

二月十五日の事である。フランスの兵が大阪から堺へ来ると云うことを、町年寄(16)が聞き出して軍監府へ訴え出た。横浜に碇泊していた外国軍艦十六艘(17)が、摂津の天保山(18)沖へ来て投錨した中に、イギリス、アメリカと共に、フランスのもあったのである。杉は六番、八番の両隊長を呼び出して、大和橋(19)へ出張することを命じた。フランスの兵がもし官許を得て通るのなら、前以て外国事務係(20)前宇和島藩主伊達伊予守宗城(21)から通知がある筈(22)であるに、それが無い。よしや通知が間に合ぬにしても、内地(23)を旅行するには免状(24)を持っていなくてはならない。持っていないなら、通すには及ばない。杉は生駒と共に二隊の兵を随えて、大和橋を扼して待っていた。そこへフランスの兵(25)が来掛かった。その連れて来た通弁(26)に免状の有無を問わせると、持っていない。フランスの兵は小人数なので、土佐の兵に往手を遮られて、大阪へ引き返した。

同じ日の暮方になって、大和橋から帰っていた歩兵隊の陣所へ、町人が駆け込んで、港からフランスの水兵(27)が上陸したと訴えた。フランスの軍艦は港から一里ばかりの沖に来て、二十艘の端艇に水兵を載せて上陸させたのである。両歩兵の隊長が出張の用意をさせていると、軍監府から出張の命令が届いた。すぐに出張して見ると、水兵は別にこれと云う廉立った暴行をしてはいない。しかし神社仏閣に不遠慮に立ち入る。人家に上がり込む。女子を捉えて揶揄う。開港場でない堺の町人は、外国人に慣れぬので、驚き懼れて逃げ迷い、戸を閉じて家に籠るものが多い。両隊長は諭して舟へ返そうと思ったが通弁がいない。手真似で帰れと云っても、一人も聴かない。そこで隊長が陣所へ引き立てていと命じた。兵卒が手近にいた水兵を捉えて縄を掛けようとした。水兵は波止場をさして逃げ出した。中の一人が、町家の戸口に立て掛けてあった隊旗を奪って駆けて往った。

両隊長は兵卒を率いて追い掛けた。脚の長い、駆歩に慣れたフランス人にはなかなか及ばない。水兵はもう端艇に乗り移ろうとする。この頃土佐の歩兵隊には鳶の者[28]が附いていて、市中の廻番[29]をするにも、それを四、五人宛連れて行くことにしてあった。隊旗を持つのもこの鳶の者の役で、その中に旗持梅吉と云う鳶頭[30]がいた。江戸で火事があって出掛けるのに、早足の馬の跡を一間とは後れぬという駆歩の達者である。この梅吉が隊の士卒を駆け抜けて、隊旗を奪って行く水兵に追い縋った。手に持った鳶口[31]は風を切って彼水兵の脳天に打ち卸された。水兵は一声叫んで仰向に倒れた。梅吉は隊旗を取り返した。

これを見て端艇に待っていた水兵が、突然短銃で一斉射撃をした。

両隊長が咄嗟の間に決心して「撃て」と号令した。待ち兼ねていた兵卒は七十余挺の銃口を並べ、上陸兵を収容している端艇を目当に発射した。六人ばかりの水兵はばらばらと倒れた。負傷して水に落ちたものもある。負傷せぬものも、急に水中に飛び込んで、皆片手を端艇の舷に掛けて足で波を蹴て端艇を操りながら、弾丸が来れば沈んで避け、また浮き上がって[32]汐を吐いた[33]。端艇は次第に遠くなった。フランス水兵の死者は総数十三人で、内一人が下士であった。

そこへ杉が駆け付けた。そして射撃を止めて陣所へ帰れと命じた。両隊が陣所へ引き上げていると、隊長二人を軍監府から呼びに来た。なぜ上司の命令を待たずに射撃したかと杉に問われて両隊長は火急の場合で命令を待つことが出来なかったと弁明した。勿論端艇から先ず射撃したので、これに応戦したのではあるが、土佐の士卒は初からフランス人に対して悪感情を懐いていた。それは土佐人が松山藩[34]を討つために錦旗[35]を賜わって、それを本国へ護送する途中、神戸でフランス人がその一行を遮り留め朝廷と幕府との和親を謀るためだと通弁に云わせ、錦旗を奪おうとしたと云う話が伝わっていたからである。

杉は両隊長に言った。兎に角こうなった上は是非がない。軍艦の襲撃があるかも知れぬから、防戦の準備をせいと云った。そして報告のために生駒を外国事務係へ、下横目[36]一人を京都の藩邸へ発足させた。

両隊長は僅か二小隊の兵を以て軍艦を防げと云われて当惑したが、海岸へは斥候を出し、台場[37]へは両隊から数人宛交代して守備に往くことにした。そこへこの土地に這入った時収容して遣った幕府の敗兵が数十人来て云った。

「もしフランスの軍艦が来るようなら、どうぞわたくし共をお使下さい。砲台には徳川家の時に据え付けた大砲が三十六門あって、今岸和田[38]藩主岡部筑前守長寛[39]殿の預りになっています。わたくし共はあれで防ぎます。あなた方は上陸して来る奴を撃って下さい」と云った。

両隊長はその人達を砲台へ遣った。そのうち岸和田藩からも砲台へ兵を出して、望遠鏡で兵庫方面を見張っていてくれた。

夜に入って港口へフランスの端艇が来たと云う知らせがあった。しかしその端艇は五、六艘で、皆上陸せずに帰った。水兵の死体を捜索したのだろう。実際幾つか死体を捜し得て、載せて帰ったらしいと云うものもあった。

十六日の払暁に、外国事務係の沙汰で、土佐藩は堺表取締を免ぜられ、兵隊を引き払うことになった。軍監府はそれを取り次いで、両隊長に大阪蔵屋敷[40]へ引き上げることを命じた。両隊長はすぐに支度して堺を立った。住吉街道[41]へ大阪御池通六丁目(42)の土佐藩なかし商(43)の家に着いたのは、未の刻頃であった。

堺の軍監府から外国事務係へ報告に往った生駒静次は、口上を一通聞き取られただけである。次いで外国事務係は堺にある軍監または隊長の内一名出頭するようにと達した。杉が出頭した。すると大阪の土佐藩邸にいる石川石之助の出した堺事件の届書を返して、更に精しく書き替えて出せと云うことである。杉は一応引き取って、両隊長署名の届書(44)を出し、この上御訊問の筋があるなら、本人に出頭させようと言い添えた。

十七日には、前日評議の末、京都の土佐藩邸から、家老山内隼人、大目附林亀吉、目附谷兎毛、下横目数人と長尾太郎兵衛(45)の率いた京都詰の部隊とが大阪へ派遣せられた。この一行は夜に入って大阪に着いて、すぐに林が命令して、杉、生駒と両歩兵隊長とを長堀の土佐藩邸に徙らせた。

十八日には、長尾太郎兵衛を以て、両歩兵隊長に勤事控(46)を命じ、配下一同の出門を禁ぜられた。両隊長はこの事件の責を自分達二人で負って、自分達の命令を奉じて働いた配下に煩累を及ぼしたくないと、長尾に申し出た。両隊の兵卒一同は小頭(47)池上弥三吉(48)、大石甚吉(49)を以て、両隊長に勤事控の見舞を言わせた。両隊長は長尾に申し出た趣意を配下に諭した。

そのうち京都から土佐藩の歩兵三小隊が到着して、長堀の藩邸を警固して厳重に人の出入を誰何[50]することになった。

次いで前土佐藩主山内土佐守豊信[51]の名代として、家老深尾鼎[52]が大目附小南五郎右衛門[53]と共に到着した。これは大阪に碇泊しているフランス軍艦 Vénus 号から、公使[55] Léon Roche[54]が外国事務係へ損害要償の交渉をしたためである。公使の要求は直ちに朝議の容る所となった。土佐藩主が自らエニュス号に出向いて謝罪することが一つ。堺で土佐藩の隊を指揮した士官二人、フランス人を殺害した隊の兵卒二十人[56]を、交渉文書が京都に着いた後三日以内に、右の殺害を加えた土地において死刑に処することが二つ。殺害せられたフランス人の家族の扶助料として、土佐藩主が十五万弗を支払うことが三つである。この処置のためには、藩主は自ら大阪に来べきであったが病気のため家老を名代として派遣したのである。

深尾に附いて来た下横目は六番、八番両歩兵隊の士卒七十三人を、一人宛呼び出して堺で射撃したか、射撃しなかったかと訊問した。この訊問がほとんど士卒の勇怯を試みると同じ事になったのは、人の弱点のしからしむる所で、実に已むことを得ない。射撃したと答えたものが二十九人ある。六番隊では隊長箕浦猪之吉[57]、小頭池上弥三吉、

[58]兵卒杉本広五郎、勝賀瀬三六[59]、山本哲助[60]、森本茂吉[61]、北代健助[62]、稲田貫之丞[63]、柳瀬常七[64]、橋詰愛平[65]、岡崎栄兵衛、川谷銀太郎[66]、岡崎多四郎、水野万之助、岸田勘平、門田鷹太郎、楠瀬保次郎、八番隊では隊長西村左平次[67]、小頭大石甚吉、兵卒竹内民五郎、横田辰五郎[68]、土居徳太郎[69]、金田時治[70]、武内弥三郎、栄田次右衛門、中城惇五郎、横田静治郎、田丸勇六郎である。射撃しなかったと答えたものは六番隊の兵卒で浜田友太郎以下二十人、八番隊の兵卒で永野峯吉以下二十一人、計四十一人である。

十九日になって射撃しなかったと答えたものは、夜に入って御池六丁目の商家へ移され、用意が出来次第帰国させると言い渡された。これに反して射撃したと答えたものは銃器弾薬を返上して、預けの名目の下に、前に大阪に派遣せられた砲兵隊の監視を受けることになり、六番隊は従前の通長堀の本邸に、八番隊は西邸に入れられた。

二十日には射撃しなかったと答えたものが、長堀藩邸の前から舟に乗った。後にこの人達は丸亀を経て、北山道[71]を土佐に帰り着いた。そして数日間遠足留[72]を命ぜられていたが、後には平常の通心得べしと云うことになった。射撃したと答えたものの所へは、砲隊組兵卒に下横目が附いて来て、佩刀を取り上げた。この人達の耳にも、死刑になると云う話がもう聞えたので、中には手を束ねて刃を受けるよりは、むしろフランス軍艦に切り込んで死のうと云ったものがある。これは八番隊の土居八之助が無謀だと云って留めた。それから一同刺し違えて死のうと云ったものがある。丁度そこへ佩刀を取り上げに来たので、今死なずにしまったら、もう死ぬることが出来まいと、中の数人は手を下そうとさえした。矢張八番隊の竹内民五郎がそれを留めて、思う旨があるから、指図通にするが好いと云いながら「我荷物の中に短刀二本あり」と、畳に指で書いて見せた。一同遂に佩刀を渡してしまった。

二十二日(73)に、大目附小南が来て、六番、八番両隊の兵卒一同に、御隠居様から仰せ渡されることがあるからすぐに、大広間に出るようにと達した。御隠居様とは山内豊信が家督を土佐守豊範(74)に譲って容堂と名告った時からの称呼である。隊長、小頭の四人を除いて、二十五人が大広間に居並んだ。そこへ小南以下の役人が出て席に着いた。それから正面の金襖を開くと、深尾が出た。一同平伏した。

深尾は云った。

「これは御隠居様がお直に仰せ渡される筈であるが、御所労のため拙者が御名代として申し渡す。この度の堺事件に付、フランス人が朝廷へ逼り申すにより、下手人(75)二十人差し出すよう仰せ付けられた。御隠居様においては甚だ御心痛あらせられる。いずれも穏に性命を差し上げるようとの仰せである。」言い畢って、深尾は起って内に這入った。

次に小南が藩主豊範の命を伝えた。

「この度差し出す二十人には、誰を取り誰を除いて好いか分からぬ。一同稲荷社[76]に詣って神を拝し、籤引によって生死を定めるが好い。白籤に当ったものは差し除かれる。上裁[77]を受ける籤に当ったものは死刑に処せられる。これから神前へ参れ」と云うのである。

二十五人は御殿から下って稲荷社に往った。社壇の鈴の下に、小南が籤を持って坐る。右手には目附が一人控える。階前には下横目が二人名簿を持って立つ。社壇の前数十歩の所には、京都から来た砲兵隊と歩兵隊とが整列している。小南が指図すると、下横目が名簿を開いて、二十五人の姓名を一人宛読む。そこで一人宛出て籤を引いて、披いて見て、それを下横目に渡す。下横目が点検する。この時参詣に来合せたものは、初何事かと恠み、ようよう籤引の意味を知って、皆ひどく感動し、中には泣いているものもある。

上裁を受ける籤を引いたものは、六番隊で杉本、勝賀瀬、山本、森本、北代、稲田、柳瀬、橋詰、岡崎栄兵衛、川谷の十人、八番隊で竹内、横田辰五郎、土居、垣内、金田、武内の六人、計十六人で、これに隊長、小頭各二人を加えると、二十人になる。白籤を引いたものは六番隊で岡崎多四郎以下五人、八番隊で栄田次右衛門以下四人である。

籤引が済んで一同御殿に引き取ると、白籤組の内、八番隊の栄田次右衛門以下四人、即ち栄田、中城、横田静次郎、(78)田丸が連署の願書を書いて出した。自分等は籤引によって生死の二組に分れたが、初より同腹一心の者だから、一同上裁を受ける籤に当ったと同様の処置を仰せ付けられたいと云うのである。願書は人数が定まっているからと云うので、そのまま却下せられた。

所謂上裁籤の組十六人は箕浦、西村両隊長、池上、大石両小頭と共に、引き纏めて本邸に留め置かれることになった。白籤組はすぐに隊籍を除かれて、土佐藩兵隊中に預けられ、別室に置かれた。数日の後に、白籤組には堺表より船牢(79)を以て国元へ差し下すと云う沙汰があって、下横目が附いて帰国し、各親類預け(80)になったが、間もなく以後別儀なく申し付ける(81)と達せられた。

夜に入って上裁籤の組は、皆国元の父母兄弟その他親戚故旧に当てた遺書を作って、髻を切ってそれに巻き籠め、下横目に差し出した。

そこへ藩邸を警固している五小隊の士官が、酒肴を持たせて暇乞に来た。隊長、小頭、兵卒十六人とは、別々に馳走になった。十六人は皆酔い臥してしまった。

　中に八番隊の土居八之助が一人酒を控えていたが、一同鼾をかき出したのを見て、忽ち大声で叫んだ。

「こら。大切な日があすじゃぞ。皆どうして死なせて貰う積じゃ。打首[82]になっても好いのか。」

　誰やら一人腹立たしげに答えた。

「黙っておれ。大切な日があすじゃから寝る。」

　この男はまだ詞の切れぬうちに、また鼾をかき出した。

　土居は六番隊の杉本の肩を摑まえて揺り起した。

「こら。どいつも分からんでも、君には分かるだろう。あすはどうして死ぬる。打首になっても好いのか。」

　杉本は跳ね起きた。

「うん。好く気が附いた。大切な事じゃ。皆を起して遣ろう。」

　二人は一同を呼び起した。どうしても起きぬものは、肩を摑まえてこづき廻した。

一同目を醒まして二人の意見を聞いた。誰一人成程と承服せぬものはない。死ぬるのは構わぬ。それは兵卒になって国を立った日から覚悟している。しかし恥辱を受けて死んではならぬ。そこで是非切腹させて貰おうと云うことに、衆議一決した。

十六人は袴を穿き、羽織を着た。そして取次役の詰所へ出掛けて、急用があるから、奉行衆に御面会を申し入れて貰いたいと云った。

取次役は奥の間へ出入して相談する様子であったが、暫くして答えた。

「折角の申出ではあるが、それは相成らぬ。おのおのはお構の身分(83)じゃ。夜中に推参して、奉行衆に逢いたいと云うのは宜しくない」と云うのである。

十六人はおこった。

「それは怪しからん。お構の身とは何事じゃ。我々は皇国のために明日一命を棄てる者共じゃ。取次をせぬなら、頼まぬ。そこを退け。我々はじきに通る。」一同は畳を蹴立てて奥の間へ進もうとした。

奥の間から声がした。

「いずれも暫く控えておれ。重役が面会する」と云うのである。

襖をあけて出たのは、小南、林と下横目数人とである。

一同礼をした上で、竹内が発言した。

「我々は朝命を重んじて一命を差し上げるものでございます。しかし堺表において致した事は、上官の命令を奉じて致しました。あれを犯罪とは認めませぬ。就いては死刑と云う名目には承服が出来兼ねます。果して死刑に相違ないなら、死刑に処せられる罪名が承りとうございます。」

聞いているうちに、小南の額には皺が寄って来た。小南は土居[84]の詞の畢るのを待って、一同を睨み付けた。

「黙れ。罪科のないものを、なんでお上で死刑に処せられるものか。隊長が非理の指揮をしてお前方は非理の挙動に及んだのじゃ。」

竹内は少しも屈しない。

「いや。それは大目付のお詞とも覚えませぬ。兵卒が隊長の命令に依って働らくには、理も非理もござりませぬ。隊長が撃てと号令せられたから、我々は撃ちました。命令のある度に、一人々々理非を考えたら、戦争は出来ますまい。」

竹内の背後から一人二人膝を進めたものがある。

「堺での我々の挙動には、功はあって罪はないと、一同確信しております。どう云う罪に当ると云う思召か。今少し委曲に御示下さい。」

「我々も領解いたし兼ねます。」

「我々も。」

一同の気色は凄じくなって来た。

小南は色を和げた。

「いや。先の詞は失言であった。一応評議した上で返事をいたすから、暫く控えておれ。」

こう云って起って、奥に這入った。

一同奥の間を睨んで待っていたが、小南はなかなか出て来ない。

「どうしたのだろう。」

「油断するな。」

こんなささやきが座中に聞える。

良暫くして小南がまた出た。そして頗る荘重な態度で云った。

「ただ今のおのおのの申条を御名代[85]に申し上げた。それに就いて御沙汰があるから承れ。抑々この度の事件では、お上御両所[86]共非常な御心痛である。大守様[87]は御不例[88]の所を、押して長髪のまま大阪へお越になり、直ちにフランス軍艦へ御挨拶[89]にお出になって、そのまま御帰国なされた。君辱しめらるれば臣死[90]すとも申すではないか。おのおの御沙汰[91]を承った上で、仰せ付けられた通、穏かに振舞ったら宜しかろう。これから御沙汰じゃ。この度堺表の事件に就いては、外国との交際を御一新あらせられる折柄、公法[92]に拠って御処置あらせられる次第である。即ち明日堺表において切腹仰せ付けられる。いずれも皇国のためを存じ、難有くお受いたせ。また歴々のお役人、外国公使も臨場せられる事であるから、皇国の士気を顕すよう覚悟いたせ。」

小南は沙汰書を取り出して見ながら、こう演説した。大守様と云ったのは、当主土佐守豊範を斥したのである。

十六人は互に顔を見合せて、微笑を禁じ得なかった。竹内[93]は一同に代って答えた。

「恩命難有くお受いたします。それに就いて今一箇条お願申し上げたい事がございます。これは手順を以て下横目へ申し立つべき筋ではございますが、御重役御出席中の事ゆえ、今生の思出にお直に申し上げます。ただ今の御沙汰によれば、お上に置かせられても、我々の微衷をお酌取下されたものと存じます。しからば我々一同には今後士分のお取扱いがあるよう、遺言同様の儀なれば、是非共お聞済下さるようにお願いいたします。」

小南は暫く考えて云った。

「切腹を仰せ付けられたからは、一応もっともな申分のように存ずる。詮議の上で沙汰いたすから、暫時控えておれ。」

こう云って再び座を起った。

また良暫くしてから、今度は下横目が出て云った。

「出格の御詮議を以て、一同士分のお取扱いを仰せ付けられる。依って絹服一重宛下し置かれる。」

こう云って目録を渡した。

一同目録を受け取って下がりしなに、隊長、小頭の所に今夜の首尾を届けに立ち寄った。隊長等も警固隊の士官に馳走せられて快よく酔って寝ていたが、配下の者共が打ち揃って来たので、すぐに起きて面会した。十六人は隊長、小頭と引き分けられてから、今夜まで一度も逢う機会がなかったが、大目付との対談の甲斐があって、切腹を許され、士分に取り立てられ、今は誰も行住動作(94)に喙を容れるものがないので、公然立ち寄ることが出来たのである。

隊長、小頭は配下一同の話を聞いて、喜び且悲んだ。悲んだのは、四人が自分達の死を覚悟していながら、二十人の死をフランス公使に要求せられたと云うことを聞せられずにいたので、十六人の運命を始めて知って悲んだのである。喜んだのは、十六人が切腹を許され、士分に取り立てられたのを喜んだのである。隊長、小頭の四人と配下の十六人とは、まだ夜の明けるに間があるから、一寐入して起きようと云うので、快よく別れて寝床に這入った。

二十三日は晴天であった。堺へ往く二十人の護送を命ぜられた細川越中守慶順[95]の熊本藩、浅野安芸守茂長[96]の広島藩から、歩兵三百余人が派遣せられて、未明に長堀土佐藩邸の門前に到着した。邸内では二十人に酒肴を賜わった。両隊長、小頭は大抵新調した衣袴[97]を着け、爾余の十六人は前夜頂戴した絹服[98]を纏った。佩刀は邸内では渡されない。切腹の場所で渡される筈である。

一同が藩邸の玄関から高足駄を踏み鳴らして出ると、細川、浅野両家で用意させた駕籠二十挺を舁き据えた。一礼してそれに乗り移る。行列係が行列を組み立てる。先手は両藩の下役人数人で、次に兵卒数人が続く。次は細川藩の留守居[99]馬場彦右衛門、同藩の隊長山川亀太郎[100]、浅野藩の重役渡辺競の三人である。陣笠小袴[101]で馬に跨り、持鑓[102]を竪てさせている。次に兵卒数人が行く。次に大砲二門を挽かせて行く。次が二十挺の駕籠である。駕籠一挺毎に、装剣[103]の銃を持った六人の兵が附く。二十挺の前後は、同じく装剣の銃を持った兵が百二十人で囲んでいる。後押[104]は銃を負った騎兵二騎である。次に両藩の高張提灯[105]各十挺が行く。次に両藩士卒百数十人が行く。以上の行列の背後に少し距離を取って、土佐藩の重臣始め数百人が続く。長径[106]およそ五丁である。

長堀を出発して暫く進んでから、山川亀太郎が駕籠に就いて一人々々に挨拶して、箕浦の駕籠に戻ってこう云った。

「狭い駕籠で、定めて窮屈でありましょう。その上長途の事ゆえ、簾を垂れたままでは、鬱陶しく思われるでありましょう。簾を捲かせましょうか」と云った。

「御厚意忝う存じます。差構ない事なら、さよう願いましょう」と、箕浦が答えた。

そこで駕籠の簾は総て捲き上げられた。

また暫く進むと、山川が一人々々の駕籠に就いて、

「茶菓の用意をしていますから、お望の方に差し上げたい」と云った。

両藩の二十人に対する取扱は、万事非常に鄭重なものである。住吉新慶町[107]辺に来ると、兼て六番、八番の両隊が舎営[108]していたことがあるので、路傍に待ち受けて別を惜むものがある。堺の町に入れば、道の両側に人山を築いて、その中から往々欷歔の声が聞える。群集を離れて駕籠に駆け寄って、警固の兵卒に叱られるものもある。

切腹の場所と定められたのは妙国寺[109]である。山門には菊御紋の幕を張り、寺内には総て細川、浅野両家の紋を染めた幕を引き繞らし、切腹の場所は山内家の紋を染めた幕で囲んである。門内に張った天幕の内には、新しい筵が敷き詰めてある。

行列が妙国寺門前に着くと、駕籠を門内天幕の中に舁き入れて、筵の上に立て並べた。次いで両藩士が案内して、駕籠は内庭へ舁き入れられ、本堂の縁に横付にせられた。

二十人は駕籠を出て、本堂に居並んだ。座の周囲には、両藩の士卒が数百人詰めていて、二十人の中一人が座を起てば、四人が取り巻いて行く。二十人は皆平常のように談笑して、時刻の来るのを待っていた。

この時両藩の士の中に筆紙墨を用意していたものがある。それが二十人の首席にいる箕浦の前に来て、後日の記念に何か一筆願いたいといった。

元六番歩兵隊長箕浦猪之吉は、源姓、名は元章、仙山と号している。土佐国土佐郡潮江村(110)に住んで五人扶持、十五石を受ける扈従格(111)の家に、弘化元年十一月十一日に生れた。当年二十五歳である。祖父を忠平、父を万次郎と云う。母は依田氏、名は梅である。安政四年に江戸に遊学し、万延元年には江戸で容堂侯の侍読(112)になり、同じ年に帰国して文館(113)の助教に任ぜられた。次いで容堂侯の扈従を勤めて、七、八年経過し、馬廻格に進んだ。それが藩の歩兵小隊司令を命ぜられたのは、慶応三年十一月で、僅か三箇月勤めているうちに、堺の事件が起った。そう云う履歴の人だから、箕浦は詩歌の嗜もあり、書は草書を立派に書いた。

文房具を前に置かれた時、箕浦は、

「甚だ見苦しゅうはございまするが」と挨拶して、腹藁(114)の七絶を書いた。

「除却妖氛答国恩。決然豈可省人言。唯教大義伝千載。一死元来不足論。」

〔妖氛(115)を除却して国恩に答ふるに、決然　豈に人言を省みる可けんや。唯だ大義をして千載に伝へしめば、一死　元来　論ずるに足らず。〕

攘夷はまだこの男の本領であったのである。

二十人が暫く待っていると、細川藩士がまだなかなか時刻が来そうにないと云った。そこで寺内を見物しようと云うことになった。庭へ出て見ると、寺の内外は非常な雑沓である。堺の市中は勿論、大阪、住吉、河内在等から見物人が入り込んで、いかに制しても立ち去らない。鐘撞堂には寺の僧侶が数人登って、この群集を見ている。八番隊の垣内がそれに目を着けて、つと堂の上に登って、僧侶に言った。

「坊様達、少し退いて下されい。拙者は今日切腹して相果てる一人じゃ。我々の中間には辞世の詩歌などを作るものもあるが、さような巧者な事は拙者には出来ぬ。就いてはこの世の暇乞に、その大鐘を撞いて見たい。どりゃ」と云いさま、腕まくりをして撞木を掴んだ。僧侶は驚いて左右から取り縋った。

「まあまあ、お待ち下さりませ。この混雑の中で鐘が鳴ってはどんな騒動になろうも知れません。どうぞそれだけは御免下さりませ。」

「いや、国家のために忠死する武士の記念じゃ。留めるな。」

垣内と僧侶とは揉み合っている。それを見て垣内の所へ、中間の二、三人が駆け附けた。

「大切な事を目前に控えていながら、それは余り大人気ない。鐘を鳴らして人を驚かしてなんになる。好く考えて見給え」と云って留めた。

「そうか。つい興に乗じて無益の争をした。罷める罷める」と垣内は云って、撞木から手を引いた。垣内を留めた中間の一人が懐を探って、

「ここに少し金がある、最早用のない物じゃ、死んだ跡にお世話になるお前様方に献じましょう」と云って、僧侶に金をわたした。垣内と僧侶との争論を聞き付けて、次第に集って来た中間が、

「ここにもある、」

「ここにも」と云いながら、持っていただけの金銭を出して、皆僧侶の前に置いた。中には、

「拙者は冥福を願うのではないが」と、条件を附けて置くものもあった。僧侶は金を受けて鐘撞堂を下った。

人々は鐘撞堂を降りて、

「さあ、これから切腹の場所を拝見して置こうか」と、幔幕で囲んだ中へ這入り掛けた。細川藩の番士が、「それはお越にならぬ方が宜しうございましょう」と云って留めた。

「いや、御心配御無用、決して御迷惑は掛けません」と言い放って、一同幕の中に這入った。

場所は本堂の前の広庭である。山内家の紋を染めた幕を引き廻した中に、四本の竹竿を竪てて、上に苫が葺いてある。地面には荒筵二枚の上に、新しい畳二枚を裏がえしに敷き、それを白木綿で覆い、更に毛氈一枚を襲ねてある。傍に毛氈が畳んだままに積み上げてあるのは、一人々々取り替えるためであろう。入口の側に卓があって、大小が幾組も載せてある。近づいて見れば、長堀の邸で取り上げられた大小である。

人々は切腹の場所を出て、序に宝珠院(116)の墓穴も見て置こうと、揃って出掛けた。ここには二列に穴が掘ってある。穴の前には高さ六尺余の大瓶が並べてある。しかもそれに一々名が書いて貼ってある。それを読んで行くうちに、横田が土居に言った。

「君と僕とは生前にも寝食を倶にしていたが、見れば瓶も並べてある。死んでからも隣同士話が出来そうじゃ」と云った。

土居は忽ち身を跳らせて瓶の中に這入って叫んだ。

「横田君々々々。なかなか好い工合じゃ。」

竹内が云った。

「気の早い男じゃ。そう急がんでも、じきに人が入れてくれる。早く出て来い。」土居は瓶から出ようとするが、這入る時とは違って、瓶の縁は高し、内面はすべるので、なかなか出られない。横田と竹内とで、瓶を横に倒して土居を出した。

二十人は本堂に帰った。そこには細川、浅野両藩で用意した酒肴が置き並べてある。給仕には町から手伝人が数十人来ている。一同挨拶して杯を挙げた。前に箕浦に詩を貰った人を羨んで、両藩の士卒が争って詩歌を求め、あるいは記念として身に附いた品を所望する。人々はかわるがわる筆を把った。また記念に遣る物がないので、襟や袖を切り取った。

切腹はいよいよ午の刻からと定められた。

幕の内へは先ず介錯人が詰めた。これは前晩大阪長堀の藩邸で、警固の士卒が二十人のものに馳走をした時、各相談して取り極めたのである。介錯人の姓名は、元六番隊の方で箕浦のが馬淵桃太郎、池上のが北川礼平、杉本のが池七助、勝賀瀬のが吉村材吉、山本のが森常馬、森本のが野口喜久馬、北代のが武市助吾、稲田のが江原源之助、柳瀬のが近藤茂之助、橋詰のが山田安之助、岡崎のが土方要五郎、川谷のが竹本謙之助、元八番隊の方で、西村のが小坂乾、大石のが落合源六、竹内のが楠瀬柳平、横田のが松田八平次、土居のが池七助、垣内のが公文左平、金田のが谷川新次、武内のが北森貫之助である。中で池七助は杉本と土居との二人を介錯する筈である。いずれも刀の下緒(117)を襷にして、切腹の座の背後に控えた。

幕の外には別に駕籠が二十挺据えてある。これは死骸を載せて宝珠院に運ぶためである。埋葬の前に、死骸は駕籠から大瓶に移されることになっている。

臨検(118)の席には外国事務総裁山階宮(119)を始として、外国事務係伊達少将、同東久世少将(120)、細川、浅野両藩の重役等が、南から北へ向いて床几(121)に掛かる。土佐藩の深尾は北から東南に向いてすわる。大目附小南以下目附等は西北から東に向いて並ぶ。フランス公使(122)は銃を持った兵卒二十余人を随えて、正面の西から東に向いてすわる。その他薩摩、長門、因幡、備前等の諸藩からも役人が列席している。

用意の整ったことを、細川、浅野の藩士が二十人のものに告げる。二十人のものは本堂の縁から駕籠に乗り移る。駕籠の両側には途中と同じ護衛が附く。駕籠は幕の外に立てられる。呼出の役人が名簿を繰り開いて、今首席のものの名を読み上げようとする。

この時天が俄に曇って、大雨が降って来た。寺の内外に満ちていた人民は騒ぎ立って、檐下木蔭に走り寄ろうとする。非常な雑沓である。

切腹は一時見合せとなって、総裁宮始、一同屋内に雨を避けた。雨は未の刻に歇んだ。再度の用意は申の刻に整った。

呼出の役人が「箕浦猪之吉」と読み上げた。寺の内外は水を打ったように鎮った。箕浦は黒羅紗の羽織に小袴を着して、切腹の座に着いた。介錯人馬場[123]は三尺隔てて背後に立った。総裁宮以下の諸官に一礼した箕浦は、世話役の出す白木の四方[124]を引き寄せて、短刀を右手に取った。忽ち雷のような声が響き渡った。

「フランス人共聴け。己は汝等のためには死なぬ。皇国のために死ぬる。日本男子の切腹を好く見て置け」と云ったのである。

箕浦は衣服をくつろげ、短刀を逆手に取って、左の脇腹へ深く突き立て、三寸切り下げ、右へ引き廻して、また三寸切り上げた。刃が深く入ったので、創口は広く開いた。箕浦は短刀を棄てて、右手を創に挿し込んで、大網[125]を摑んで引き出しつつ、フランス人を睨み付けた。

馬場が刀を抜いて項を一刀切ったが、浅かった。

「馬場君。どうした。静かに遣れ」と、箕浦が叫んだ。

馬場の二の太刀は頸椎を断って、かっと音がした。

箕浦はまた大声を放って、

「まだ死なんぞ、もっと切れ」と叫んだ。この声は今までより大きく、三丁位響いたのである。

初から箕浦の挙動を見ていたフランス公使は、次第に驚駭と畏怖とに襲われた。そして座席に安んぜなくなっていたのに、この意外に大きい声を、意外な時に聞いた公使は、とうとう立ち上がって、手足の措所に迷った。

馬場は三度目にようよう箕浦の首を墜した。

次に呼び出された西村は温厚な人である。源姓、名は氏同。土佐郡江の口村[126]に住んでいた。家禄四十石の馬廻である。弘化二年七月に生れて、当年二十四歳になる。歩兵小隊司令には慶応三年八月になった。西村は軍服を着て切腹の座に着いたが、服の釦鈕を一つ一つ丁寧にはずした。さて短刀を取って左に突き立て、少し右へ引き掛けて、浅過ぎると思ったらしく、更に深く突き立てて、緩かに右へ引いた。介錯人小坂は少し慌てたらしく、西村がまだ右へ引いているうちに、背後から切った。首は三間ばかり飛んだ。

次は池上で、北川が介錯した。次の大石は際立った大男である。先ず両手で腹を二、三度撫でた。それから刀を取って、右手で左の脇腹に突き刺し、左手で刀背を押して切り下げ、右手に左手を添えて、刀を右へ引き廻し、右の脇腹に至った時、更に左手で刀背を押して切り上げた。それから刀を座右に置いて、両手を張って、「介錯頼む」と叫んだ。介錯人落合は為損じて、七太刀目に首を墜した。切腹の刀の運びがするすると渋滞なく、手際の最も立派であったのは、この大石である。

これから杉本、勝賀瀬、山本、森本、北城、稲田、柳瀬の順序に切腹した。中にも柳瀬は一旦左から右へ引き廻した刀を、再び右から左へ引き戻したので、腸が創口から溢れて出た。

次は十二人目の橋詰である。橋詰が出て座に着く頃は、もう四辺が昏くなって、本堂には灯明が附いた。

フランス公使はこれまで不安に堪えぬ様子で、起ったり居たりしていた。この不安は次第に銃を執って立っている兵卒に波及した。姿勢は悉く崩れ、手を振り動かして何事かささやき合うようになった。丁度橋詰が切腹の座に着いた時、公使が何か一言云うと、兵卒一同は公使を中に囲んで臨検の席を離れ[127]、我皇族並に諸役人に会釈もせず、あたふたと幕の外に出た。さて庭を横切って、寺の門を出るや否や、公使を包擁した兵卒は駆足に移って港口へ走った。

　切腹の座では橋詰が衣服をくつろげて、短刀を腹に立てようとした。そこへ役人が駆け付けて、「暫く」と叫んだ。驚いて手を停めた橋詰に、役人はフランス公使退席の事を話して、兎も角も一時切腹を差し控えられたいと云った。橋詰は跡に残った八人の所に帰って、仔細を話した。

　とても[128]死ぬるものなら、一思に死んでしまいたいと云う情に、九人が皆支配せられている。留められてもどかしいと感ずると共に、その留めた人に打っ附かって何か言いたい。理由を問うて見たい。一同小南の控所に往って、橋詰が口を開いた。

「我々が朝命によって切腹いたすのを、何故にお差留になりましたか。それを承りに出ました。」

　小南は答えた。

「その疑は一応もっともであるが、切腹にはフランス人が立ち会う筈である。それが退席したから、中止せんではならぬ。ただ今薩摩、長門、土佐、因幡、備前、肥後、安芸七藩の家老方がフランス軍艦に出向かわれた。姑く元の席に帰って吉左右[129]を待たれい。」

九人は是非なく本堂に引き取った。細川、浅野両藩の士が夕食の膳を出して、食事をする気にはなられぬと云う人々に、強いて箸を取らせ、次いで寝具を出して枕に就かせた。

子の刻頃になって、両藩の士が来て、ただ今七藩の家老方がこれへ出席になると知らせた。九人は跳ね起きて迎接した。七家老の中三人が膝を進めて、かわるがわる云うのを聞けば、概ねこうである。我々はフランス軍艦に往って退席の理由を質した。しかるにフランス公使は、土佐の人々が身命を軽んじて公に奉ぜられるには感服したが、何分その惨澹たる状況を目撃するに忍びないから、残る人々の助命の事[130]を日本政府に申し立てると云った。明朝は伊達少将の手を経て朝旨を伺うことになるだろう。いずれも軽挙妄動することなく、何分の御沙汰を待たれいと云うのである。九人は謹んで承服した。

中一日置いて二十五日に、両藩の士が来て、九人が大阪表へ引上げることになったこと、それから六番隊の橋詰、岡崎、川谷は安芸藩へ、八番隊の竹内、横田、土居、垣内、金田、武内は肥後藩へ預けられたことを伝えた。九挺の駕籠は寺の広庭に舁き据えられた。一同駕籠に乗ろうとする時、橋詰が自ら舌を咬み切って、口角から血を流して倒れた。同僚の潔く死んだ後に、自分の番になって故障の起ったのを遺憾だと思ったのである。幸に舌の創は生命を危くする程のものではなかったが、浅野家のものは再び変事の起らぬうちに、早く大阪まで引き上げようと思って、橋詰以下三人の乗った駕籠を、早追(131)の如くに急がせた。細川家のものが声を掛けて、歩度を緩めさせようとしたが、浅野家のものは耳にも掛けない。とうとう細川家のものも駆足になった。

大阪に着くと、九挺の駕籠が一旦長堀の土佐藩邸の前に停められた。小南が門前に出て、橋詰に説諭した。そこから両藩のものが引き分れて、各預けられた人達を連れて帰った。橋詰には医者が附けられ、また土佐藩から看護人が差し添えられた。

九人のものは細川、浅野両家で非常に優待せられた。中にも細川家では、元禄年中に赤穂浪人(132)を預り、万延元年に井伊掃部頭(133)を刺した水戸浪人(134)を預り、今度で三度目の名誉ある御用を勤めるのだと云って、鄭重の上にも鄭重にした。新調した縞の袷を寝衣として渡す。夜具は三枚布団で、足軽が敷畳[135]をする。隔日に据風呂[136]が立つ。手拭と白紙とを渡す。三度の食事に必ず焼物付[137]の料理が出て、隊長が毒見をする。午後に重詰の菓子で茶を出す。果物が折々出る。便用には徒士二、三人が縁側に出張る。手水の柄杓は徒士が取る。夜は不寝番が附く。挨拶に来るものは縁板に頭を附ける。書物を貸して読ませる。病気の時は医者を出して、目前で調合し、目前で煎じさせる。およそこう云う扱振である。

三月二日に、死刑を免じて国元へ指返すと云う達しがあった。三日に土佐藩の隊長が兵卒を連れて、細川、浅野両藩にいる九人のものを受取りに廻った。両藩共七菜二の膳附[138]の饗応をして別を惜んだ。十四日に、九人のものは下横目一人宰領[139]二人を附けられて、木津川口[140]から舟に乗り込み、十五日に、千本松[141]を出帆し、十六日の夜なかに浦戸[142]の港に着いた。十七日に、南会所[143]をさして行くに、松が鼻[144]から西、帯屋町[145]までの道筋は、堺事件の人達を見に出た群集で一ぱいになっている。南会所で、下横目が九人のものを支配方[146]に引き渡し、支配方は受け取って各自の親族に預けた。九人のものはこの時一旦遺書遺髪を送って遣った父母妻子に、久し振の面会をした。

五月二十日に、南会所から九人のものに呼出状が来た。本人は巳の刻、実父または実子のあるものは、その実父、実子も巳の刻半に出頭すべしと云うのである。南会所では目附の出座があって、下横目が三箇条の達しをした。扶持切米召し放され、[147]渡川[148]限西へ流罪仰せ付けられる、袴刀のままにて罷り越して好いと云うのが一つ。実子あるものは実子を兵卒に召し抱え、二人扶持切米四石を下し置かれると云うのが二つ。実子のないものは配処において介補[149]として二人扶持を下し置かれ、幡多中村[150]の蔵から渡し遣わされると云うのが三つである。九人のものは相談の上、橋詰を以て申し立てた。我々はフランス人の要求によって、国家の為めに死のうとしたものである。それゆえ切腹を許され、士分の取扱を受けた。次いでフランス人が助命を申し出たので、死を宥められた。しかれば無罪にして士分の取扱をも受くべき筈である。それを何故に流刑に処せられるか、その理由を承らぬうちは、輙くお請が出来難いと云うのである。目附は当惑の体で云った。不審は最である。しかしこの度の流刑は自殺した十一人の苦痛に準ずる御処分であろう。枉げてお請をせられたいと云った。九人のものは苦笑して云った。十一人の死は、我々も日夜心苦しく存ずる所である。その苦痛に準ずると云われては、論弁すべき詞がない。一同お請いたすと云った。

九人のものは流人として先例のない袴着帯刀の姿で出立したが、久しく蟄居して体が疲れていたので、土佐郡朝倉村[151]に着いてから、一同足痛を申し立てて駕籠に乗った。配所は幡多郡入田村[152]である。庄屋宇賀祐之進の取計で、初は九人を一人宛農家に分けて入れたが、数日の後一軒の空屋[153]に八人を合宿させた。横田一人は西へ三里隔たった有岡村[154]の法華宗真静寺[155]の住職が、俗縁があるので引き取った。

九人のものは妙国寺で死んだ同僚十一人のために、真静寺で法会を行って、次の日から村民に文武の教育を施しはじめた。竹内は四書の素読を授け、土居、武内は撃剣を教え、その他の人々も思い思いに諸芸の指南をした。

入田村は夏から秋に掛けて時疫の流行する土地である。八月になって川谷、横田、土居の三人が発熱した。土居の妻は香美郡夜須村[156]から、昼夜兼行で看病に来た。横田の子常次郎は、母が病気なので、僅かに九歳の童子でありながら、単身三十里の道を歩いて来て、父を介抱した。この二人は次第に恢復に向ったのに、川谷一人は九月四日に二十六歳を一期として病死した。

十一月十七日に、目附方は橋詰以下九人のものに御用召[157]を発した。生き残った八人は、川谷の墓に別を告げて入田村を出立し、二十七日に高知に着いた。即時に目附役場に出ると、各通の書面[158]を以て、「御即位御祝式に被当、思召帰住御免之上、兵士某父に被仰付、以前之年数被継遣之」(159)と云う申渡があった。これは八月二十七日にあった明治天皇の即位(160)のために、八人のものが特赦を受けたので、兵士とは並の兵卒である。士分取扱の沙汰は終に無かった。

妙国寺で死んだ十一人のためには、土佐藩で宝珠院に十一基の石碑を建てた。箕浦を頭に柳瀬までの碑が一列に並んでいる。宝珠院本堂の背後の縁下には、九つの大瓶が切石の上に伏せてある。これはその中に入るべくして入らなかった九人の遺物である。堺では十一基の石碑を「御残念様」と云い、九箇の瓶を「生運様」と云って参詣するものが迹を絶たない。

十一人のうち箕浦は男子がなかったので、一時家が断絶したが、明治三年三月八日に、同姓箕浦幸蔵の二男楠吉に家名を立てさせ、三等下席(161)に列し、七石三斗を給し、次で幸蔵の願に依て、猪之吉の娘を楠吉に配することになった。

西村は父清左衛門が早く亡くなって、祖父克平が生存していたので、家督を祖父に復せられた。後には親族筧氏から養子が来た。

小頭以下兵卒の子は、幼少でも大抵兵卒に抱えられて、成長した上で勤務した。

安井夫人

「仲平さんはえらくなりなさるだろう」と云う評判と同時に、「仲平さんは不男だ」と云う蔭言が、清武一郷[1]に伝えられている。

仲平の父[2]は日向国宮崎郡清武村に二段八畝程の宅地があって、そこに三棟の家を建てて住んでいる。財産としては、宅地を少し離れた所に田畑を持っていて、年来家で漢学を人の子弟に教える傍、耕作を輟めずにいたのである。しかし仲平の父は、三十八の時江戸へ修行に出て、中一年置いて、四十の時帰国してから、段々飫肥藩[3]で任用せられるようになったので、今では田畑の大部分を小作人に作らせることにしている。

仲平は二男である。兄文治[4]が九つ、自分が六つの時、父は兄弟を残して江戸へ立ったのである。父が江戸から帰った後、兄弟の背丈が伸びてからは、二人共毎朝書物を懐中して畑打に出た。そして外の人が煙草休をする間、二人は読書に耽った。

父が始て藩の教授にせられた頃の事である。十七、八の文治と十四、五の仲平とが、例の畑打に通うと、道で行き逢う人が、皆言い合せたように二人を見較べて、連があれば連に何事をかささやいた。背の高い、色の白い、目鼻立の立派な兄文治と、背の低い、色の黒い、片目の弟仲平とが、いかにも不吊合な一対に見えたからである。兄弟同時にした疱瘡が、兄は軽く、弟は重く、弟は大痘痕になって、剰え右の目が潰れた。父も小さい時疱瘡をして片目になっているのに、また仲平が同じ片羽になったのを思えば、「偶然」と云うものも残酷なものだと云う外ない。

仲平は兄と一しょに歩くのをつらく思った。そこで朝は少し早目に食事を済ませて、一足先に出、晩は少し居残って為事をして、一足遅れて帰って見た。しかし行き逢う人が自分の方を見て、連とささやくことは息まなかった。それればかりではない。兄と一しょに歩く時よりも、行き逢う人の態度は余程不遠慮になって、ささやく声も常より高く、中には声を掛けるものさえある。

「見い。きょうは猿がひとりで行くぜ。」

「猿が本を読むから妙だ。」

「なに。猿の方が猿引(5)よりは好く読むそうな。」

「お猿さん。きょうは猿引はどうしましたな。」

交通の狭い土地で、行き逢う人は大抵識り合った中であった。仲平はひとりで歩いて見て、二つの発見をした。一つは自分がこれまで兄の庇護の下に立っていながら、それを悟らなかったと云うことである。今一つは、驚くべし、兄と自分とに渾名が附いていて、醜い自分が猿と云われると同時に、兄までが猿引と云われていると云うことである。仲平はこの発明を胸に蔵めて、誰にも話さなかったが、その後は強いて兄と離れ離れに田畑へ往反しようとはしなかった。

仲平に先だって、体の弱い兄の文治は死んだ。仲平が大阪へ修行に出て篠崎小竹(6)の塾に通っていた時に死んだのである。仲平は二十一の春、金子十両を父の手から受け取って清武村を立った。そして大阪土佐堀三丁目(7)の蔵屋敷(8)に著いて、長屋の一間を借りて自炊をしていた。倹約のために大豆を塩と醤油とで煮て置いて、それを飯の菜にしたのを、蔵屋敷では「仲平豆」と名づけた。同じ長屋に住むものが、あれでは体が続くまいと気遣って、酒を飲むことを勧めると、仲平は素直に聴き納れて、毎日一合ずつ酒を買った。そして晩になると、その一合入の徳利を紙撚で縛って、行灯の火の上に吊るして置く。そして灯火に向って、篠崎の塾から借りて来た本を読んでいるうちに、半夜人定った頃(9)、灯火で尻をあぶられた徳利の口から、蓬々として蒸気が立ち昇って来る。仲平は巻を釈いて、徳利の酒を旨そうに飲んで寝るのであった。中一年置いて、二十三になった時、故郷の兄文治が死んだ(10)。学殖は弟に劣っていても、才気の鋭い若者であったのに、兎角病気で、とうとう二十六歳で死んだのである。仲平は訃音を得て、すぐに大阪を立って帰った。

その後仲平は二十六で江戸に出て、古賀侗庵[11]の門下に籍を置いて、昌平黌[12]に入った。後世の註疏[13]に拠らずに、経義[14]を窮めようとする仲平がためには、古賀より松崎慊堂[15]の方が懐かしかった[16]が、昌平黌に入るには[17]林か古賀かの門に入らなくてはならなかったのである。痘痕があって、片目で、背の低い田舎書生は、ここでも同窓に馬鹿にせられずには済まなかった。それでも仲平は無頓著に黙り込んで、独読書に耽っていた。座右の柱に半折[18]に何やら書いて貼ってあるのを、からかいに来た友達が読んで見ると、「今は音を忍ぶが岡の時鳥いつか雲井のよそに名告らむ」と書いてあった。

「や、えらい抱負じゃぞ」と、友達は笑って去ったが、腹の中ではやや気味悪くも思った。これは十九の時漢学に全力を傾注するまで、国文をも少しばかり研究した名残で、わざと流儀違の和歌の真似をして、同窓の揶揄[19]に酬いたのである。

仲平はまだ江戸にいるうちに、二十八で藩主の侍読[20]にせられた。そして翌年藩主が帰国せられる時、供をして帰った。

今年の正月から清武村字中野に藩の学問所[21]が立つことになって、工事の最中である。

それが落成すると、六十一になる父滄洲翁（そうしゅうおう）と、[22]去年江戸から藩主の供をして帰った、二十九になる仲平さんとが、父子共に講壇に立つ筈（はず）である。その時滄洲翁が息子によめを取ろうと云い出した。しかしこれは決して容易な問題ではない。

江戸がえり、昌平黌じこみと聞いて、「仲平さんはえらくなりなさるだろう」と評判する郷里の人達も、痘痕（あばた）があって、片目で、背の低い男振（おとこぶり）を見ては、「仲平さんは不男（ぶおとこ）だ」と蔭言（かげこと）を言わずには置かぬからである。

滄洲翁は江戸までも修行に出た苦労人である。倅（せがれ）仲平が学問修行も一通（ひととおり）出来て、来年は三十になろうと云う年になったので、是非よめを取って遣（や）りたいとは思うが、その選択のむずかしい事には十分気付いている。

背こそ仲平程低くないが、自分も痘痕があり、片目であった翁は、異性に対する苦い経験を嘗（な）めている。識（し）らぬ少女と見合をして縁談を取（と）り極（き）めようなどと云うことは自分にも不可能であったから、自分と同じ欠陥があって、しかも背の低い仲平がために、それが不可能であることは知れている。仲平のよめは早くから気心（きごころ）を識り合った娘の中から選び出す外ない。翁は自分の経験からこんな事をも考えている。それは若くて美しいと思われた人も、暫く交際していて、智慧の足らぬのが暴露して見ると、その美貌はいつか忘れられてしまう。また三十になり、四十になると、智慧の不足が顔にあらわれ、昔美しかった人とは思われぬようになる。これとは反対に、顔貌には疵があっても、才人だと、交際しているうちに、その醜さが忘れられる。また年を取るに従って、才気が眉目をさえ美しくする。仲平なぞもただ一つの黒い瞳をきらつかせて物を言う顔を見れば、立派な男に見える。これは親の贔屓目ばかりではあるまい。どうぞあれが人物を識った女をよめに貰って遣りたい。翁はざっとこう考えた。

翁は五節句[23]や年忌に、互に顔を見合う親戚の中で、未婚の娘をあれかこれかと思い浮べて見た。一番華やかで人の目に附くのは、十九になる八重[24]と云う娘で、これは父が定府[25]を勤めていて、江戸の女を妻に持って生ませたのである。江戸風の化粧をして、江戸詞を遣って、母に踊をしこまれている。これは貰おうとした所で来そうにもなく、また好ましくもない。形が地味で、心の気高い、本も少しは読むと云う娘はないかと思って見ても、生憎そう云う向の女子は一人もない。どれもどれも平凡極まった女子ばかりである。

あちこち迷った末に、翁の選択はとうとう手近い川添の娘に落ちた。川添家は同じ清武村の大字今泉、小字岡にある翁の夫人(26)の里方で、そこに仲平の従妹が二人ある。妹娘の佐代は十六で、三十男の仲平がよめとしては若過ぎる。それに器量好しと云う評判の子で、若者共の間では「岡の小町」と呼んでいるそうである。どうも仲平とは不吊合なように思われる。姉娘の豊なら、もう二十で、遅く取るよめとしては、年齢の懸隔も太甚しいと云う程ではない。豊の器量は十人並である。性質にはこれと云って立ち優った所はないが、女にめずらしく快活で、心に思うままを口に出して言う。その思うままがいかにも素直で、なんのわだかまりもない。母親は「臆面なしで困る」と云うが、それが翁の気に入っている。

翁はこう思い定めたが、さてこの話を持ち込む手続に窮した。いつも翁に何か言われると、謹んで承ると云う風になっている少女等に、直接に言うことは勿論出来ない。外舅外姑が亡くなってからは、川添の家には卑属(27)しかいないから、翁がうかと言い出しては、先方で当惑するかも知れない。他人同士では、こう云う話を持ち出して、それが不調に終った跡は、少くも暫くの間交際がこれまで通に行かぬことが多い。親戚間であって見れば、その辺に一層心を用いなくてはならない。

ここに仲平の姉で、長倉の御新造(28)と云われている人がある。翁はこれに意中を打ち明けた。

「亡くなった兄いさんのおよめになら、一も二もなく来たのでございましょうが」と云い掛けて、御新造は少しためらった。御新造はそう云う方角からはお豊さんを見ていなかったのである。しかしお父う様に頼まれた上で考えて見れば、外に弟のよめに相応した娘も思い当らず、またお豊さんが不承知を言うに極まっているとも思われぬので、御新造はとうとう使者の役目を引き受けた。

川添の家では雛祭の支度をしていた。奥の間へ色々な書付をした箱を一ぱい出し散らかして、その中からお豊さんが、内裏様やら五人囃やら、一つ一つ取り出して、綿や吉野紙(29)を除けて置き並べていると、妹のお佐代さんがちょいちょい手を出す。

「好いからわたしに任せてお置」と、お豊さんは妹を叱っていた。

そこの障子をあけて、長倉の御新造が顔を出した。手にはみやげに切らせて来た緋桃の枝を持っている。

「まあ、お忙しい最中でございますね。」

お豊さんは尉姥(30)の人形を出して、箒と熊手とを人形の手に挿していたが、その手を停(と)めて桃の花を見た。

「お内の桃はもうそんなに咲きましたか。こちらのはまだ莟(つぼみ)がずっと小そうございます。」

「出掛(でかけ)に急いだもんですから、ほんの少しばかり切らせて来ました。沢山(たくさん)お活(いけ)になるなら、いくらでも取りにおよこしなさいよ。」

こう云って御新造は桃の枝をわたした。

お豊さんはそれを受け取って、妹に

「ここはこのままそっくりして置くのだよ」と云って置いて、桃の枝を持って勝手へ立った。

御新造は跡から附いて来た。

お豊さんは台所の棚から手桶(ておけ)を卸(おろ)して、それを持って側(そば)の井戸端(いどばた)に出て、水を一釣瓶(つるべ)汲(く)み込(こ)んで、それに桃の枝を投げ入れた。(31)すべての動作がいかにも甲斐々々(かいがい)しい。使命を含んで来た御新造は、これならば弟のよめにしても早速役に立つだろうと思って、微笑を禁じ得なかった。下駄を脱(ぬ)ぎ棄(す)てて台所にあがったお豊さんは、壁に吊(つ)ってある竿(さお)の手拭で手を揩(ふ)いている。その側(そば)へ御新造が摩(す)り寄(よ)った。

「安井では仲平におよめを取ることになりました。」

劈頭に御新造は主題を道破(32)した。

「まあ。どこから。」

「およめさんですか。」

「ええ。」

「そのおよめさんは」と云いさして、じっとお豊さんの顔を見つつ、

「あなた。」

お豊さんは驚き呆れた顔をして黙っていたが、暫くすると、その顔に笑が湛えられた。

「譃でしょう。」

「本当です。わたしそのお話をしに来ました。これからお母あ様に申し上げようと思っています。」

お豊さんは手拭を放して、両手をだらりと垂れて、御新造と向き合って立った。顔からは笑が消え失せた。

「わたし仲平さんはえらい方だと思っていますが、御亭主にするのは厭でございま

す。」

冷然として言い放った。

お豊さんの拒絶が余り簡明に発表せられたので、長倉の御新造は話の跡を継ぐ余地を見出すことが出来なかった。しかしこれ程の用事を帯びて来て、それを二人の娘の母親に話さずにも帰られぬと思って、直談判をして失敗した顛末を、川添の御新造にざっと言って置いて、ギヤマン(33)のコップに注いで出された白酒を飲んで、暇乞をした。

川添の御新造は仲平贔屓だったので、ひどくこの縁談の不調を惜んで、お豊にしっかり言って聞せて見たいから、安井家へは当人の軽卒な返事を打ち明けずに置いてくれと頼んだ。そこでお豊さんの返事を以て復命することだけは、一時見合せようと、長倉の御新造が受合ったが、どうもお豊さんが意を翻そうとは信ぜられないので、「どうぞ無理にお勧にならぬように」と言い残して起って出た。

長倉の御新造が川添の門を出て、道の二、三丁も来たかと思う時、跡から川添に使われている下男の音吉が駆けて来た。急に話したい事があるから、御苦労ながら引き返して貰いたいと云う口上を持って来たのである。

長倉の御新造は意外の思をした。どうもお豊さんがそう急に意を翻したとは信ぜられない。何の話であろうか。こう思いながら音吉と一しょに川添へ戻って来た。

「お帰掛をわざわざお呼戻いたして済みません。実は存じ寄らぬ事が出来まして。」待ち構えていた川添の御新造が、戻って来た客の座に着かぬうちに云った。

「はい。」

長倉の御新造は女主人の顔をまもっている。(34)

「あの仲平さんの御縁談の事でございますね。わたくしは願うてもない好い先だと存じますので、お豊を呼んで話をいたして見ましたが、矢張まいられぬと申します。そういたすとお佐代が姉にその話を聞きまして、わたくしの所へまいって何か申しそうにいたして申さずにおりますのでございます。「なんだえ」とわたくしが尋ねますと、「安井さんへわたくしが参ることは出来ますまいか」と申します。およめに往くと云うことはどう云うわけのものか、ろくに分からずに申すかと存じまして、色々聞いて見ましたが、あちらで貰うてさえ下さるなら自分は往きたいと、きっぱり申すのでございます。いかにも差出がましい事でございまして、あちらの思わくもいかがとは存じますが、兎に角あなたに御相談申し上げたいと存じまして。」

さも言いにくそうな口吻である。

長倉の御新造は愈意外の思をした。父はこの話をする時、「お佐代は若過ぎる」と云った。また「あまり別品でなあ」とも云った。しかしお佐代さんを嫌っているのでないことは、平生から分かっている。多分父は吊合を考えて、年が行っていて、器量の十人並なお豊さんをと望んだのであろう。それに若くて美しいお佐代さんが来れば、不足はあるまい。それにしても控目で無口なお佐代さんが、好くそんな事を母親に云ったものだ。これは兎に角父にも弟にも話して見て、出来る事なら、お佐代さんの望通にしたいものだと、長倉の御新造は思案して、こう云った。

「まあ、そうでございますか。父はお豊さんをと申したのでございますが、わたくしがちょっと考えて見ますに、お佐代さんでは悪いとは申さぬだろうと存じます。早速あちらへまいって申して見ることにいたしましょう。でもあの内気なお佐代さんが、好くあなたに仰ゃったものでございますね。」

「それでございます。わたくしも本当にびっくりいたしました。子供の思っている事は何から何まで分かっているように存じていましても、大違でございます。お父う様にお話下さいますなら、当人を呼びまして、ここで一応聞いて見ることにいたしましょう。」

　こう云って母親は妹娘を呼んだ。

　お佐代はおそるおそる障子をあけてはいった。

　母親は云った。

「あの、さっきお前の云った事だがね、仲平さんがお前のようなものでも貰って下さることになったら、お前きっと往くのだね。」

　お佐代さんは耳まで赤くして、

「はい」と云って、下げていた頭を一層低く下げた。


　長倉の御新造が意外だと思ったように、滄洲翁も意外だと思った。しかし一番意外だと思ったのは壻殿の仲平であった。それは皆怪訝すると共に喜んだ人達であるが、近所の若い男達は怪訝すると共に嫉んだ。そして口々に「岡の小町が猿の所へ往く」と噂した。そのうち噂は清武一郷に伝播して、誰一人怪訝せぬものはなかった。これは喜や嫉の交らぬただの怪訝であった。

　婚礼は長倉夫婦の媒妁で、まだ桃の花の散らぬうちに済んだ。そしてこれまでただ美しいとばかり云われて、人形同様に思われていたお佐代さんは、繭（まゆ）を破って出た蛾（が）のように、その控目な、内気な態度を脱却して、多勢の若い書生達の出入する家で、天晴（あっぱれ）地歩を占めた夫人になりおおせた。

十月に学問所の明教堂（めいきょうどう）が落成して、安井家の祝筵（しゅくえん）に親戚故旧が寄り集まった時には、美しくて、しかもきっぱりした若夫人の前に、客の頭が自然に下がった。人に揶揄（からか）われる世間のよめさんとは全く趣を殊にしていたのである。

翌年仲平が三十、お佐代さんが十七で、長女須磨子（すまこ）が生れた。中（なか）一年置いた年の七月には、藩の学校が飫肥（おび）に遷（うつ）されることになった。その次の年に、六十五になる滄洲翁は飫肥の振徳堂（しんとくどう）(35)の総裁にせられて、三十三になる仲平がその下で助教を勤めた。清武の家は隣にいた弓削（ゆげ）と云う人が住まうことになって、安井家は飫肥の加茂(36)に代地（だいち）を貰った。

仲平は三十五の時、藩主の供をして再び江戸に出て、翌年帰った。これがお佐代さんがやや長い留守に空閨（くうけい）を守った始である。

滄洲翁は中風で、六十九の時亡くなった。(37)仲平が二度目に江戸から帰った翌年である。

仲平は三十八の時三たび江戸に出て、二十五のお佐代さんが二度目の留守をした。翌年仲平は昌平黌の斎長(38)になった。次いで外桜田(39)の藩邸の方でも、仲平に大番所番頭(40)と云う役を命じた。その次の年に、仲平は一旦帰国して、間もなく江戸へ移住することになった。今度はいずれ江戸に居所が極まったら、お佐代さんをも呼び迎えると云う約束をした。藩の役を罷めて、塾を開いて人に教える決心をしていたのである。

この頃仲平の学殖は漸く世間に認められて、親友にも塩谷宕陰(41)のような立派な人が出来た。二人一しょに散歩をすると、男振はどちらも悪くても、兎に角背の高い塩谷が立派なので、「塩谷一丈雲横腰、安井三尺草埋頭」などと冷かされた。

江戸に出ていても、質素な仲平は極端な簡易生活をしていた。帰新参(42)で、昌平黌の塾に入る前には、千駄谷にある藩の下邸にいて、その後外桜田の上邸にいたり、増上寺境内の金地院(43)にいたりしたが、いつも自炊である。さていよいよ移住と決心して出てからも、一時は千駄谷にいたが、下邸に火事(44)があってから、始て五番町(45)の売居(46)を二十九枚(47)で買った。

お佐代さんを呼び迎えたのは、五番町から上二番町(48)の借家に引き越していた時である。所謂三計塾で、(49)階下に三畳やら四畳半やらの間が二つ三つあって、階上が斑竹山房の扁額を掛けた書斎である。斑竹山房とは江戸へ移住する時、本国田野村字仮屋(50)の虎斑竹(51)を根こじ(52)にして来たからの名である。仲平は今年四十一、お佐代さんは二十八である。長女須磨子に次いで、二女美保子、三女登梅子と、女の子ばかり三人出来たが、仮初の病のために、美保子が早く亡くなった(53)ので、お佐代さんは十一になる須磨子と、五つになる登梅子とを連れて、三計塾に遣って来た。

仲平夫婦は当時女中一人も使っていない。お佐代さんが飯炊をして、須磨子が買物に出る。須磨子の日向訛が商人に通ぜぬので、用が弁ぜずにすごすご帰ることが多い。お佐代さんは形振に構わず働いている。それでも「岡の小町」と云われた昔の俤はどこやらにある。この頃黒木孫右衛門(54)と云う男が仲平に逢いに来た。素と飫肥外浦(55)の漁師であったが、物産学(56)に精しいため、わざわざ召し出されて徒士(57)になったのである。お佐代さんが茶を酌んで出して置いて、勝手へ下がったのを見て狡獪なような、滑稽なような顔をして、孫右衛門が仲平に尋ねた。

「先生。ただ今のは御新造様でございますか。」

「さよう。妻で。」恬然として仲平は答えた。

「はあ。御新造様は学問をなさりましたか。」

「いいや。学問と云う程の事はしておりませぬ。」

「して見ますと、御新造様の方が先生の学問以上の御見識でござりますな。」

「なぜ。」

「でもあれ程の美人でお出になって、先生の夫人におなりなされた所を見ますと。」

仲平は覚えず失笑した。そして孫右衛門の無遠慮なような世辞を面白がって、得意の笊棋の相手をさせて帰した。


お佐代さんが国から出た年、仲平は小川町[58]に移り、翌年また牛込見附外[59]の家を買った。値段は僅十両である。八畳の間に床の間と廻縁とが付いていて、外に四畳半が一間、二畳が一間、それから板の間が少々ある。仲平は八畳の間に机を据えて、周囲に書物を山のように積んで読んでいる。この頃は霊岸島[60]の鹿島屋清兵衛[61]が蔵書を借り出して来るのである。一体仲平は博渉家[62]でありながら、蔵書癖はない。質素で濫費をせぬから、生計に困るような事はないが、十分に書物を買うだけの金はない。書物は借りて覧て、書き抜いては返してしまう。大阪で篠崎の塾に通ったのも、篠崎に物を学ぶためではなくて、書物を借るためであった。芝の金地院に下宿したのも、書庫をあさるためであった。この年に三女登梅子が急病で死んで、四女歌子が生れた。

その次の年に藩主が奏者(63)になられて、仲平に押合方(64)と云う役を命ぜられたが、目が悪いと云ってことわった。薄暗い明りで本ばかり読んでいたので実際目が好くなかったのである。

そのまた次の年に、仲平は麻布長坂(65)裏通に移った。牛込から古家を持って来て建てさせたのである。それへ引き越すとすぐに仲平は松島まで観風旅行(66)をした。浅葱織色木綿(67)の打裂羽織(68)に裁附袴(69)で、腰に銀拵の大小を挿し、菅笠を被り草鞋を穿くと云う支度である。旅から帰ると、三十一になるお佐代さんが始て男子を生んだ。後に「岡の小町」そっくりの美男になって、今文尚書(70)二十九篇(71)で天下を治めようと云った才子の棟蔵である。惜いことには、二十二になった年の夏、暴瀉(72)で亡くなった。

中一年置いて、仲平夫婦は一時上邸に入っていて、番町袖振坂(73)に転居した。その冬お佐代さんが三十三で二人目の男子謙助を生んだ(74)。しかし乳が少いので、それを雑司谷の名主方へ里子に遣った。謙助は成長してから父に似た異相の男になったが、後日安東益斎と名告って、東金(75)、千葉の二箇所で医業をして、旁漢学を教えているうちに、持前の肝積のために、千葉で自殺(76)した。年は二十八であった。墓は千葉町大日寺(77)にある。

　浦賀へ米艦が来て(78)、天下多事の秋となったのは、仲平が四十八、お佐代さんが三十五の時である。大儒息軒先生として天下に名を知られた仲平は、ともすれば時勢の旋渦中に巻き込まれようとして纔に免れていた。

　飫肥藩では仲平を相談中と云う役(79)にした。仲平は海防策を献じた(80)。これは四十九の時である。五十四の時藤田東湖(81)と交って、水戸景山公(82)に知られた。五十五の時ペルリ(83)が浦賀に来たために、攘夷封港論(84)をした。この年藩政が気に入らぬので辞職した。しかし相談中を罷められて、用人格(85)と云うものになっただけで、勤向は前の通であった。五十七の時蝦夷開拓論(86)をした。六十三の時藩主に願って隠居した。井伊閣老(87)が桜田見附で遭難せられ、景山公が亡くなられた年である。

　家は五十一の時隼町(88)に移り、翌年火災に遭って、焼残の土蔵や建具を売り払って番町に移り、五十九の時麹町善国寺谷(89)に移った。辺務を談ぜない(90)と云う事を書いて二階に張り出したのは、番町にいた時である。

お佐代さんは四十五の時にやや重い病気をして直ったが、五十の歳暮からまた床に就いて、五十一になった年の正月四日に亡くなった。夫仲平が六十四になった年である。跡には男子に、短い運命を持った棟蔵と謙助との二人、女子に、秋元家(91)の用人の倅田中鉄之助に嫁して不縁になり、次いで塩谷の媒介で、肥前国島原産の志士中村貞太郎(92)、仮名北有馬太郎に嫁した須磨子と、病身な四女歌子との二人が残った。須磨子は後の夫に獄中で死なれてから、お糸、小太郎(93)の二人の子を連れて安井家に帰った。歌子は母が亡くなってから七箇月目に、二十三歳で跡を追って亡くなった。

お佐代さんはどう云う女であったか。美しい肌に粗服を纏って、質素な仲平に仕えつつ一生を終った。飫肥吾田村字星倉(94)から二里許の小布瀬(95)に、同宗の安井林平(96)と云う人があって、その妻のお品さんが、お佐代さんの記念だと云って、木綿縞の袷を一枚持っている。恐らくはお佐代さんはめったに絹物などは著なかったのだろう。

お佐代さんは夫に仕えて労苦を辞せなかった。そしてその報酬には何物をも要求しなかった。ただに服飾の粗に甘んじたばかりではない。立派な第宅に居りたいとも云わず、結構な調度を使いたいとも云わず、旨い物を食べたがりも、面白い物を見たがりもしなかった。

お佐代さんが奢侈（しゃし）を解せぬ程おろかであったとは、誰も信ずることが出来ない。また物質的にも、精神的にも、何物をも希求せぬ程恬澹（てんたん）であったとは、誰も信ずることが出来ない。お佐代さんには慥（たし）かに尋常でない望があって、その前には一切の物が塵（ちり）芥（あくた）の如く卑（いや）しくなっていたのであろう。

お佐代さんは何を望んだか。世間の賢い人は夫の栄達を望んだのだと云ってしまうだろう。これを書くわたくしもそれを否定することは出来ない。しかしもし商人が資本を卸（おろ）し財利を謀（はか）るように、お佐代さんが労苦と忍耐とを夫に提供して、まだ報酬を得ぬうちに亡くなったのだと云うなら、わたくしは不敏にしてそれに同意することが出来ない。

お佐代さんは必ずや未来に何物をか望んでいただろう。そして瞑目（めいもく）するまで、美しい目の視線は遠い、遠い所に注がれていて、あるいは自分の死を不幸だと感ずる余裕をも有せなかったのではあるまいか。その望の対象をば、あるいは何物ともしかと弁識していなかったのではあるまいか。

お佐代さんが亡くなってから六箇月目に、仲平は六十四で江戸城に召された[97]。また二箇月目に徳川将軍に謁見して、用人席にせられ、翌年両番上席にせられた[98]。仲平が直参[99]になったので、藩では謙助を召し出した。次いで謙助も昌平黌出役[100]になったので、藩の名跡[101]は安政四年に中村が須磨子に生ませた長女糸に、高橋圭三郎という壻を取って立てた。しかし夫婦は早く亡くなった。後に須磨子の生んだ小太郎が継いだのはこの家である。仲平は六十六で陸奥塙[102]六万三千九百石の代官にせられた[103]が、病気を申し立てて赴任せずに、小普請[104]入をした。

住いは六十五の時下谷徒士町[105]に移り、六十七の時一時藩の上邸に入っていて、麴町一丁目半蔵門外の壕端の家を買って移った。策士雲井龍雄[106]と月見をした海嶽楼[107]は、この家の二階である。

幕府滅亡の余波で、江戸の騒がしかった年に、仲平は七十で表向隠居[108]した。間もなく海嶽楼が類焼[109]したので、暫く藩の上邸や下邸に入っていて、市中の騒がしい最中に、王子在領家村[110]の農高橋善兵衛[111]が弟政吉の家に潜んだ。須磨子は三年前に飫肥へ往ったので、仲平の隠家へは天野家から来た謙助の妻淑子と、前年八月に淑子の生んだ千菊とが附いて来た。産後体(からだ)の悪かった淑子は、隠家に来てから六箇月目に、十九で亡くなった。下総にいた夫には逢わずに死んだのである。

仲平は隠家に冬までいて、彦根(ひこね)藩の代々木邸に移った。これは左伝輯釈(さでんしゅうしゃく)[112]を彦根藩で出版してくれた縁故からである。翌年七十一で旧藩の桜田邸に移り[113]、七十三の時また土手(どて)三番町[114]に移った。

仲平の亡くなったのは、七十八の年の九月二十三日である。謙助と淑子との間に出来た、十歳の孫千菊が家を継いだ。千菊の夭折した跡は小太郎の二男三郎が立てた。

附　録

一、事　実

明和四年丁亥九月三日安井完生。日下部姓。字子全。号滄洲。家在日向国宮崎郡清武村中野。

寛政八年朝淳生。字子樸。又士礼。通称文治。号清渓。

十一年己未正月元旦衡生於清武村今泉岡川添氏之家。字仲平。以字称。初号清滝。中足軒。後息軒。又号半九陳人。葵心子。

文化元年甲子完至江戸。師事古屋昔陽[115]。訪皆川淇園[116]于京都。

三年丙寅四月完帰郷。

四年丁卯完為藩治水使。

九年壬申川添氏佐代生。

十年癸酉完為教授。
文政元年戊寅槙生。槙非安井氏血族。後千菊夭折。槙権為戸主。
二年己卯衡至大阪。入篠崎小竹門。
四年辛巳淳歿。葬于清武村文栄寺。衡帰郷。
七年甲申完兼料兵使。衡往江戸。入古賀侗庵門。次入昌平黌。
九年丙戌衡為侍読。
十年丁亥衡帰郷。中野明教堂成。
十一年戊子須磨生。
天保二年辛卯飫肥振徳堂成。完為総裁兼教授。衡助教。安井氏徙飫肥加茂。
三年壬辰飫肥安国寺(117)安井氏祖先墓成。
四年癸巳衡至江戸。居外桜田邸。
五年甲午衡帰郷。
六年乙未七月二十一日完卒。年六十九。葬于飫肥太平山。是年登梅生。
七年丙申衡至江戸。居千駄谷邸。
八年丁酉衡入昌平黌。為斎長。為藩大番所番頭。後移外桜田邸。又僦居芝金地院。

九年戊戌衡帰郷。次徙江戸。居千駄谷邸。冬移五番町。
十年己亥居上二番町。次移小川町。
十一年庚子五月八日登梅夭。僅六歳。葬于高輪東禅寺(118)。衡移牛籠門外。是年歌生。
十二年辛丑衡任押合方。以病辞。
十三年壬寅移麻布長坂裏通。夏北遊。八月十九日朝隆生。字棣卿。通称棣蔵。
弘化元年甲辰衡居外桜田邸。次移番町袖振坂。十一月十日敏雄生。後名利雄。又益。
　通称謙吉。又謙助。号黙斎。
四年丁未衡為相談中。
嘉永二年己酉移隼町。
三年庚戌移番町。
五年壬子須磨嫁田中氏。後再嫁中村氏。
六年癸丑衡罷相談中。為用人格。
安政四年丁巳糸生。是年移善国寺谷。
五年戊午小太郎生。名朝康。号樸堂。
万延元年庚申請藩致仕。

文久元年辛酉罷用人格。
二年壬戌正月四日佐代卒。年五十一。葬于東禅寺。七月二十日衡被幕府召。八月四日歌歿。年二十三。九月十五日衡謁将軍。二十六日列用人席。
三年癸亥二月一日衡為両番上席。移下谷徒士町。六月十九日朝隆歿。年二十二。葬于駒籠龍光寺(119)。
元治元年甲子二月十日衡任陸奥塙代官。八月以病辞。
慶応元年乙丑居外桜田邸。次移半蔵門外。九月須磨赴飫肥。居清武村大久保平山。
三年丁卯七月飫肥太平山碑成。八月千菊生。
明治元年戊辰二月十七日衡請幕府致仕。居外桜田邸。次移千駄谷邸。三月十三日徙足立郡領家村。四月謙助寓比企郡番匠村医小室元長家。七月至下総国東金。九月二十二日天野氏淑歿。年十九。葬于龍光寺。十一月徙代代木彦根藩邸。
二年己巳八月居外桜田邸。
四年辛未七月二日謙助自殺于下総。九月衡移土手三番町。
九年丙子九月二十三日衡卒。年七十八。葬于駒籠養源寺(120)。右参取若山甲蔵君息軒伝(121)。
現存金石文。安井小太郎君並依知川敦君書信。

二、東京並其附近遺蹟

駒籠養源寺。有安井息軒先生碑。明治十一年九月川田剛[122]撰文。日下部東作書。
有安井須磨子墓。明治十二年五月十九日享年五十一歳。
有安井千菊墓。明治十六年一月一日享年十八歳。
有安井槙子墓。明治二十一年十月六日享年七十一歳。
有安井健一郎墓。明治二十四年九月二日。
駒籠龍光寺。有安井朝[123]淳之墓。文久三年六月十九日歿。享年二十有一。昌平黌教授安井衡誌。三浦汝檝書。
有安井孺人[124]天野墓。明治戊辰九月二十二日歿。享年十九歳。安井謙助妻。右大正三年三月一日往訪。
高輪東禅寺。有雪峰妙観大姉墓。飫肥安井仲平妻川添氏佐代。享年五十一。文久二年壬戌正月四日。
有桂月妙輝信女墓。飫肥安井仲平第四女歌。享年二十三。文久二壬戌年八月四日。

有玉影善童女墓。日洲飫肥安井仲平第三女。俗名登梅。享年六歳。天保十一庚子年五月八日。右大正三年三月七日往訪[125]。

下総国千葉町大日寺。有安井敏雄墓。明治四年辛未七月三日歿于下総千葉僑居。息軒安井衡誌。右大正三年四月二十八日。依知川敦君往訪。

注　解

藤田　覚

護持院原の敵討

(1) **酒井雅楽頭忠実**　一七七九―一八四八年。姫路十五万石の大名。文化十一年(一八一四)から天保六年(一八三五)まで藩主。
(2) **大手向左角**　現・千代田区大手町一丁目。
(3) **金部屋**　金蔵。藩の金箱が置かれている部屋。
(4) **大金奉行**　金蔵の管理と金銭の出納役。
(5) **山本三右衛門**　一七七九―一八三三年。姫路藩の大金奉行。
(6) **小金奉行**　大金奉行の補佐役。
(7) **お表の小使**　奥向きではない奉行や役所の雑役にあたる奉公人。
(8) **上書**　書状などの表面に書いた文字。
(9) **宇平**　一八一五―?年。三右衛門の子。敵討事件の当時二十一歳。敵討に遅れ、押込隠居の処分を受けたという(三田村鳶魚「烈女利与」)。

(10) **中の口**　藩邸内の出入り口の一つ。執務の諸役人などが出入りする通用口。

(11) **徒目附**　姫路藩の役職名。目付(目附)の指揮のもとに、家臣らの素行や勤務ぶりを監察する役。

(12) **大目附**　姫路藩の役職名。江戸藩邸にいて藩士と藩政の監視にあたる役。配下に、目付、徒目付、小人目付がいた。

(13) **本締**　藩の財政を統括する役。

(14) **蠣殻町の中邸**　現・中央区日本橋蠣殻町一丁目の辺にあった中屋敷。

(15) **作事**　建物の建築・修繕。

(16) **亀蔵**　?—一八三五年。中間。姫路藩江戸藩邸で表小使。本名虎蔵。和泉国出身。

(17) **神田久右衛門町代地**　現・千代田区岩本町二丁目。外神田から移された代りの土地。

(18) **仲間**　中間。雑役に従事する下級の武家奉公人。

(19) **口入宿**　人宿(ひとやど)とも。足軽・中間などの武家奉公人を含む奉公人仲介業者。

(20) **下請宿**　人宿に対して奉公人の身元保証人になる業者。

(21) **りよ**　山本りよ(一八一二—?年)。三右衛門の娘。敵討当時二十四歳。敵討後、山本家を相続し、十四人扶持を給された。

(22) **細川長門守興建**　一七九八—一八五五年。当時の常陸谷田部一万六千三百石の藩主は

細川興徳(おきのり)(一七五九—一八三七年)。興建は、久留米藩主有馬頼徳(よりのり)の弟で興徳の養子。
(23) **豊島町**　現・千代田区東神田一、二丁目—岩本町三丁目辺。古くは「とよしま」と読む。
(24) **小倉新田**　寛文十一年(一六七一)、小倉藩小笠原家の新田一万石を分与して成立した藩。
(25) **小笠原備後守貞謙**　一八二七—五一年。当時藩主は貞哲(さだとし)(一八〇二—五七年)。貞謙はその子。
(26) **麻布日が窪**　現・港区六本木辺。今の区立六本木中学校がその跡地。小倉藩上屋敷。
(27) **浜町添邸**　現・中央区日本橋浜町にあった中屋敷。
(28) **寅の刻**　午前四時頃。鷗外が依拠した史料「山本復讐記」は「暁子ノ刻」とあるが、子刻は夜十二時なので暁と矛盾し寅刻と改めたらしい。
(29) **酉の下刻**　午後七時。
(30) **小人目附**　姫路藩の役職名。目付の指示をうけて情報の収集や探索にあたる役。
(31) **手附**　目付・代官・勘定吟味役等に付属する事務官。
(32) **口書**　訴訟当事者の申立てを筆記した書類。士分は口上書という。
(33) **遍立寺**　朝倉山一乗院。浄土真宗。浅草三十三間堂前にあった。のち、西東京市へ移転。
(34) **大小**　刀と脇差。
(35) **敵討**　敵討は、主人、父母、伯父、伯母、叔父、叔母、兄姉など目上の親族の場合に厳しい条件をつけて許可された。武士の場合、主君から免状を受け、さらにその主君から、幕府三奉行に敵討許可の旨を届け、町奉行所の『敵討帳』・『言上帳』に記載されるという手続きが必要だった。

(36) **表向敵討の願**　山本家が、正式に敵討願書を藩に提出した。

(37) **九つ違**　正しくは十一違い。

(38) **徳川家康**　一五四二—一六一六年。江戸幕府初代将軍。

(39) **拵附の刀**　装飾の施された刀。

(40) **午年の大火**　天保五年二月の江戸の大火。焼失町数四百七、八十町、焼死者四千人。

(41) **落首**　短歌や連歌形式の政治や社会への風刺・批判。「巷街贅説」巻三に「八つ乳ぶん三味線屋から琴を出し火の手がちりつてんと大火事」という落首が載せられている。「八つ乳(八つ乳房のある猫)ぶん」と「八つ時分」(未の刻)などを掛けている。

(42) **大名小路**　道三橋の西から数寄屋橋の西に通じる通り。諸大名の上屋敷が両側に並ぶ。

(43) **松平伯耆守宗発**　一七八一—一八四〇年。丹後宮津七万石の大名。天保五年当時、幕府西丸老中。

(44) **十一日にも十二日にも火事**　「巷街贅説」巻三によった。

(45) **人心恂々**　恂々は恐れおののくこと。凶作と大火による人心不安。

(46) **脚絆甲掛**　旅行のさいに足の臑に当てる布と、手や足の甲に巻く布。

(47) **不肖**　正しくは不祥と書き、不運の意。
(48) **月番老中**　大名等の願書や届書の受付けと申渡しを一カ月交代で担当する老中。
(49) **大久保加賀守忠真**　一七八一―一八三七年。相模小田原十一万石余の藩主。天保五年当時は幕府老中。酒井忠実は二月二十六日に届け出た。
(50) **三奉行**　幕府の寺社奉行、町奉行、勘定奉行の総称。
(51) **大目附**　注(12)参照。
(52) **扶持**　生活を助けるために支給される米。一日玄米五合(七五〇グラム)が基準。
(53) **文吉**　もと酒井家表小使。近江生まれ。敵討に見識人として参加。敵討成就の後、酒井家に小役人格で召し抱えられ、深中の姓を名乗り、山番を勤めた。
(54) **渡者**　転々と奉公先を代える、中間(仲間)、若党、用人などの武家奉公人。
(55) **手討のらん切**　長さをそろえず切った手打ちそば。敵を手討・乱切にする意に掛ける。
(56) **政淳寺**　榎町(現・群馬県前橋市千代田町)にあった浄土真宗の寺。「しょうじゅんじ」と読む。
(57) **児玉村**　武州川越から上州を経て信州岩村田へ至る川越街道の要地。現・埼玉県本庄市。
(58) **三峯山**　秩父山地の山で、秩父郡大滝村(現・埼玉県秩父市)に三峯神社が鎮座。
(59) **郡内**　甲斐国(現・山梨県)都留郡の古称。
(60) **和田峠**　現・長野県小県郡長和町。信濃東部と中・南信濃を結ぶ峠。中山道最大の難所。

(61) **今町** 現・新潟県上越市直江津。
(62) **加賀街道** 高田城下(現・新潟県上越市)から海岸沿いに越中(現・富山県)に至る街道。
(63) **金山** 飛騨川沿いに飛騨から美濃に至る飛騨街道の要地。現・岐阜県下呂市。
(64) **宮** 現・名古屋市熱田区。東海道の宿駅。
(65) **佐屋** 現・愛知県愛西市。尾張宮から入り桑名へ出る東海道の脇街道、佐屋路の宿場。
(66) **松坂** 現・三重県松阪市。和歌山藩の領地で、城代以下をおいて支配。
(67) **殿町** 現・三重県松阪市殿町。
(68) **目代** 松坂の城代配下の目付。
(69) **紀伊国熊野浦長島外町** 現・三重県北牟婁郡紀北町。長島浦に面し、熊野街道沿い。
(70) **熊野仁郷村** 「にご」と読む。長島の北東に位置する熊野街道沿いの村。
(71) **三浦坂** 長島町内。熊野街道三浦峠に向かう坂。
(72) **弁慶縞** 二色の糸による碁盤目状の縦横縞。
(73) **高野領清水村** 現・和歌山県橋本市。高野山行人(ぎょうにん)領。清水から河根(かね)峠を越えて高野山に至る不動坂道が表参道。
(74) **橋本** 高野街道と大和街道(和歌山城下と大和・伊勢を結ぶ)の交差点にあたる宿駅。
(75) **参宮** 伊勢神宮に参詣。
(76) **関** 東海道の宿駅(現・三重県亀山市)。古代に鈴鹿関。

(77) **魚町**　料理屋と魚屋が多かった。

(78) **下山**　下村（現・岡山県倉敷市内）が正しい。金比羅詣でや四国遍路へ向かう要港。下村を十六日の夜舟で出れば、本文四行後の「十六日の朝」は十七日になるはず。

(79) **松尾**　松尾村。現・香川県琴平町のうち。松尾寺があった。

(80) **象頭山**　琴平山、金比羅山とも。現・香川県仲多度郡琴平町にある標高五二一メートルの山。東側中腹に金刀比羅宮、山頂に奥宮。

(81) **小春**　小松か。現・愛媛県西条市。

(82) **留飲疝痛**　むねやけ（溜飲）と腹痛。

(83) **中大洲**　現・愛媛県郡中（伊予市）・大洲（大洲市）の誤り。

(84) **力抜け**　体に力が入らない状態。

(85) **豊後国佐賀関**　豊予海峡を挟んで海路伊予国へ渡る要港。現・大分市内。

(86) **鶴崎**　伊予街道で佐賀関へ、肥後街道で熊本に通じる交通の要衝。

(87) **清正公**　現・熊本市西区花園の本妙寺にある加藤清正（一五六二―一六一一）の浄池廟。

(88) **高橋**　熊本城下の外港として繁栄。

(89) **八代**　八代城があり城代がおかれた。現・熊本県八代市。

(90) **温泉嶽**　雲仙岳。

(91) **勧善寺**　浄土真宗、向南山観善寺。現・長崎市玉園町。

(92) **棒を指南** 棍棒を使った武術の指導。
(93) **舟引地町** 引地町(ひきじ)が正しい。現・長崎市興善町辺。
(94) **町年寄** 長崎町年寄。当時は九人いて町の行政にあたった。
(95) **客僧** 旅の僧。
(96) **盗賊方** 盗賊吟味などを分掌した長崎地役人か。
(97) **大村家** 肥前大村(現・長崎県大村市)二万八千石の大名。当時の藩主は大村純昌。
(98) **播磨国室津** 現・兵庫県たつの市。播磨灘に面する港町。諸大名や朝鮮通信使の船が碇泊。
(99) **平の町** 姫路城下の町人地。
(100) **周防国宮市** 山陽道から山口・萩へ向かう街道の分岐点の町。現・山口県防府市。
(101) **室積** 周防灘に面した室積浦がある。現・山口県光市。
(102) **広岸山** 姫路北部の広峯神社のことであろう。
(103) **非人** 江戸時代の賤民身分の一つ。乞食(勧進)を生業とし行刑役や掃除役を勤めた。
(104) **石見** 現・島根県西部。
(105) **阿波座おくい町** 地名は、阿波出身の商人が集住したことによる。「おくい町」は衽(おくみ)町。現・大阪市西区阿波座一・二丁目。
(106) **淡島** 淡島明神。現・和歌山市加太(かだ)の淡島神社。加太神社とも。

(107) **括猿**　紅色の布に綿を入れ猿の形に縫った供え物。淡島明神の加護を受けるための呪い。

(108) **その時九郎右衛門、宇平の二人は…こう云った。**　以下、文吉へ暇を出そうとしてのやりとりは「山本復讐記」に見えないので、鷗外の創作か。

(109) **主取**　主人に召し抱えられて仕えること。

(110) **木賃宿**　自炊のため木賃＝薪代を払わせ旅人を泊める安宿。

(111) **咳逆**　かぜ。

(112) **傷寒**　急性の発熱。インフルエンザ・腸チフスの類。

(113) **病痾**　ながびく病気。

(114) **恬然**　平気な様子。

(115) **御託宣**　神のお告げ。

(116) **家主**　家守・大家ともいう。

(117) **後室**　寡婦。

(118) **小川町**　現・千代田区。駿河台南の武家地。

(119) **俎橋**　九段坂下の外堀に架かる橋。

(120) **高家衆**　「高家」は幕府の職名。おもに対朝廷関係の儀式・典礼を担当。

(121) **大沢右京大夫基昭**　一七七六―一八五三年。江戸後期の幕臣。高家。三千五百九十石。

(122) **樒**　仏前に供える木。

(123) **本所**　現・墨田区本所などの一帯。
(124) **本郷弓町**　現・文京区本郷二丁目辺。
(125) **寄合衆**　三千石以上で無役の旗本。
(126) **本多帯刀**　寄合。高四千五百石。帯刀は通称。父政升が天保四年に小性組番頭を辞職。
(127) **酒井亀之進**　寄合。俸禄三千俵(知行三千石に相当)。屋敷が御茶の水にあった。
(128) **酒井石見守忠方**　一八〇八―八七年。出羽松山藩(現・山形県酒田市)二万五千石藩主。上屋敷が浅草七軒町(現・台東区元浅草一丁目)。
(129) **立場**　宿と宿の間に設けられた駕籠舁(かごかき)、人足の休息所。
(130) **用心金**　非常用の金。
(131) **腰の物**　太刀と脇差。
(132) **花色木綿**　薄い藍色(はなだいろ)に染めた無地の木綿織物。
(133) **茶小倉**　茶色の小倉織。木綿糸で織り、帯や袴に用いる。
(134) **野羽織**　旅行や乗馬などに用いた羽織。
(135) **ごろふく**　ごろふくれん(呉絽服連、オランダ語 grof-grein から)の略。粗くて堅い羊毛で織った舶来の毛織物。
(136) **早縄**　手早く縛る縄の意で、捕り縄。
(137) **御納戸**　おなんど色。ねずみ色がかった藍色。江戸時代、藍染の代表的な色。

(138) **夜船で、伏見から津へ**　六月二十八日の夜、淀川往来の船で、大坂京橋を発って朝京都伏見に着き、そこから陸路で大津へ行ったという意味であろう。

(139) **阪の下**　現・三重県亀山市。鈴鹿峠直下で、東海道関宿と土山宿のあいだの宿場。

(140) **盂蘭盆会**　お盆のこと。江戸時代には、旧暦七月十三日から十六日まで。

(141) **戌の下刻**　午後九時。前後の関係から、実際には午後二時頃と思われる。

(142) **蔵前**　以下、巻末の地図参照。

(143) **花火**　五月二十八日に両国の川開きが行われ、八月二十八日まで花火が打ち上げられた。

(144) **玉や鍵や**　両国の花火は、横山町の鍵屋と両国広小路の玉屋の請負で打ち上げられ、互いに競い合った。

(145) **酉の下刻**　午後七時。亀蔵を見つけた時刻は、山本九郎右衛門「口上書」の「夕七ツ下り」(午後五時頃)とちがう。

(146) **中形木綿**　大型と小型の中間の大きさの型紙を使って染めた模様で、浴衣に用いた。

(147) **博多**　博多名産の絹織物で多く帯に用いた。

(148) **龍閑橋**　神田堀に架かっていた橋。

(149) **鎌倉河岸**　龍閑橋から神田橋に至る川船が荷の積み下しをする河岸地。

(150) **元護持院二番原**　現・千代田区神田錦町一・二丁目辺。神田橋から一ツ橋の北側一帯。

(151) **泉州産** 和泉国(現・大阪府南部)の生まれ。
(152) **宿許** 「宿」は実家。実家へ戻ることを「宿下がり」といった。
(153) **霍乱** 激しい吐き気や下痢を起こす急性病で、現在のコレラ・急性腸カタルに当たる。
(154) **老女** 武家に仕えた女性のうちで頭の者。
(155) **奥の口** 武家屋敷で奥向きと表との境にある戸口。
(156) **黒繻子** 絹または絹と木綿で織られた滑らかで光沢のある黒色の布。帯地に用いられた。
(157) **帷子** 絹や麻で織られたひとえ物で、夏に用いる。
(158) **袱紗** 絹や縮緬で作られた方形の布で、進物や品物を包むのに用いる。
(159) **泉州生田郡上野原村** 和泉国に生田郡はないが、泉郡伏屋(現・大阪府和泉市伏屋町)あたりを古くは上野原と称した。
(160) **本多伊予守** 本多忠升(ただたか)(一七九一―一八五九年)。伊勢神戸(かんべ)藩一万五千石の藩主。藩邸上屋敷が神田橋門外で、護持院原に接している。
(161) **辻番所** 武家地の道路の交差点(辻)に警備のため設けられた番所のこと。
(162) **西丸御小納戸** 将軍世子の食膳・衣服など身辺の雑務に従事。
(163) **鵜殿吉之丞** 一八〇八―六九年。名は長鋭(ながとし)。文政十二年(一八二九)から西丸御小納戸役。
(164) **辻番人** 辻番所に詰める番人。

(165) **遠藤但馬守胤統**　一七九三―一八七〇年。近江野洲郡三上藩一万石の藩主。敵討当時、辻番所組合の年番。
(166) **酒井忠学**　一八〇八―四四年。天保六年(一八三五)四月に姫路藩主。
(167) **留守居**　諸藩の江戸藩邸で、幕府や他藩との連絡・交渉・情報収集にあたった役職。
(168) **今年**　天保六年。
(169) **徒士頭**　将軍の外出のさいの警備などを行う御徒(おかち)を支配する。
(170) **水野采女**　?―一八五二年。名は重明。天保六年七月一日徒頭から西丸目付に転役。
(171) **徒士目附**　徒目付。幕府の役職名。目付指揮下に諸役人などの監察や情報収集にあたった。御目見以下の最上職。
(172) **小人目附**　幕府の役職名。徒目付の差図により、変事・事件の立会い、隠密の情報収集にあたった。
(173) **使之者**　幕府の役職名。御小人頭の配下。「天保雑記」第五冊は、「志母倉金左衛門」と「伊内長四郎」とする。
(174) **黒鍬之者**　黒鍬頭に率いられ、おもに城内の土木工事その他の雑役に従事した。
(175) **松本助之丞**　?―一八四七年。名は政周。天保三年(一八三二)西丸目付に転役。
(176) **庄野慈父右衛門**　名は良敬。城使(留守居)。幕府歌学方北村季文の一門の歌人。天保七年正月死去。

(177) **用番**　月番に同じ。

(178) **筒井伊賀守政憲**　一七七八―一八五九年。文政四―天保十二年(一八二一―四一)南町奉行をつとめ名奉行と称された。

(179) **下目附**　姫路藩の役職名。大目付の配下で、その指示をうけて監察にあたる役。

(180) **足軽小頭**　足軽五人に一人の割合でおかれ、足軽を統率する役。

(181) **実印**　印鑑。

(182) **爪印**　指先に印肉を付けて押し、爪形が残るので爪印という。口書の押印に強制された。

(183) **水野越前守忠邦**　一七九四―一八五一年。遠江浜松六万石の藩主。天保五年本丸老中に就任した。後に天保の改革を断行。

(184) **奇特之儀に付構なし**　賞賛すべき行いで問題なし。

(185) **仔細無之構なし**　差支えなし。

(186) **御判物**　花押(かおう)をすえた文書。この場合は藩主の敵討免許状をさす。

(187) **御用召**　城や屋敷への出頭命令。

(188) **宛行**　宛行扶持(あてがいぶち)。藩主からの恩恵として支給された扶持米。

(189) **中奥**　将軍や大名が日常生活を送る御殿。

(190) **紅裏**　紅(べに)で無地に染めた絹布を着物の裏地とする。

(191) **酒井忠質**　一七八七―一八一六年。姫路新田(しんでん)一万石の藩主。

(192) **高砂染**　播州姫路地方の染物。

(193) **千疋**　一疋は銭二十五文。千疋は約四両にあたる。

(194) **交肴**　数種の魚を進物として贈るもの。

(195) **山番**　姫路藩の役職名。下屋敷内の林や園地を管理する役。

(196) **屋代太郎弘賢**　一七五八―一八四一年。幕府右筆(ゆうひつ)。考証学者、能書家、蔵書家。号は輪池(りんち)。屋敷は神田明神下。『寛政重修諸家譜』などの編纂に従事。『群書類従』編纂を補助。

(197) **太田七左衛門**　大田南畝(なんぽ)(一七四九―一八二三年)。江戸後期の幕臣。漢学者、狂歌作者、戯作者。通称は直次郎。名は覃(たん)。号は寝惚(ねぼけ)先生、四方赤良(よものあから)、蜀山人(しょくさんじん)など。

(198) **屋代を揶揄う**　「巷街贅説」巻二の末尾に、「先つ頃諸葛孔明が陣鐘なりといふ物を見たる時、八(屋)代弘賢のよめる、あなめづら見ぬもろこしのもろくずがかねのつゞみをけふみつるかな、此歌を蜀山大田直次郎見て、戯れによめる、あな小つらかだめよじ(神田明神)下の弘賢がまによ(万葉)のなまよみけふみつる哉」とあるのをふまえている。

大塩平八郎

(1) **大阪西町奉行所**　大坂町奉行は、老中支配で旗本が就任。東町と西町奉行所。配下に与力・同心。大坂の市政とともに大坂城代(じょうだい)・定番(じょうばん)と協議して非常警備にあたる。さらに河内・和泉・摂津・播磨国の訴訟と幕領の年貢徴収も担当。西町奉行所は本町橋東詰。

(2) **飢饉** 天保四、六―八年の「天保の飢饉」。米価は高騰し多数の餓死者や飢人を出し、各地で一揆・打ちこわしが頻発。
(3) **御用日** 町奉行所が訴訟や嘆願などの受付けと審理をする日。月に八回。
(4) **月番** 東西両町奉行所は隔月に月番と非番となり、月番が表門をあけて訴訟などを受け付けた。非番の奉行は、御用日に月番奉行と協議(立会)しながら訴訟などの審理にあたった。
(5) **堀伊賀守利堅** 知行二千五百石の旗本。天保七年十一月から同十二年六月まで西町奉行。
(6) **与力** 町奉行の配下で同心を指揮して実務にあたる役。
(7) **吉田勝右衛門** ?―一八四四年。西町奉行所与力。古参与力。
(8) **初入式の巡見** 堀はこの年二月二日に着任し、十九日に天満組を巡見の予定だった。
(9) **中泉撰司** 堀利堅の家老で内与力(うちよりき)。奉行の家来で町奉行所与力となる者を内与力という。
(10) **同心** 町奉行の配下で与力の指揮をうけ実務にあたる役。
(11) **吉見九郎右衛門** 一七九一―?年。東町奉行所同心。文政十一年(一八二八)大塩に入門。挙兵当日の未明に密訴させた倅英太郎(一八二二―?年)は、天保二年大塩に入門。
(12) **河合郷左衛門** 東町奉行所同心。大塩門人。見習勤務中、天保八年正月二十七日に三

男謹之助を連れ出奔。倅八十次郎（一八二〇―？年）は、天保二年大塩に入門。

（13）**潜門**　大門脇のくぐって出入りする小さな門。

（14）**矢部駿河守定謙**　一七九四―一八四二年。名は「さだのり」が正しい。天保四年西町奉行、同七年九月勘定奉行に栄転。大塩は与力の公金横領を隠蔽したと非難している。

（15）**跡部山城守良弼**　一七九九―一八六八年。老中水野忠邦の実弟。天保七年四月東町奉行。大塩らの飢饉対策を拒否し、大坂の米を江戸に廻して厳しく非難された。

（16）**北組**　南組、天満組とともに大坂三郷と称された行政区画。惣年寄（注（312）参照）が詰めて町政を担当。

（17）**船場**　淀川（大川）の南、長堀川の北、東西の横堀川で区切られた地域。商業の中心地。

（18）**大川**　淀川の天満橋・天神橋辺の別称。

（19）**材木蔵**　淀川に面した天満川崎の東端の貯木場。

（20）**堂島の米市場**　堂島川と曽根崎川（蜆川）に挟まれた中洲。米仲買商、諸藩蔵屋敷が多く集まり、米市場が享保十五年（一七三〇）公認され、ここの米相場が全国の基準になった。

（21）**天満の青物市場**　天満橋北詰の西側にある野菜類の卸売り市場。堂島米市場、雑喉場（ざこば）（魚市場）とともに大坂三大市場と称され、野菜・果実類の取引を独占。

（22）**天満宮**　大工町（現・大阪市北区天神橋二丁目）にある大坂天満宮。俗称天神さん。

（23）**総会所**　惣会所。大坂町奉行の指揮下で、大坂の行政をあずかる惣年寄の事務所。

(24) **東照宮**　徳川家康を祀る神社の分祠。川崎東照宮。裏手が大塩の屋敷。
(25) **与力町**　大坂町奉行所与力の屋敷のあった町。与力六十軒、敷地総面積三万坪。
(26) **朝岡助之丞**　巡見の町奉行は、迎え方与力の屋敷で休む慣例だった。朝岡の屋敷は大塩の屋敷の向い側にあり、大塩はここで両町奉行を襲う計画だった。
(27) **平山助次郎**　一八〇六―三八年。東町奉行所同心。文政四年(一八二一)大塩に入門。大塩の蜂起の前々日に密訴し、前日、江戸へ出発した。
(28) **与党**　陰謀にくみする連中。
(29) **身囲**　保身、自己弁護。
(30) **渡辺良左衛門**　?―一八三七年。名は漸。字は正邦。東町奉行所同心。本文の「与力」は誤り。大塩門人。
(31) **隔所を見計らって托訴**　離れた場所、則ち管轄外の西町奉行所に委託して訴えたこと。
(32) **留置**　拘留。
(33) **預け**　罪人を大名や町村などに預けて監禁すること。
(34) **内山彦次郎**　一七九七―一八六四年。西町奉行所与力。辣腕与力といわれたが、大塩は、挙兵二日前に老中に宛てて送った手紙で、「奸佞(かんねい)の者」と激しく糾弾している。
(35) **返忠**　裏切り、利敵行為。敵に通じて情報を流す内通・内応に同じ。
(36) **生きて還るものの少い**　幕府の牢は劣悪な環境にあり、亡くなる入牢者が多かった。

(37) **瀬田済之助**　?—一八三七年。東町奉行所与力。大塩門人。大塩と遠縁で屋敷が東南隣。

(38) **小泉淵次郎**　一八二〇—三七年。東町奉行所与力。大塩門人。大塩挙兵計画の漏洩により、当日の朝、泊まり番の東町奉行所で斬られた。十八歳。婚約中のりよは十二歳。

(39) **檄文**　大塩が挙兵にあたってまいた木版刷りのビラ。巻末の「大塩平八郎」資料参照。

(40) **組屋敷**　奉行所与力・同心の役宅。

(41) **角屋敷**　道の曲がり角にあって、二面が道に面している屋敷。

(42) **荻野勘左衛門**　東町奉行所与力。大塩と格之助の養子縁組を周旋。倅の四郎助は大塩門人。

(43) **磯矢頼母**　一八〇六—五七年。名は信、字は子行。東町奉行所与力。大塩門人。

(44) **金頭**　カジカ目ホウボウ科の海魚。体長三十センチ位。頭は大きく角張って棘が多い。

(45) **用人**　大名・旗本家の財政、庶務全般に中心的に関わる役。

(46) **暁七つ時**　午前四時ころ。

(47) **小者**　雑役に使われた下層の武家奉公人。

(48) **二月二十九日**　平山は矢部定謙に二月二十四日に書状を届けた(松崎慊堂『慊堂日暦』)。

(49) **詰所**　与力・同心の執務する部屋。

(50) **無腰**　刀も脇差もさしていないこと。

(51) **御用談の間**　町奉行が与力・同心らの報告を聞き、指示を与える部屋。西町奉行所は十畳。

(52) **近習部屋**　町奉行の側近が詰める部屋。西町奉行所は十五畳。

(53) **弓の間**　弓矢が飾ってある部屋。西町奉行所は十五畳。

(54) **百会**　頭の中央。

(55) **四軒屋敷**　大塩ら与力が住んだ天満川崎の一部の通称。

(56) **大塩格之助**　一八一一—三七年。名は尚志。大塩の継祖母の実家で、隣家の与力西田青太夫の弟。平八郎の養子となり、天保元年家督を嗣ぎ与力。背は低く、色は黒い方という。

(57) **お暇**　大塩平八郎は、天保元年に与力を辞職し、隠居した。

(58) **番代**　父と交代して与力になること。

(59) **旧塾**　大塩の私塾、洗心洞には新塾と旧塾とがあり、旧塾は大塩の居宅続きにあった。

(60) **学風**　陽明学。

(61) **独裁の杖**　不正をおかした塾生を杖で打ったといわれるほどの、大塩の塾生に対する指導の厳しさを表現したもの。

(62) **曽根崎新地**　曽根崎川沿いに設けられた新開地(現・大阪市北区)。茶屋などの立ち並ぶ遊所。

(63) **ゆう**　一七九八—一八三八年。初名ひろ。大塩が大黒屋に出入りするうちに親しくなり、般若寺村庄屋の橋本忠兵衛の妹として嫁いだ。天保九年(一八三八)四月十日牢死。

(64) **般若寺村**　現・大阪市旭区清水ほか。

(65) **橋本忠兵衛**　?―一八三七年。名は貞、字は含章。田畑五十石ほどを持ち般若寺村庄屋を勤めた富農。文化八年(一八一一)頃からの大塩門人。大塩の妾ゆうの義兄、養子格之助の妻みねの実父。大塩に経済的援助。挙兵にあたり村民百九人、近村から百二十人集めた。

(66) **宮脇志摩**　一七九〇―一八三七年。大塩実父の敬高の弟。摂津吹田村(現・大阪府吹田市)牛頭天王社の神主。村民十四人を率いて大坂に向かう途中で引き返し、乱後に自殺。長男は天草、二男は壱岐、三男は隠岐へ流罪。二女いくは、天保三年大塩の養女。

(67) **弓太郎**　一八三六―?年。大塩格之助の子。幕府の裁許書は平八郎の子とするが、幸田成友『大塩平八郎』は否定。乱後、大坂永牢。

(68) **柴屋長太夫**　一七九七―?年。兵庫津西出町(現・神戸市兵庫区)の人。天保三年大塩に入門。大塩のため金四百両をこえる書籍購入費を出したとされる。数日入牢し宥免。

(69) **科料の代に…納めさせた書籍**　科料は罰金。『洗心洞入学盟書』に書籍購入により償うことが明記されている。

(70) **一切経**　仏典を網羅的に集めたもので大蔵経ともいう。

(71) **河内屋喜兵衛**　一八一二―?年。大坂北久太郎町五丁目(現・大阪市中央区)の本屋。本名、木兵衛。新次郎以下も本屋。『古本大学刮目(こほんだいがくかつもく)』出版を予定していた。大塩の一万軒金一朱の施行札にも連名。急度叱(きっとしかり)。

(72) **本屋会所**　大坂の書物問屋仲間の事務所。現・大阪市中央区。

(73) **一朱**　一両の十六分の一。銭三百七十―三百八十文に相当。金を配ったあと檄文をまき挙兵への参加を訴えた。

(74) **玉造組与力**　大坂城警備のために玉造口におかれた大坂定番(じょうばん)付属の与力。

(75) **柴田勘兵衛**　佐分利流槍術(佐分利重隆の創始)の使い手で、大塩が入門。

(76) **中島流**　江戸中期、大坂大番与力の中島長守(ながもり)を祖とする砲術の一派。棒火矢(ぼうびや)が得意。

(77) **堺七堂が浜**　現・堺市堺区七道西町。鉄砲遠打場があった。

(78) **丁打**　町打とも。一定の距離をおいて的を立て銃砲の練習をすること。

(79) **棒火矢**　鉄製の筒に火薬を込め、木製の矢柄に火薬を埋めた矢を発射した火矢。

(80) **炮碌玉**　銅製の丸(たま)のなかに火薬を詰め、布で包んで漆を塗ったもの。

(81) **作兵衛**　附録一五三頁参照。

(82) **百目筒**　百目玉火矢筒のこと。実際には弾丸でなく棒火矢を発射したという。

(83) **守口村**　現・大阪府守口市。京街道の宿場町。

(84) **白井孝右衛門**　名は履、字は尚賢。河内渋川郡衣摺(きずり)村(現・大阪府東大阪市)出身で、白井家の養子となる。文政八年(一八二五)三十八歳で大塩に入門。経済的援助を惜しまなかった。

(85) **絃誦洋々**　琴瑟詩歌、すなわち学芸の盛んな土地。

(86) **庄司義左衛門**　大塩から槍術と読書の指導を受けた。附録一五一頁参照。

(87) **近藤梶五郎**　東町奉行所同心近藤鍋五郎の子。挙兵当時四十歳位。附録一五一頁参照。

(88) **柏岡源右衛門**　般若寺村年寄。橋本忠兵衛の紹介で大塩に入門。附録一五二頁参照。

(89) **伝七**　柏岡伝七。般若寺村百姓代。橋本忠兵衛の紹介で大塩に入門。附録一五二頁参照。

(90) **門真三番村**　現・大阪府門真(かどま)市堂山町ほか。大塩事件で処罰者九人を出した。

(91) **茨田郡次**　姓は「まつだ」と読む。田畑六十石所持の富農。祖父は、奉行所与力瀬田家からの養子。天保元年、白井孝右衛門の紹介で大塩に入門。軍次、自署は郡士とも。附録一五二頁参照。

(92) **杉山三平**　一八一〇―三八年。元衣摺村庄屋熊蔵を改名。天保六年村払い。注(84)の白井孝右衛門の世話で大塩方に滞在。

(93) **所払い**　江戸時代の追放刑の一つで、居住地から追放し立ち入りを禁じた。

(94) **若党**　武家奉公人の最上位の従者。主人のそばにいて雑務や警固にあたった。

(95) **曽我村**　現・奈良県橿原市内。

(96) **曽我岩蔵**　附録一五三頁参照。

(97) **お部屋**　武家の妾、側室のこと。ここでは、大塩の妾、ゆうをさす。

(98) **宇津木矩之允**　一八〇九―三七年。名は靖、号は静区。父は彦根藩家老の宇津木兵庫久純。頼山陽らに学んだのち天保五年大塩に入門。大塩に蜂起計画の中止を求めた。

(99) **大学刮目**　正しくは『古本大学刮目』。『大学』の注釈書。王陽明ら諸儒の解釈を引き、最後に大塩自身の説を述べた書。天保七年家塾から刊行。

(100) **長崎西築町**　現・長崎市築町。中島川を挟んで出島の向かい側。

(101) **良之進**　岡田良之進。名は穆。一八二〇―一九〇三年。長崎に来た宇津木矩之允に入門、同道して大塩のもとに寄宿。乱後、宇津木の遺書と詩集を彦根に届けた。著書に『宇津木静区伝』。

(102) **良知の学**　陽明学のこと。『大学』の「知を致す」を『孟子』の「良知」として解釈。大塩は著書『儒門空虚聚語』(じゅもんくうきょしゅうご)に「陽明王子の致良知の学に従事す」と書いている。

(103) **草妨礙あらば、理亦宜しく去るべし**　王陽明『伝習録』上に見える。道理があれば妨害者を排除してもよいという意味。

(104) **残賊**　世の中を害する者ども。

(105) **詩文稿**　漢詩文の草稿。実弟岡本黄石により、「浪迹小草(藁)」と題して編集された。

(106) **兄下総**　彦根藩士宇津木下総泰交。

(107) **宿墨**　すってから一夜経った墨。

(108) **腹藁**　腹案。

(109) **正一郎**　大井正一郎。一八〇三―三七年。大坂玉造口定番与力大井伝次兵衛の子。岩太郎を改名。天保六年大塩に入門。やや粗暴の行状あり。乱後、能登福浦(ふくら)(現・石川県羽咋郡志賀町）まで逃亡。

（110）**安田図書**　一八〇五―三七年。伊勢外宮の御師。足代弘訓の紹介で天保七年大塩に入門し寄宿。乱後、江戸送りになり熊本藩邸に預けられ病死。

（111）**外宮の御師**　伊勢豊受大神宮の神職。伊勢地方では「おんし」と読む。

（112）**酔人を虎が食い兼ねる**　蘇軾「孟徳の伝の後に書す」に、「世に言う。虎は酔人を食せず。必ず坐して之を守り、以て其の醒むるを俟つ。其の醒むるを俟つに非ず、其の懼るるを俟つなり」とあるのに基づく。

（113）**松本隣太夫**　一八二四―三七年。名は乾知、字道済。町医師松本寛悟の子。大塩門人。

（114）**沢上江村**　「かすがえ」村と読む。現・大阪市都島区。上田孝太郎に連座し二十九人処罰。

（115）**上田孝太郎**　文政十二年（一八二九）十五歳で入塾。天保六年退塾。挙兵のさい檄文配布役。

（116）**高橋九右衛門**　白井孝右衛門の紹介で、天保五年頃から大塩の勝手向きの世話にあたる。

（117）**弓削村**　現・大阪府八尾市弓削町ほか。村内の貧農十六人が大塩の施行を受けた。

（118）**西村利三郎**　履三郎。一八一三―三七年。田畑百七十石所持の河内きっての豪農。十歳前後で入塾し寄宿。乱後、剃髪し立達と改名。伊勢、仙台を経て江戸に潜入し、別善と名乗り橋本町四丁目（現・千代田区東神田）願人（がんにん）冷月のもとに止宿。天保八年五月に病死。

(119) **尊延寺村**　現・大阪府枚方市尊延寺ほか。大塩はこの山里の村を愛し、しばしば訪れた。母と兄次兵衛も獄死。

(120) **深尾才次郎**　天保二年白井孝右衛門の紹介で大塩に入門。挙兵の火の手を合図に、尊延寺村民五十名ほどを率いて加勢に出たが、途中で敗走を知り、能登福浦まで逃亡し自害。

(121) **西村**　現・兵庫県小野市河合西町。

(122) **堀井儀三郎**　天保七年入塾し翌年寄宿。大塩の身辺の世話にあたる。附録一五三頁参照。

(123) **小川村**　現・滋賀県高島市内。中江藤樹の生誕地で、藤樹書院があった。

(124) **志村力之助**　名は善継、字周次。近江小川村の医師。天保三年に大塩が藤樹書院を訪れた時に知己となり、時々大塩の屋敷に寄寓。乱後、逃亡。

(125) **値遇**　人に知られ重用されること。元東町奉行高井実徳の信頼と引立てを指す。

(126) **吏胥**　小役人。将軍から正式に任命された者でなく、役所の長によって採用された役人。

(127) **休戚**　喜びと憂い。

(128) **螟虫**　稲につくズイムシの別称。

(129) **洗心洞劄記**　『洗心洞劄記』。上下二冊。天保四年刊。洗心洞は大塩の学塾の名。陽明学派ら先儒たちの言動や語句などを書き抜き、「帰太虚」の自説を展開する。挙兵に至る思想が窺える。

(130) **同附録抄**　一冊。天保六年刊。劄記に対する意見や大塩への書状・詩文などを収める。

(131)　**儒門空虚聚語**　天保四年自序、同五年刊。「太虚」を重視する大塩が、自説が経書の主旨と一致することを示すために諸儒の注疏や学説二百八条を収めたもの。

(132)　**孝経彙註**　『増補孝経彙注』。天保六年刊。明の江元祚が編纂した『孝経大全』に収められた『今文孝経彙注』に、大塩自身の自説を加えたもの。

(133)　**富士山の石室**　天保四年七月に富士登山し、山頂石室に『洗心洞箚記』を納めた。

(134)　**足代権太夫弘訓**　一七八四―一八五六年。江戸後期の国学者。伊勢外宮の神官。天保四年大塩の知己となり、『洗心洞箚記』の伊勢神宮宮崎・林崎文庫に奉納を斡旋した。

(135)　**宮崎、林崎の両文庫**　豊宮崎（とよみやざき）文庫は、伊勢外宮の文庫として慶安元年（一六四八）、林崎（はやしざき）文庫は伊勢内宮の文庫として貞享三年（一六八六）に創設。現在の神宮文庫の前身。天保五年二月に『儒門空虚聚語』も両文庫に奉納し、現存。

(136)　**賑恤**　貧困者などへの救済措置。町奉行所は、天保五年千石、同八年正月に二千石の救米を大坂三郷などに放出。

(137)　**造酒に制限**　天保七年、三河など五カ国は酒造禁止、その他は平年の四分の一に制限。

(138)　**幕命**　天保七年十一月に出された、江戸廻米令と大坂米の他所積出し制限令をさす。

(139)　**鹿台の財**　鹿台は、殷の紂王が財宝を貯えた河南省淇県にあった蔵の名。幕府や豪商の蔵に譬えた。『書経』武成に基づく語。

(140)　**商**　殷王朝。

(141) **脚下に頭を叩く**　足元にひれ伏して頭を地にこすりつける。許しを乞うこと。

(142) **高井殿**　高井山城守実徳(さねのり)(一七六三―一八三四年)。文政三年(一八二〇)十一月東町奉行、同十三年病気療養を理由に江戸に戻り辞職。大塩はあつく信頼し、高井辞職とともに与力を辞職したほどである。

(143) **耶蘇教徒を逮捕**　大塩は文政十年(一八二七)、豊田貢らをキリスト教徒として逮捕。

(144) **奸吏を糺弾**　文政十二年、町人と結託した西町奉行所与力弓削新右衛門の不正を暴いた。

(145) **破戒僧を羅致**　文政十三年、戒律を破った僧侶数十名を遠島処分にした事件。

(146) **豊田貢**　一七七四―一八二九年。異端的宗教摘発事件の中心人物。京都に出て陰陽師の妻となり、「天帝」を信奉する唐津藩浪人水野軍記に師事。軍記死後も祈禱を続け有名な陰陽師となった。大塩により「キリシタン」として摘発され、磔。

(147) **両組与力**　西組与力が正しい。

(148) **弓削新右衛門**　与力の長老格で、町人らと組んで不正無尽などを活発に行った。文政十二年大塩に摘発され切腹。

(149) **珠数繋**　破戒僧数十名を遠島処分にした事件をさす。

(150) **左券**　左契(さけい)とも。二分した割符(わりふ)の半券。約束した者が自分の手元に留め置く方をいい、他方、相手に渡した方を右券とする。転じて約束の証拠。

(151) **四半の旗**　幅二、縦三の割合の大きさで作った旗幟。「救民」と書かれていた。
(152) **湯武両聖王**　中国で夏の桀を放逐した殷の湯王と、殷の紂を放逐した周の武王のこと。暴君を武力で倒し新たな王朝を樹立した。大塩は易姓革命思想を持ち出して挙兵を正当化。
(153) **五七の桐に二つ引**　今川氏の紋所。大塩家は今川氏の一族とすることによる。
(154) **着込野袴**　護身用に鎖帷子(くさりかたびら)などを上下に着て、裾にビロードの広い縁をつけた火事装束などに用いる袴をはいたさま。
(155) **金助**　摂津下辻村(現・大阪市鶴見区鶴見)の農間猟師。天保八年四月二十六日獄死、獄門。
(156) **手鑓**　柄の細く短い槍。短槍、小槍。
(157) **押え**　隊列の最後尾、しんがり。
(158) **植松周次**　附録一五三頁参照。
(159) **浅佶**　附録一五三頁参照。
(160) **南へ**　「北へ」が正しい。以下、巻末地図参照。
(161) **船場**　注(17)参照。富商・豪商が軒を並べていた。
(162) **鈴木町**　現・大阪市中央区法円坂二丁目辺。谷町とともに幕府上方代官の屋敷の所在地。
(163) **根本善左衛門**　名は玄之。俸禄七十俵五人扶持。天保九年上方代官から勘定吟味役に。

(164) **建国寺**　川崎東照宮の別当寺。
(165) **大西与五郎**　一七八八―？年。東町奉行所与力。大塩の母方の伯父。天保九年遠島処分。
(166) **鉄砲奉行**　大坂城六奉行の一つ。大坂定番の配下で、大坂城内の鉄砲・大筒を管理。
(167) **石渡彦太夫**　禄は百五十俵。就任の年は未詳。天保十年に大坂破損奉行に転任。
(168) **御手洗伊右衛門**　？―一八四一年。禄は四百俵。就任は天保五か六年。
(169) **玉造口定番**　大坂城玉造口警備担当の大坂定番。定番は、大坂城内の維持管理の責任者として、京橋口と玉造口定番が月番で大坂城諸奉行を支配した。
(170) **遠藤但馬守胤統**　一七九三―一八七〇年。名の読みは「たねのり」。近江三上一万石の藩主。天保四年から玉造口定番。大塩の乱鎮圧の功を賞せられ鞍・鐙を賜る。同十二年若年寄に栄転。
(171) **公用人**　幕府の他の役所・役人との連絡、交渉など、公的な用向きにあたった用人。
(172) **坂本鉉之助**　一七九一―一八六〇年。名は俊貞、号は咬菜軒。荻野流砲術の達人。大塩の知人。乱鎮圧の功により大坂鉄砲方に栄進。著書「咬菜秘記」は大塩の乱の重要史料。
(173) **上屋敷**　玉造口定番の公邸。大坂城内にあった。
(174) **荻野流**　砲術の一派。江戸初期に荻野安重が創始。子の照清が大坂玉造に移って講じた。
(175) **大番所**　将軍直属の軍事組織である大番組十二組が、交代で大坂城の大手から玉造口までを警備したその詰め所。

(176) **総出仕**　非番も含めた全員の出勤。

(177) **京橋組**　大坂城京橋口警備担当の定番と配下の与力・同心。

(178) **土橋**　玉造門外の堀を渡る橋。

(179) **火事装束**　出火の際、消火に当たる人の装束。火事頭巾・羽織、野袴などを着ける。

(180) **十文目筒**　十匁(三七・五グラム)玉の鉄砲。最大射程五百メートルという。

(181) **控柱**　塀の支柱。

(182) **武者走の板**　武者、すなわち武士を往来させるための板。

(183) **米津丹後守昌寿**　一七九三—一八六三年。米津は米倉が正しい。名は「まさなが」。武蔵金沢一万二千石の大名。

(184) **雪駄穿**　雪駄は草履の裏に皮をはり、かかとに金物を打ったもの。日用に使う物。

(185) **頭**　一般に与力・同心は、支配する奉行や定番などを頭と呼んでいた。

(186) **打支度**　合戦に出る身なり。

(187) **城代**　大坂城代。大坂城警備と大坂在勤諸役人の指揮、西国大名の監督にあたった。

(188) **持口**　持ち場。

(189) **土井大炊頭利位**　一七八九—一八四八年。下総古河(現・茨城県古河市)八万石の大名。天保五年から同八年まで大坂城代。のち京都所司代から老中。

(190) **私曲**　よこしまで不正なこと。
(191) **同勢三百人ばかり**　佐藤一斎宛間(はざま)重新書状には「平八総勢三百人計」とある。大塩勢の中心となった門人らは二十数名。
(192) **梅田源左衛門**　乱に当日加担、坂本鉉之助の砲撃により死亡。
(193) **門樋橋**　太平橋。天満堀川の南端の橋。
(194) **樋上町河岸**　樋上は「ひのうえ」が正しい。門樋橋と難波橋北詰の間の河岸。
(195) **北船場**　本町通りを境に北側が北船場、南側が南船場。大坂の中枢で豪商が集住した。
(196) **鴻池屋善右衛門**　両替商を営み、大名貸し専門の金融業者。『浮世の有様』によると、鴻池と跡部良弼が結託して米を買占めたなどの風説が出ている。
(197) **同庄兵衛**　鴻池善右衛門から独立して別家をたてた中原庄兵衛家。有力両替商。
(198) **同善五郎**　四代目鴻池善右衛門の娘夫婦がおこした分家。
(199) **天王寺屋五兵衛**　有力両替商で、寛永五年(一六二八)創業の大坂初の両替商。
(200) **平野屋五兵衛**　有力両替商。天王寺屋と並ぶ古くからの両替商。
(201) **三井**　呉服・両替商。高麗橋堺筋東へ入ル南側。
(202) **岩城桝屋**　呉服商。高麗橋一丁目南側。
(203) **二分金**　二枚で金一両。文政十一年(一八二八)に発行された草文(そうぶん)二分金か。
(204) **床几**　折り畳み式で携帯用の腰掛け。

(205) **枯寂の空**　空虚。大塩は、仏家の「空」は儒家の「太虚」と異なり、「枯寂の空」であると批判している。
(206) **内平野町**　東横堀川を挟んで船場と一体化して繁栄した内平野二丁目(現・大阪市中央区内平野町二丁目)に、両替商、大名貸しの豪商米屋平右衛門、同長兵衛が店を構えている。
(207) **米店**　米屋(屋号)が正しい。米屋平右衛門ら一族。
(208) **手の者と玉造組**　東町奉行所の与力・同心と玉造口の与力・同心。
(209) **先手**　先陣。
(210) **御祓筋**　島町二丁目と三丁目の間を南北に走る通り。「筋」は、東西に走る「通り」に対して南北の道路。
(211) **三文目五分筒**　三匁五分玉の鉄砲。最大射程距離は一三〇メートルとされる。御祓筋から高麗橋までは約三三〇メートルであるから、弾丸ははるかに届かない。
(212) **目附**　大坂目付。幕府の役職名。大坂城二の丸に勤務し、大坂在勤役人を監察。
(213) **中井半左衛門**　中川半左衛門。名は忠明。次行以降、「中川」となっている。知行二千六百石余の旗本。使番(つかいばん)で天保七年六月から大坂目付。
(214) **纏**　戦陣で大将の傍らに立て、その所在を示した武具。
(215) **小楯**　身を隠すための間に合わせの楯。
(216) **猟筒**　猟師筒、殺生筒とも呼ばれ、狩猟に用いる操作の簡単な銃。

(217) **車台**　大筒を載せる砲車。
(218) **火薬葛籠**　火薬を入れる、竹などを編んで作った入れもの。
(219) **具足櫃**　甲冑などを納める箱。前後に棒を通して担ぐ。
(220) **黒羽二重**　黒色に染めた羽二重で、外出あるいは晴れ着用。
(221) **八丈**　黄八丈などの絹織物。八丈島の特産だが、各地で織られるようになった。
(222) **番場**　大坂城大手門前の原。
(223) **宰領**　人足を監督する役。
(224) **軍令状**　軍中の法令や命令を書いたもの。
(225) **八軒屋**　天神橋の東側で、伏見などへ行く船の船着き場があった。
(226) **目食わせ**　目配せ。
(227) **いかい**　大層。
(228) **陥溺**　虐げられ苦しむこと。
(229) **自裁**　自決。
(230) **紙屋某**　ゆう等の申口には「摂州伊丹表糖屋七郎右衛門方え参り」(『甲子夜話三篇』3、平凡社東洋文庫)とある。
(231) **京都**　柳馬場三条下ル町生箸屋彦兵衛に止宿していた。
(232) **願人坊主**　社会の出来事をお経のような阿呆陀羅経(あほだらきょう)を唱えて門づけなどした乞食僧。

(233) **新築地に上陸**　正しくは、東横堀川北端の築地に上陸か(幸田成友『大塩平八郎』第三章八)。

(234) **下寺町**　現・大阪市天王寺区下寺町。

(235) **大蓮寺村の伯父**　河内国渋川郡大蓮村(現・大阪府東大阪市内)の大蓮寺(曹洞宗)が正しい。正方は、白井孝右衛門の実父の弟なので叔父。附録一五四頁に、杉山(三平)の伯父とあるのは誤り。

(236) **天王寺村**　現・大阪市天王寺区内。四天王寺のある地域。

(237) **平野郷**　現・大阪市平野区内。融通念仏宗本山大念仏寺の門前町。

(238) **犬塚太郎左衛門**　?—一八五二年。弘化二年(一八四五)大坂目付なので、正しくない。

(239) **加番**　定番・大番に加勢して大坂城を警備する役。大名四家が四カ所の警衛を分担。

(240) **大番頭**　大番組各組の隊長。江戸城ほか大坂城・二条城を交代で警衛。

(241) **菅沼織部正定忠**　定忠は定志(さだゆき)が正しい。三河新城七千石の大名の格式を与えられた交代寄合。文政十二年(一八二九)大番四番組番頭。

(242) **北条遠江守氏春**　一七八五—一八四六年。氏春は氏喬(うじたか)が正しい。河内狭山(現・大阪府大阪狭山市)一万千石の大名。天保六年から大番八番組番頭。

(243) **山里丸**　大坂城本丸北部の区域。

(244) **土井能登守利忠**　一八一一—六八年。越前大野(現・福井県大野市)四万石の譜代大名。

(245) **中小屋**　大坂城二の丸中央。
(246) **井伊右京亮直経**　一七九九—一八五六年。越後与板(現・新潟県長岡市)二万石の譜代大名。彦根井伊家の分家。
(247) **青屋口**　大坂城二の丸北部。
(248) **米津伊勢守政懿**　一七八八—一八五三年。「よねきつ」が正しい。出羽長瀞(現・山形県東根市)一万千石の譜代大名。
(249) **雁木坂**　大坂城二の丸南方。
(250) **小笠原信濃守長武**　一八〇九—三九年。播磨安志(現・兵庫県姫路市)一万石の譜代大名。
(251) **物頭**　鉄砲組、弓組などの与力・同心を統率する頭。
(252) **徒目付**　目付の配下で監察や情報収集に従事する役。
(253) **平士**　一般の侍。
(254) **徒**　徒士とも書く。徒歩で行列の先導や警備にあたる軽輩。
(255) **小頭**　足軽五人に一人程度おかれた統率役。
(256) **足軽**　歩卒。小身の士分の者から、雑役従事の百姓・町人出身の武家奉公人まで含む。
(257) **棒突足軽**　六尺棒を持って警護する足軽。
(258) **具足奉行**　大坂城六奉行の一つ。甲冑・旗幟などの武具の管理にあたる役。
(259) **尼崎**　摂津尼崎(現・兵庫県尼崎市)松平遠江守忠栄(ただなか)四万石。合わせて七百名の出兵。

(260) **岸和田**　和泉岸和田(現・大阪府岸和田市)岡部内膳正長和(ながより)五万三千石。

(261) **高槻**　摂津高槻(現・大阪府高槻市)永井飛驒守直与(なおとも)三万六千石。大塩は藩校にしばしば招かれて講話をし、藩士から門人を輩出した。

(262) **淀**　山城淀(現・京都市伏見区)稲葉丹後守正守十万二千石。

(263) **到着している**　大坂城代と大坂町奉行の命令・指示により出兵。

(264) **坤**　南西の方角。

(265) **吹田**　大阪市の北方。現・大阪府吹田市。

(266) **郡山**　大和郡山(現・奈良県大和郡山市)柳沢甲斐守保泰(やすひろ)十五万千二百石。

(267) **西の丸**　本丸に対して西側に位置する一郭。西の丸は、大坂城二の丸の一区域。

(268) **乾**　北西の方角。

(269) **米津**　米倉。注(183)参照。

(270) **焰硝蔵**　火薬庫。京橋口に京橋枡形・京橋口定番屋敷と共にあった。

(271) **艮**　東北の方角。

(272) **天主閣**　天守閣。寛文五年(一六六五)落雷により焼失。当時は土台(天主台)のみ。

(273) **御殿**　貴人用の建物。

(274) **遊軍**　遊撃軍。戦列外にあって、時機をみて出撃する軍勢。

(275) **馬印**　戦陣で大将の馬の側に立ててその所在を示したもの。

(276) **巽**　南東の方角。
(277) **伏見奉行**　伏見の町政、宇治・伏見・木津川の船舶の取締り、近江・丹波国への触書伝達と裁判にあたる。老中支配で大名が就任。与力十騎、同心五十人。
(278) **加納遠江守久儔**　一七九六—一八四七年。上総一宮(現・千葉県長生郡一宮町)一万三千石の大名。天保四年(一八三三)伏見奉行。
(279) **堺奉行**　老中支配。堺の町政と裁判にあたる。与力十騎、同心五十人。
(280) **曲淵甲斐守景山**　?—一八五七年。知行千六百五十石の旗本。天保七年堺奉行。
(281) **船手奉行**　大坂船奉行。幕府の船の管理と淀川・安治川河口を出入りする廻船の検査。
(282) **火消人足**　大坂の町火消。
(283) **竈数**　世帯数。
(284) **信貴越**　生駒山地南部の信貴山(現・奈良県生駒郡平群町)の峠を越え、大坂から大和へ出る道。大塩の逃亡経路については、附録一四四—一四五頁で補足している。
(285) **兵燹**　戦争のために起こる火事。
(286) **産土の社**　村の鎮守の社。通称五条の宮と推定されている。
(287) **色の白い…**　「人相書」による。
(288) **田井中村**　現・大阪府八尾市田井中。現在は老原と推定されている。
(289) **高安郡恩地村**　現・大阪府八尾市恩智。村の東の山を越えると信貴山寺に通じる。

(290) **二皮目**　二重まぶたの目。ここも「人相書」による。
(291) **捕縄**　捕らえた罪人を縛るための縄。
(292) **稲葉丹後守**　稲葉正守。注(262)参照。
(293) **南畑**　現・奈良県生駒郡三郷町南畑。
(294) **油懸町**　油掛町。現・大阪市西区靫本町一丁目。
(295) **為入屋**　仕入屋。問屋業。
(296) **五郎兵衛**　美吉屋五郎兵衛(一七七六―一八三七年)、妻つね(一七八七―一八三七年)。娘かつ(当時二十七歳)。太物屋。大塩の遠縁との説もある。罪状と判決は、本文一三〇頁参照。
(297) **勝手向**　家計。
(298) **町預**　刑罰の一つ。町役人に預け、その監視下におく。
(299) **納戸**　衣服や調度品を収納する部屋。
(300) **禍殃**　災難。
(301) **出代**　出替。年季奉公人の契約期間が終わり、交代すること。三月五日がその期日。
(302) **宿元**　年季奉公人の親元や身元保証人の家のこと。
(303) **土井の領分**　大坂城代は在職中、大坂近辺に代知一万石を与えられた。土井利位(注(189)参照)は陣屋(代官所)をおいて支配。

(304) **七名家** 平野郷を開発した坂上田村麻呂を祖とする七家。町年寄を勤め町政にあたった末吉・土橋・辻花・成安・西村・三上・井上の七家。

(305) **末吉平左衛門** 平野郷の町年寄。朱印船貿易家の末吉孫左衛門や同勘兵衛の子孫。

(306) **岡野小右衛門** 古河藩士。剣術師範。

(307) **中屋敷** 上屋敷の予備の屋敷。

(308) **半棒** 六尺(約一・八メートル)棒を半分に切り、狭い場所で使うもの。

(309) **鷹見十郎左衛門** 一七八五―一八五八年。名は忠常、号は泉石。洋学者で古河藩家老。藩主が大坂城代のため、大塩父子の逮捕を指揮した。渡辺崋山『鷹見泉石画像』でも有名。

(310) **追手** 読みは「おおて」。大手。敵の正面に攻めかかる軍勢。

(311) **搦手** 敵の背後から攻めかかる軍勢。

(312) **総年寄** 三郷惣年寄。個別町の町年寄を指揮し、触書伝達など町行政全般を司った。

(313) **今井官之助** 名は克復。天満組惣年寄。

(314) **高原溜** 末吉橋の東。溜は、病気や幼少の囚人を収容する施設。非人身分の四カ所長吏が管理した。

(315) **評定所** 江戸城和田倉門外辰の口(現・千代田区丸の内一丁目)にあった江戸幕府の最高裁判機関。

(316) **大岡紀伊守忠愛** 一八〇七―五七年。三河西大平(現・愛知県岡崎市)一万石の大名。

(317) **黄檗**　宇治万福寺を本山とする禅宗の一派、黄檗宗。

(318) **剛嶽**　海会寺（現・三重県松阪市垣鼻町）の修行僧。同寺住職柏宗（五十日逼塞の刑をうけた）が西村利（履）三郎の姉婿の医師寛輔の知人。寛輔の叔父が住職をしていた仙台の黄檗宗大念寺、ついで江戸へと付き添った。天保八年十一月二十八日獄死。判決は軽追放。

(319) **浅草遍照院**　現・台東区浅草六丁目。聖観音宗。浅草寺子院。

(320) **所化**　僧侶の弟子。修行中の僧。

(321) **罪案**　判決案。

(322) **上申**　評定所から老中に伺い出た。

(323) **森小路村**　現・大阪市旭区森小路。

(324) **横山文哉**　肥前南高来郡三之沢村（現・長崎県島原市）出身。文政十一年（一八二八）頃大塩の知己になる。妻の母が大塩の屋敷で家事向きの手伝いをしていたという。附録一五二頁参照。

(325) **木村司馬之助**　摂津猪飼野村（現・大阪市生野区内）本家木村権右衛門倅熊次郎の入門に伴い、大塩の屋敷に出入りした。附録一五二頁参照。

(326) **遅疑**　ぐずぐずすること。

(327) **弓奉行組**　「弓奉行」は大坂城六奉行の一つ。当時の大坂弓奉行は鈴木吉兵衛。

(328) **竹上万太郎**　一七八九―一八三八年。十石三人扶持。幼少より大塩と懇意で、文化十一年(一八一四)頃に入門。連判に加わり、挙兵当日も駆けつけたが、引き返して家族を退去させ、家名相続願書を弓奉行に出して播磨に逃走。戻る途中で捕縛。附録一五二頁参照。

(329) **磔** 市中引廻しのあと、罪人を柱に縛り付けて槍で突き殺し、死体をさらす死刑。

(330) **鳶田** 飛田とも。現・大阪市浪速区より西成区北部。処刑場や墓地があった。

(331) **塩詰の死骸** 死体が腐るのを防止するため、樽に死骸を塩づけにした。

(332) **無宿** 江戸時代の戸籍台帳でもあった人別帳の記載から削除された者。

(333) **獄門** 磔につぐ重刑。牢で斬首のあと、見せしめのため首を刑場の獄門台にさらした。

(334) **死罪** 死刑の方法の一つ。庶民に適用され、斬首のあと様斬(ためしぎり)に用いられた。

(335) **遠島** 流罪(るざい)とも。大坂からは、薩摩・五島の島々、隠岐・壱岐・天草に流された。

(336) **正方** 注(235)参照。「安田と杉山を剃髪させた」とあるが、安田は白井の誤りか。

(337) **寛輔** 泉州堺北糸屋町の医師。長崎今魚町の医師道悦の子。注(318)参照。

(338) **追放** 刑罰の一つ。中追放では家屋敷等没収の上、摂津・河内の外へ追放の規定。

(339) **取高のまま** それまでの俸禄の額はすえ置いて。

(340) **譜代席小普請入** 町奉行所同心は、本来は当人一代限りの抱え。譜代席は子孫が跡を継げる。平山らは、小普請入りしたので、格式は上昇したが無役になった。

(341) **銀五十枚** 銀一枚は銀四十三匁。銀六十匁金一両の両替として金三十六両弱に相当。

(342) **酒井大和守忠嗣** 一七九五—一八五一年。安房勝山(現・千葉県安房郡鋸南町)一万二千石の大名。

(343) **預替**　預け先が、最初大岡忠愛、ついで酒井忠嗣に替わったこと。

(344) **鉄砲方**　大坂鉄砲奉行の下で、銃砲の製造・管理、射撃の教授にあたる役。

(345) **目見以上の末席**　目見以上は、将軍に謁見できる旗本の格式。序列はその末席という意。

(346) **鈴木本次郎**　一八六八―一九二七年。歌舞伎研究家。東京日本橋「魚惣」の長男。号は春浦。鷗外の弟三木竹二の助手をし、雑誌『歌舞伎』などに執筆。鷗外宅に出入り。

(347) **墨付**　書誌学の用語で、原本でも写本でも、文字や絵が書いてある紙。

(348) **大阪大塩平八郎万記録**　東京大学総合図書館鷗外文庫には同書名の本はない。鷗外は借覧したのみで返却したものか。

(349) **川辺御楯**　一八三八―一九〇五年。幕末・明治の日本画家。筑後柳川(現・福岡県柳川市)藩士。号は花陵、黒流亭など。有職故実に通じ、歴史画が多い。黒流会を創始。

(350) **稲垣左近右衛門**　大坂町奉行の指示等を、諸藩大坂留守居へ回状で廻していることが、『甲子夜話三篇』3に見える。

(351) **幸田成友**　一八七三―一九五四年。歴史学者。専門は日本経済史・対外交渉史。東京出身。幸田露伴の弟。明治三十四年(一九〇一)から『大阪市史』編纂主任を務めた。

(352) **大塩平八郎**　明治四十三年、東亜堂書房刊。大塩関係史料を博捜した名著。

(353) **新小説…**　雑誌『新小説』十六の九(明治四十四年九月)に載ったもの。

(354) **大阪城志** 『大坂城誌』。小野清著。明治三十二年刊。四冊。

(355) **松岡寿** 一八六二—一九四四年。洋画家。川上冬崖・フォンタネージに学び、イタリア留学。鷗外とは明治五年西周邸に同居以来の知人で、明治四十年からの文展審査でも同席。

(356) **三上参次** 一八六五—一九三九年。歴史学者。専門は江戸時代史。兵庫県出身。東大教授。史料編纂官。『明治天皇紀』編纂の中心になる。

(357) **松本亦太郎** 一八六五—一九四三年。心理学者。群馬県出身。アメリカ・ドイツに留学して実験心理学を学び日本に移入。美術に通じ、文展審査員も務めた。京大、東大教授。

(358) **旧主人** 鷗外の出身である石見津和野藩(現・島根県津和野町)の元藩主、伯爵亀井茲常(これつね)。

(359) **菁々塾** 津和野藩の藩校、養老館付属の菁々舎を起源とし、明治になって島根県出身者の子弟を援助するために創立された。

(360) **岡崎** 桶狭間の戦後、家康(当時松平元康)は今川氏から独立し、岡崎城を本拠とした。

(361) **小田原役** 天正十八年(一五九〇)豊臣秀吉が、北条氏(後北条氏)を滅ぼした合戦。

(362) **采地** 領地。知行地。

(363) **大阪陣** 慶長十九年(一六一四)大坂冬の陣、慶長二十年大坂夏の陣。

(364) **尾張侯** 尾張徳川家。御三家筆頭。

(365) **後素** 大塩の諱(いみな)。初め正高、のち後素と改めた。『論語』八佾(はちいつ)の「絵の事は素より後にす。曰く、礼は後なるか」による(宮城公子「諱は後素」『日本思想大系』月報46)。

(366) **中斎**　初め連斎、天保四年から中斎。『中庸』の中に由来(同前)。

(367) **洗心洞**　大塩の家塾の名。『易』繫辞上伝の「聖人此を以て心を洗い、密に退蔵す」に由来。塾として確立したのは天保四年頃という(同前)。

(368) **番方見習**　与力見習。与力の子は十五歳(成人)になると与力見習になる慣行。

(369) **家譜**　佐藤坦(一斎、注(377)参照)に宛てた手紙の中で大塩は、「年十五にして嘗(かつ)て家譜を読みしに。祖先は即ち今川氏の臣にして」(『洗心洞劄記附録』所載)と書いている。

(370) **目安役並証文役**　与力の役務の一つ。目安とは訴状のこと。

(371) **吟味役**　訴状等を点検し、事実関係の調査などを行う与力の役。

(372) **西丸留守居**　幕府の職名。留守居は、大奥取締り、関所女手形の発行などを管掌した。閑職だが旗本の極官。高井は病気を理由に辞職し、西丸留守居には転任していない。

(373) **展墓**　墓参り。

(374) **頼襄**　頼山陽(一七八〇—一八三二年)。儒者、漢詩人。文化八年(一八一一)京都で塾を開く。著書『日本外史』は、幕末の有志・知識人の愛読書。「送大塩子起適尾張序」を書く。

(375) **中江藤樹**　一六〇八—四八年。儒者。近江の出身。近江聖人と呼ばれた。朱子学への疑問から陽明学に転じ、日本陽明学の祖とされるが、実践性を欠くといわれる。

(376) **頼余一**　一八〇一—五六年。儒者。名は元協、号は聿庵(いつあん)。山陽の子。広島藩学問所出仕。天保四年四月大塩を訪ねる。

(377) 佐藤坦　一七七二—一八五九年。儒者。通称捨蔵、号は一斎。林述斎の門人。昌平黌教授。立場上朱子学だが陽明学を信じ、陽朱陰王と評された。
(378) 書估　書物問屋。天文堂、十一屋間(はざま)五郎兵衛。重威、重新、確斎とも。
(379) 捨札　磔・獄門などの重罪者の氏名・年齢・罪状を書いて周知させようとした高札。
(380) 揣摩　臆測。あて推量。
(381) 凶歉　ひどい不作。
(382) 御料　禁裏(きんり)御料。皇室領。
(383) 大阪で米屋こわし　下層住民が米の安売りを要求して米屋約二百軒を打ちこわした。
(384) 江戸でも…　江戸での打ちこわしは五月二十日から二十三日のことである。
(385) 大阪の貧民が…　米屋など二十数軒が打ちこわされた。
(386) 江戸の貧民も…　天保七年五月に江戸で打ちこわしがおこった事実は記録にみえない。
(387) 重罪者三十一人　四十一人が正しい。死亡者も三十六人となる。
(388) 酒井大和守忠和　忠和は文化七年(一八一〇)死亡。その子忠嗣が正しい。注(342)参照。

堺事件

(1) 徳川慶喜　一八三七—一九一三年。慶応二年(一八六六)江戸幕府第十五代将軍に就任。フランスの援助をうけ幕政改革を断行。倒幕気運が高まり慶応三年十月に大政奉還。十二月の王政復古で官位と領地返上を迫られ、明治新政府と対決した。
（2）**伏見、鳥羽に敗れて**　慶応四年一月三日、京都南部の鳥羽・伏見で旧幕府軍と薩長主体の新政府軍が衝突し、六日に旧幕府軍は敗走。同日、慶喜は海路江戸へ逃走。
（3）**堺は土佐**　初め堺の取締りは薩摩藩が命じられたが、一月十日に土佐藩に代わった。
（4）**二月の初**　歩兵六番隊が堺に入ったのは一月十日、八番隊は二月八日のこと。
（5）**六番歩兵隊**　隊員四十人。箕浦猪之吉が隊長になったのが慶応三年十一月。
（6）**八番歩兵隊**　隊員三十三人。西村左平次が隊長になったのは慶応三年八月か。
（7）**糸屋町**　南北糸屋町（現・堺市堺区櫛屋町・車之町辺）に江戸幕府堺奉行所とその北側・南側に与力・同心の屋敷があった。巻末地図参照。
（8）**与力屋敷**　旧堺奉行配下の与力十騎（人）の屋敷。
（9）**同心屋敷**　旧堺奉行配下の同心五十人の屋敷。
（10）**大目附**　藩士の監督を行う監察役。土佐藩では馬廻り格式の藩士が就任。
（11）**目附**　大目付の配下で、小目付のこと。
（12）**大通**　大道（だいどう）のこと。堺市街を南北に通る幹線道路。大阪と和歌山を結ぶ紀州街道の一部。
（13）**櫛屋町**　現・堺市堺区櫛屋町東一丁目辺。大道筋を挟む両側町で、北組の総会所が置かれた。

(14) **元総会所** 旧堺奉行の下で、町政に当たる惣年寄(南組と北組で十人)の月番二名が詰めて執務した事務所。惣会所。巻末地図参照。

(15) **軍監府** 土佐藩兵を監督し、堺の民政を担当した役所。土州役所と称した。

(16) **町年寄** 各町の町人から一名選ばれた町役人。

(17) **外国軍艦十六艘** 英・仏・米・蘭・伊・普の公使らを乗せた軍艦。新政府は、慶応四年二月十二日に各国代表を大坂に招き、京都において天皇と会見することを交渉していた。

(18) **天保山** 安治川河口左岸の小丘(現・大阪市港区築港三丁目)。廻船が大阪港に入る目印山。

(19) **大和橋** 大和川に架かる大阪南部と堺を結ぶ橋。住吉街道・紀州街道の要地。

(20) **外国事務係** 新政府初期の官制で、外交担当の外国事務科が置かれ五人いた。

(21) **伊達伊予守宗城** 一八一八—九二年。名は「むねなり」と読む。伊予(愛媛県)宇和島十万石の藩主。公武合体運動と大政奉還を推進。当時は大阪裁判所副総督、外国事務総督。

(22) **通知がある筈** フランスの測量隊派遣は新政府から堺町年寄に通達したが、土佐藩守備隊にまで徹底していなかったのが事実。

(23) **内地** 在留外国人が出歩ける開港場周辺の遊歩区域以外の地。自由な旅行を禁止。堺は遊歩区域に指定されていたが、土佐藩守備隊はそれを知らなかった。

(24) **免状** 内地旅行に必要な許可証。

(25) **フランスの兵**　仏軍艦ヴェニュス号坐乗の司令官ロワの一行。宇和島藩士を伴って陸路大阪から堺に向かったもの。
(26) **通弁**　通訳。
(27) **フランスの水兵**　天保山沖に碇泊中の仏軍艦デュプレクス号から派遣された小艇デュプレー号の乗員。堺港の海岸の測量をしていた。
(28) **鳶の者**　建築・土木工事の作業を行う者。消防夫を兼ねその別称ともなった。
(29) **廻番**　市中の巡回。「鳶の者」「巡回」のことは、二月九日に両組歩兵隊の隊長が定めた規定に見える（鷗外が依拠した佐々木甲象著『泉州堺烈挙始末』明治二十六年版。以下『始末』と略記）。
(30) **鳶頭**　鳶の者の統括者。火消し人足も統率した。
(31) **鳶口**　棒の先に鳶の嘴（くちばし）のような鉄製の鉤をつけたもの。
(32) **死者は総数十三人**　『始末』は十三人とするが、正しくは死者十一人、負傷者五人。
(33) **下士**　一等少尉候補ギヨン。
(34) **松山藩**　伊予（愛媛県）松山十五万石の家門大名。藩主松平定昭が慶応三年九月から十月まで老中。慶応四年一月十二日に追討令、同月二十六日に土佐藩など追討軍が松山に入城。
(35) **錦旗**　赤地の錦に日月を刺繡、または描いた旗。鎌倉時代以降、「朝敵征伐」の官軍の標。

(36) **下横目**　土佐藩監察組織の最末端の役職名。
(37) **台場**　砲台。安政元年(一八五四)大坂湾防衛のため、幕府が堺港に設けた。
(38) **岸和田藩**　和泉(大阪府南部)岸和田五万三千石の藩。藩主は譜代大名岡部氏。
(39) **岡部筑前守長寛**　一八〇九―八七年。岸和田藩主。堺の台場整備を担当。
(40) **蔵屋敷**　諸藩が設けた倉庫兼取引所。留守居がおかれ、蔵元・掛屋(かけや)などの商人が出入り。
(41) **住吉街道**　大阪と住吉大社、堺を結ぶ街道。和歌山に至る紀州街道の一部。
(42) **御池通六丁目**　長堀町・白髪町(現・大阪市西区北堀江四丁目)。この北側に土佐藩邸と蔵屋敷(西邸)。
(43) **なかし商**　仲仕商。船で運ばれた物品を蔵屋敷に荷揚げする商人。
(44) **両隊長署名の届書**　二月十六日付けで連名の届書が出ている。
(45) **長尾太郎兵衛**　『始末』によると「京都詰侍隊長」。
(46) **勤事控**　出勤をとどめ、謹慎を命じた措置。
(47) **小頭**　歩兵隊五ないし十人に一人置かれた統率者。
(48) **池上弥三吉**　一八三一―六八年。土佐藩歩兵六番隊小頭。長岡郡大津村(現・高知市)出身。『始末』は「八十吉」とするが、鷗外は『始末』欄外に「下に池上弥三吉トアリ」と書き込み、「弥三吉」とした。
(49) **大石甚吉**　一八三一―六八年。土佐藩歩兵八番隊小頭。孕村(現・高知市)出身。安政二年(一八五五)出仕。

(50) **誰何**　「誰か」と姓名・身分を問い質すこと。

(51) **山内土佐守豊信**　一八二七―七二年。土佐藩第十五代藩主。号は容堂。公武合体、公議政体論、大政奉還を推進。事件当時、明治政府の議定。姓は「やまうち」と読む。

(52) **深尾鼎**　一八二七―九〇年。土佐藩家老で山内豊信の側近。名は重先。病気の藩主豊範に代わって堺事件の処理にあたった。

(53) **小南五郎右衛門**　一八一二―八二年。土佐藩士。山内豊信の側近。土佐勤王党として尊王攘夷運動に参加。慶応三年大目付に復帰し藩政に参与。

(54) **レオン・ロッシュ**　Léon Roche(一八〇九―一九〇一年)。フランス駐日公使。元治元年から明治元年(一八六四―六八)在日。イギリスに対抗して幕府に軍事・財政援助を行い、対日政策の主導権を握ろうとした。そのため、明治政府に距離をおいた。

(55) **公使の要求**　ロッシュが二月十九日に提出した五カ条の要求。本文に出てくる三点の他、日本政府代表として外国事務総督山階宮晃親王が、ヴェニュス号を訪れフランス海軍指揮官に陳謝すること、兵器を帯びた土佐藩士の開港場の通行・滞留を禁止すること。合計五点。日本政府は、二十三日に土佐藩士二十人の切腹を行うことを決定した。

(56) **兵卒二十人**　ロッシュの要求は、正しくは「指揮セシ士官両人並仏人ヲ殺害セシ者残ラス」(『大日本外交文書』第一巻)。

(57)**箕浦猪之吉**　一八四四―六八年。土佐藩士。履歴等は本文一八一頁参照。現・高知市梅ノ辻の誕生の地に記念碑がある。
(58)**兵卒**　足軽。士分ではない。
(59)**勝賀瀬三六**　一八四一―六八年。姓は「しょうがせ」が正しい。六番隊嚮導(きょうどう)。吾川郡瀬戸村(現・高知市)出身。
(60)**山本哲助**　一八四一―六八年。六番隊嚮導。土佐郡小高坂村(現・高知市内)出身。
(61)**森本茂吉**　『始末』は「森下茂吉」とするが、鷗外は欄外に「前後森本トアリ」と書き、「森本」とした。一八二九―六八年。六番隊嚮導。名は重政。長岡郡大津村(現・高知市内)出身。
(62)**北代健助**　一八三三―六八年。六番隊兵卒。長岡郡十市村(現・高知県南国市)出身。本文一八九頁は「北城」。
(63)**稲田貫之丞**　一八四一―六八年。六番隊兵卒。
(64)**柳瀬常七**　一八四三―六八年。六番隊兵卒。土佐郡潮江村(注(110)参照)出身。
(65)**橋詰愛平**　?―一八八九年。六番隊兵卒。切腹直前に許される。
(66)**川谷銀太郎**　一八四三―六八年。六番隊兵卒。切腹を許されたが、土佐の流罪地で疫病のため死亡。本文一九五頁参照。
(67)**西村左平次**　一八四五―六八年。土佐藩士。履歴等は本文一八八頁参照。事件について書留を残した。

(68) **横田辰五郎**　一八二一―?年。八番隊兵卒。切腹を免れ流罪、特赦。手記「横田辰五郎覚書」と絵巻を残す。

(69) **土居徳太郎**　土居八之助と垣内徳太郎。ここでは誤って二人を一人としているため、列挙した人数が二十九人に一人足りない。土居(一八一四―?年)は、八番隊兵卒。『始末』刊行に協力。垣内(一八四八―?年)は、八番隊兵卒。著書『泉州堺事件実録』。

(70) **金田時治**　八番隊兵卒。切腹を免れて帰国、明治元年十二月に吐血して死去。

(71) **北山道**　高知城下から北東に進み、笹が峰を経て伊予(愛媛県)に至る参勤交代の道。

(72) **遠足留**　遠方への外出を禁止する措置。

(73) **御隠居様から仰せ渡されること**　政府が二月二十二日に、土佐藩士二十名の切腹を二十三日に執行するよう山内豊信に命じたことの伝達。

(74) **土佐守豊範**　土佐藩第十六代藩主山内豊範(一八四六―八六年)。豊信の養子。安政六年(一八五九)家督を嗣ぎ、豊信の後見をうけて藩政にあたる。

(75) **下手人**　もともとはみずから手を下した殺人犯を意味したが、江戸時代に斬首刑の刑名になった。試し切りなどはなく、死刑ではもっとも軽い。

(76) **稲荷社**　土佐稲荷神社。蔵屋敷の鎮守として、明和七年(一七七〇)伏見稲荷から勧請。

(77) **上裁**　政府の裁き。

(78) **横田静次郎**　本文一六八頁は「静治郎」。
(79) **船牢**　船中に監禁されること。
(80) **親類預け**　親類に引き渡し、その監視下におくこと。
(81) **以後別儀なく申し付ける**　一切の処罰は終わったので、従来通り勤務するよう申し渡す。
(82) **打首**　斬首。切腹の方が名誉とされる。
(83) **お構の身分**　有罪の身という意味。
(84) **土居**　ここは「竹内」とあるべきところ。
(85) **御名代**　家老深尾鼎のこと(注(52)参照)。
(86) **お上御両所**　前藩主山内豊信(容堂)と現藩主山内豊範。
(87) **大守**　太守。一国の領主、国主(国持)大名。ここでは、山内豊範のこと。
(88) **御不例**　病気。
(89) **フランス軍艦へ御挨拶**　山内豊範がロッシュに謝罪したのは、実は切腹の翌日のこと。
(90) **君辱しめらるれば臣死す**　中国古代の歴史書『国語』越語下に、范蠡(はんれい)の言葉として見える。
(91) **御沙汰**　御命令。沙汰書に「公法を以御処置被仰付、明日於堺表切腹被仰付旨御沙汰有之条、孰も皇国の御為と存じ込み難有御受可致」(『始末』)とある。

(92) **公法**　国際公法のこと。当時は万国公法と呼んだ。

(93) **竹内**　『始末』は「武内民五郎」とするが、鷗外はそれに赤の傍線をひき、『始末』の欄外に「竹内也」と書き込み、本文は「竹内」とした。

(94) **行住動作**　日常のたちいふるまい。

(95) **細川越中守慶順**　一八三五―七六年。熊本藩主。公武合体を藩論とし、第二次長州戦争では幕府側に立つ。明治元年(一八六八)に藩論を勤王と定め、韶邦(よしくに)と改名。

(96) **浅野安芸守茂長**　一八一二―七二年。広島藩第十一代藩主。第二次長州戦争では、長州藩に寛大な措置を求めて擁護しつつ政局の収拾に尽力。名は「もちなが」。のち長訓(ながみち)と改名。

(97) **衣袴**　上衣と袴。

(98) **絹服**　士分になったので絹服を着ることができた。次の「高足駄」(高下駄)も同じ。

(99) **留守居**　熊本藩大坂蔵屋敷の役人。

(100) **山川亀太郎**　『始末』による。山川亀三郎が正しい。

(101) **小袴**　裾にビロードの縁をつけた袴で、火事装束や野装用の袴。

(102) **持鑓**　自分用として所有する槍。

(103) **装剣の銃**　筒の先に刀を装着した歩兵銃。ゲベール銃が代表的。

(104) **後押**　本隊の後ろから攻める敵を防ぐための軍勢。しんがり。

(105) **高張提灯**　長い棹の頭につけて高くあげるように作った提灯。

(106) **長径** 先頭から後尾までの距離。
(107) **住吉新慶町** 住吉新家町。現・大阪市住之江区粉浜・粉浜西の辺。
(108) **舎営** 軍隊が家屋内に休養・宿泊すること。
(109) **妙国寺** 日蓮宗広普山妙国寺。現・堺市堺区材木町東四丁。
(110) **潮江村** 現・高知市梅ノ辻、天神町ほか。土佐藩主山内家の菩提寺真如寺がある。
(111) **扈従格** 土佐藩の格式は、家老―中老―馬廻り―扈従格―新扈従・留守居組―新留守居組―郷士以下、となっている。「こしょうかく」とも読む。
(112) **侍読** 侍講ともいう。藩主などに教授する学者。
(113) **文館** 土佐藩の藩校致道館。
(114) **腹稾** 予め心中で原稿を作ること。腹案。
(115) **妖氛** 何か悪い事でも起こりそうな怪しい気配。ここでは攘夷をやめて開国に傾きつつある当時の情勢をいう。
(116) **宝珠院** 真言宗寺院。宿屋寺町(現・堺市堺区宿屋町東三丁)にあり妙国寺の北隣。切腹した十一人の墓がある。
(117) **刀の下緒** 刀の鞘口に穴をあけて栗の実形のものを付け、その穴に通した下げた紐。
(118) **臨検の席** 切腹の場の立会は、日本側が、伊達少将(注(21)参照)と東久世少将の代理、外国事務局判事五代友厚、土佐藩家老深尾鼎ら、フランス側は、測量艇の母艦の艦長プチ－トアール大佐と兵士二十人。山階宮やフランス公使ロッシュらは立ち会っていない。

(119) **山階宮**　山階宮晃(あきら)(一八一六―九八年)。伏見宮家の王子から出家、還俗して元治元年(一八六四)山階宮を創始。慶応四年(一八六八)二月二十日から閏四月二十日まで外国事務局督。

(120) **東久世少将**　東久世通禧(みちとみ)(一八三三―一九一二年)。尊攘激派の公卿。文久三年(一八六三)八月十八日政変で長州に逃れた「七卿落ち」の一人。明治政府では、外国事務総督など外交事務を担当した。

(121) **床几**　野外で用いる腰掛。

(122) **フランス公使**　正しくは、母艦艦長。

(123) **馬場**　本文一八五頁に「馬淵桃太郎」。

(124) **四方**　儀式などで物を載せる台。台の三方に穴をあけたものを三方、四方のを四方。

(125) **大網**　腸間膜の一部が伸びて胃下部から腸全体を覆う部分。大網膜。

(126) **江の口村**　現・高知市比島町ほか。高知城の北。

(127) **臨検の席を離れ**　プチ－トアールは、十一人の切腹が終わると挙手して中止を求めたという。その理由を、日本政府の断固とした姿勢への評価とともに、夜になる前に兵員を帰艦させるためと説明している。

(128) **とても**　どんなにしても。所詮。

(129) **吉左右**　吉報。
(130) **助命の事**　翌二月二十四日、フランス公使ロッシュは、伊達宗城に残る九人の処刑中止を申し入れ、さらに天皇に助命を請願する手紙を送った。政府は助命し流罪にすることを決定し、二月三十日に山内豊範に伝達。
(131) **早追**　急用のさい、昼夜の別なく駕籠を走らせること。
(132) **赤穂浪人**　元禄十五年(一七〇二)、主君浅野長矩(ながのり)の敵吉良義央(よしなか)を討った元赤穂藩藩士四十七人のこと。細川家には、大石良雄ら十七人が預けられた。
(133) **井伊掃部頭**　井伊直弼(なおすけ)(一八一五―六〇年)。彦根藩主。安政五年(一八五八)大老となり、日米修好通商条約に調印し、反対派を安政の大獄で弾圧。安政七年(一八六〇)江戸城桜田門外で水戸・薩摩両藩の浪士らに暗殺された(「桜田門外の変」)。
(134) **水戸浪人**　「桜田門外の変」事件後、水戸藩浪士八人が細川家に預けられた。
(135) **敷畳**　『始末』に「夜具敷たゝみ」とある。
(136) **据風呂**　水風呂(すいふろ)。風呂桶の下にかまどを作り、湯を沸かして入浴するもの。
(137) **焼物付**　焼き魚。
(138) **七菜二の膳附**　おかず七種で本膳にもう一つ膳が付く、という豪華な食事。
(139) **宰領**　輸送の実務を取り仕切る者。
(140) **木津川**　淀川下流の一分流。土佐藩邸の西を流れ大阪湾に注ぐ。

(141) **千本松**　木津川の河口の地。石堤が造られ、その上に松が連ねて植えられた。
(142) **浦戸**　現・高知市浦戸。古代以来の要港。
(143) **南会所**　帯屋町にあった藩政の中枢を担った土佐藩政庁。
(144) **松が鼻**　高知城下堀沿いの常磐町(現・高知市宝永町)の松並木。
(145) **帯屋町**　高知城の城郭の南側、内堀に沿った町。
(146) **支配方**　担当の藩役人。
(147) **扶持切米召し放され**　切米(俸禄米)と扶持(下級家臣の俸禄、あるいは切米に付加して支給される米・金銭。一日五合、年一・八石が標準)を取り上げること。
(148) **渡川**　四万十川のこと。高知県西南部を流れ土佐湾に注ぐ。
(149) **介補**　援助。
(150) **幡多中村**　現・高知県四万十市。土佐藩の郡奉行所が置かれ、年貢米を保管する蔵があった。
(151) **朝倉村**　現・高知市朝倉。
(152) **入田村**　現・高知県四万十市入田。四万十川右岸。
(153) **空家**　入田村の見正寺といわれる。
(154) **有岡村**　現・高知県四万十市有岡。
(155) **真静寺**　有岡山本城院。日蓮宗。

(156) **夜須村**　現・高知県香南市夜須町。高知県東部。

(157) **御用召**　藩庁からの出頭命令。

(158) **各通の書面**　全員まとめてではなく、一人につき一通の書面という意味。

(159) **思召帰住御免…**　「兵士某」は、『始末』に「横田景之進家父」とある。流罪を免じて帰宅を許し、そのうえ家長を命じ、それ以前に家長となってからの年数を家長期間に加算する、という意味か。

(160) **明治天皇の即位**　睦仁(むつひと)親王(明治天皇)は、明治元年八月二十七日に即位式をあげた。

(161) **三等下席**　明治二年十二月に定められた士族の禄の等級。

安井夫人

(1) **清武一郷**　安井息軒(仲平)は清武郷中野(現・宮崎県宮崎市清武町加納)の生まれ。

(2) **仲平の父**　安井滄洲(そうしゅう)(一七六七―一八三五年)。古学派の儒学者。名は朝完、滄洲は号。江戸で古屋昔陽(注(115)参照)、京都で皆川淇園(きえん)(注(116)参照)に師事して古注学(漢唐時代の訓古学による注釈)を学ぶ。飫肥(おび)藩に仕えて藩校振徳堂の教授職総裁となり、多くの子弟を教育した。

(3) **飫肥藩**　日向国那珂郡飫肥(現・宮崎県日南市)五万一千八十石の藩。藩主は外様大名伊東氏。

(4) **文治**　安井文治(一七九六―一八二一年)。名は朝淳。号は清渓。通称が文治。

(5) **猿引**　猿曳とも。猿まわし。

(6) **篠崎小竹**　一七八一―一八五一年。江戸後期の儒学者・漢詩人。大坂の人。江戸で古賀精里に学び、家塾梅花(ばいか)書屋(しょおく)で朱子学を講じた。息軒の大坂行きは文政三年(一八二〇)。

(7) **土佐堀三丁目**　現・大阪市西区。江戸期、土佐堀に三丁目はない。飫肥藩蔵屋敷は一丁目。『武鑑』では「土佐堀田辺橋」。

(8) **蔵屋敷**　諸藩が設けた倉庫兼取引所。留守居がおかれ、蔵元・掛屋(かけや)などの商人が出入り。

(9) **半夜人定った頃**　真夜中人びとが寝静まった頃。

(10) **兄文治が死んだ**　文政四年五月十七日死去。息軒の帰郷は文政五年のこと。

(11) **古賀侗庵**　一七八八―一八四七年。江戸後期の朱子学者。名は煜(あきら)。古賀精里の子。父とともに幕府昌平坂学問所の儒官。大槻玄沢ら蘭学者とも交流。

(12) **昌平黌**　昌平坂学問所のこと。寛政九年(一七九七)幕府は林家の塾を直轄の学問所とし、幕臣や諸藩士の子弟に朱子学を教授した。

(13) **註疏**　経書を解釈した注と、その注をさらにくわしく説明した疏。くわしい注釈。息軒は、「漢唐注疏の学」を目指した。

(14) **経義**　経書の説く本質的な教え。

(15) **松崎慊堂**　一七七一―一八四四年。江戸後期の儒学者。肥後の人。名は復、慊堂は号。

昌平黌で学び、遠江掛川藩校の教授ののち、江戸羽沢(はねざわ)(現・渋谷区)に石経山房を営み教育と研究に邁進。古注学者、考証学者として著名。息軒は、生涯師として心服していた。

(16) **懐かしかった**　しっくりする。心がひかれる。

(17) **林**　林述斎(一七六八―一八四一年)。江戸後期の儒学者。名は衡(たいら)、述斎は号。美濃岩村藩主松平乗蘊(のりもり)の子。幕命により林家を継ぐ。朱子学の振興、昌平黌の充実に尽力。

(18) **半折**　半切。唐紙・画仙紙などの全紙を、縦に二つに切ったもの。

(19) **藩主**　伊東祐相(すけとも)(一八一二―七四年)。飫肥藩第十三代藩主。息軒の献策を受け入れる。

(20) **侍読**　主君に学問を講義する人。息軒は、文政九年(一八二六)に江戸で侍読となる。

(21) **藩の学問所**　明教堂。文政十年(一八二七)十月落成。息軒の命名。父教授、息軒助教。

(22) **去年**　息軒が藩主に従って帰国したのは文政十年なので、「今年」が正しい。

(23) **五節句**　一月七日人日(じんじつ)、三月三日上巳(じょうし)、五月五日端午(たんご)、七月七日七夕(しちせき)、九月九日重陽(ちょうよう)。

(24) **八重**　この人物のことは、鷗外が依拠した若山甲蔵著『安井息軒先生』(蔵六書房、一九一三年刊。以下『先生』と略記)には見えない。

(25) **定府**　国元に戻らず江戸藩邸に定住したこと。

(26) **夫人**　滄洲の妻で息軒の母埜也。文化九年(一八一二)六月八日五十八歳で死去。

(27) **卑属**　子・孫、甥・姪など、親等上、自分よりあとの世代の血族。

(28) **長倉の御新造**　御新造は下級武士や上層町人の妻女の敬称。長倉家に嫁いだ息軒の姉。

(29) **吉野紙**　奈良吉野から産出した和紙の一種。極めて薄く、貴重品の包装にも用いた。
(30) **尉姥**　謡曲「高砂」に由来する年老いた夫婦、老翁(尉)と老婆(姥)をかたどった人形。
(31) **投げ入れた**　「投げ入れ」は華道の様式・手法の一つで、自然の枝振りのままに生ける。
(32) **道破**　はっきりと言いきること。
(33) **ギヤマン**　ガラス。
(34) **まもって**　見守って。
(35) **振徳堂**　天保二年(一八三一)三月落成した藩校。「振徳」とは、『孟子』の「従って之を振徳せよ」からの命名で、苦しむ民を救い賑わし恵み施すの意。父総裁兼教授、息軒助教。
(36) **加茂**　飫肥城下町の字。加茂馬場辺。
(37) **六十九の時亡くなった**　天保六年閏七月二十一日。臨済宗太平山安国寺に葬られた。
(38) **斎長**　元来は「斎舎(読書室)のかしら」。昌平黌の学生のまとめ役の意か。
(39) **外桜田**　現・千代田区霞が関辺。
(40) **大番所番頭**　藩邸警護役の長。
(41) **塩谷宕陰**　一八〇九―六七年。江戸後期の儒学者。名は世弘、宕陰は号。昌平黌に入り、ついで松崎慊堂に師事。漢唐の注疏に注力し、実用の学を重んじる学風。息軒と切磋琢磨し、文久二年(一八六二)息軒とともに昌平黌儒官となる。
(42) **帰新参**　一度やめた昌平黌に再び入ったことを、主家への帰参になぞらえた。

(43) **金地院**　勝林山金地院。臨済宗南禅寺派。増上寺境内ではなく、西側近くにある(現・港区芝公園三丁目)。『先生』は、金地院の蔵書の借覧が移住の目的とする。

(44) **火事**　天保九年(一八三八)十二月一日罹災。

(45) **五番町**　現・千代田区一番町。

(46) **売居**　売据え。建具、畳、床、敷居などの造作つきで売り出された家屋。

(47) **二十九枚**　天保丁銀二十九枚。一枚＝四十三匁、金一両＝銀六十匁両替なら、二十一両弱。

(48) **上二番町**　麴町上二番町。現・千代田区一番町。

(49) **三計塾**　塾名の由来は、「三計トハ何ゾ。一日ノ計ハ朝ニ在リ。一年ノ計ハ春ニ在リ。一生ノ計ハ少壮ノ時ニ在ルナリ」(『三計塾記』冒頭)。谷干城、陸奥宗光、品川弥二郎、井上毅、小中村清矩らが門下生。

(50) **田野村字仮屋**　清武郷の一村。現・宮崎市。

(51) **虎斑竹**　雲紋竹の異名。竹の茎・稈の表面に紫褐色の雲紋形の斑点がある。

(52) **根こじ**　根掘じ。根のついたまま掘り取ること。

(53) **美保子が早く亡くなった**　天保八年(一八三七)七月、飫肥で死去。

(54) **黒木孫右衛門**　黒木については、『先生』所載の「日向纂記」に拠っている。

(55) **飫肥外浦**　現・宮崎県日南市南郷町の外浦港。

(56) **物産学**　博物学。動植物や鉱物など自然物の記載や分類を行った学問。
(57) **徒士**　御目見(おめみえ)以下の下級武士。
(58) **小川町**　現・千代田区小川町。
(59) **牛込見附外**　現・千代田区富士見町。外堀を隔てて神楽坂と対する地。
(60) **霊岸島**　現・中央区新川一・二丁目。隅田川河口右岸の島形の地名。酒問屋が集中。
(61) **鹿島屋清兵衛**　『先生』によれば、富裕な酒問屋清兵衛は蔵書家で、蔵書を貸し出した。
(62) **博渉家**　広く多数の書物に目を通している人。
(63) **奏者**　奏者番。江戸幕府の職名。大名が将軍に御目見するさい名などを披露する役。
伊東祐相は、天保十二年十二月八日に就任。
(64) **押合方**　奏者番の職務を補佐する役。家臣から三人が任命された。
(65) **麻布長坂**　現・港区麻布永坂町。天保十三年五月十六日引っ越し。
(66) **観風旅行**　各地の人情風俗を視察する旅。藩主の許可を得て、七、八月に東北を旅行。
(67) **浅葱織色木綿**　縦糸・横糸とも浅葱(薄青)色に染めた糸を使って平織にした無地の木綿。
(68) **打裂羽織**　背縫いの下半分を縫い合わせていない羽織。武士の乗馬・旅行などに用いた。
(69) **裁附袴**　膝から下を脚絆のように細く仕立てた袴で、武士の旅装。
(70) **今文尚書**　秦の焚書(ふんしょ)の時、博士伏生が隠し伝えたとされる『尚書』のテキスト。漢代に復活し二十九編を得て、斉魯の間に教授した。漢代の隷書で記されたので今文という。

(71) **二十二になった年の夏**　棟蔵は文久三年(一八六三)六月十九日に死去した。

(72) **暴瀉**　激しい下痢を伴う流行病。

(73) **番町袖振坂**　現・千代田区一番町中央の坂。袖摺坂とも。

(74) **謙助を生んだ**　謙助は天保十五年(一八四四)十一月十日に生まれる。

(75) **東金**　現・千葉県東金市。

(76) **自殺**　附録二二六頁は、明治四年(一八七一)七月二日のこと、附録二二八頁は、七月三日と異なる。

(77) **千葉町大日寺**　現・千葉市中央区。真言宗豊山派の寺院。

(78) **浦賀へ米艦が来て**　弘化三年(一八四六)閏五月、アメリカ東インド艦隊司令官ビッドルが浦賀に来航し通商を求めた。息軒は六月一日、情勢探索のため浦賀に赴いている。

(79) **相談中**　相談役。

(80) **海防策を献じた**　息軒は、『海防私議』で大砲・艦船の製造、台場構築を論じた。

(81) **藤田東湖**　一八〇六—五五年。水戸藩士で儒学者。名は彪(たけし。たけきとも)、東湖は号。水戸藩主徳川斉昭の近臣。息軒は天保十一年以来の知人で、斉昭は東湖を介して息軒に意見を求めた。

(82) **水戸景山公**　徳川斉昭(一八〇〇—六〇年)。水戸藩第九代藩主。号は景山、諡は烈公。

幕末政界に大きな影響力をもち、ペリー来航後、幕政に参与したがその対外強硬論は容れられなかった。大老井伊直弼と対立し安政の大獄で永蟄居。

(83) **ペルリ**　ペリー Matthew Calbraith Perry(一七九四―一八五八年)。アメリカ海軍軍人。嘉永六年(一八五三)東インド艦隊を率いて浦賀に来航。翌年再航し、日米和親条約を結ぶ。

(84) **攘夷封港論**　『靖海問答』『外寇問答』などを著したことをさす。

(85) **用人格**　職務内容は変わらず、家老に次ぐ用人の格式になった。息軒は百石取りに。

(86) **蝦夷開拓論**　安政元年(一八五四)『蝦夷論』を著し、ロシアの脅威に対して、幕府が積極的に蝦夷地開拓に関わるべきと主張。

(87) **井伊閣老**　井伊直弼。「堺事件」注(133)参照。

(88) **隼町**　現・千代田区隼町。

(89) **麴町善国寺谷**　江戸の俗称地名。現・千代田区麴町三・四丁目の通りあたり。

(90) **辺務を談ぜない**　海防のことを語らないということ。『先生』によると、意見を求める者が多くなり、かつ危険人物の疑いをもたれるのを避けるため、「不云不為。況彼辺務」の一節を含む文章を張り出したという。

(91) **秋元家**　上野(こうずけ)(現・群馬県)館林六万石の大名。

(92) **中村貞太郎**　一八二八―六二年。肥前北有馬村(現・長崎県南島原市)の郷士。息軒の門下生。尊攘派志士の清河八郎を匿い、文久二年(一八六二)五月、幕府に捕らえられ翌六月獄死。

(93) **小太郎**　安井小太郎(一八五八—一九三八年)。漢学者。名は朝康。父中村貞太郎。東京帝国大学卒業後、学習院大学等で教鞭をとった。著書『日本儒学史』など。

(94) **飫肥吾田村字星倉**　現・宮崎県日南市吾田西・吾田東のうち。

(95) **同宗**　同族。

(96) **安井林平**　飫肥藩小納戸役。

(97) **江戸城に召された**　文久二年七月二十日江戸城に呼ばれ、九月十五日将軍家茂(いえもち)に御目見(おめみえ)。十二月十二日、塩谷宕陰、芳野金陵(きんりょう)とともに昌平黌教授を拝命。「正学」(官学)朱子学ではない古学派の息軒が幕府儒者になったのは異例のこと。

(98) **両番上席**　両番は、幕府の書院番と小姓組番を合わせた称。格式が両番の頭より上席。

(99) **直参**　将軍直属の旗本・御家人の総称。

(100) **出役**　本役のほかに他の職務を兼ねること。その職務が常勤になることもある。

(101) **名跡**　家名。安井家の跡目。

(102) **陸奥塙**　現・福島県東白川郡塙町。幕府代官所が置かれた。

(103) **代官にせられた**　元治元年(一八六四)二月任命。

(104) **小普請**　老幼・疾病、罪科などにより非役になった旗本・御家人が編入された幕府組織。

(105) **下谷徒士町**　現・台東区東上野。

(106) **雲井龍雄**　本名小島守善(一八四四―七〇年)。幕末・維新の志士。米沢藩士。慶応元年(一八六五)藩命で警備のため江戸に出て、息軒に師事。奥羽越列藩同盟により新政府軍に対抗。明治三年政府転覆を謀り獄門。

(107) **海嶽楼**　慶応元年中秋、塾生一同と月見の宴を催す。雲井龍雄が塾の執事長という。

(108) **隠居**　息軒は慶応三年十二月三日に辞職を願い出て、翌年二月十七日に許可された。

(109) **類焼**　辞職四日後の慶応四年二月二十一日に類焼。

(110) **王子在領家村**　現・埼玉県川口市領家。移ったのは慶応四年三月十三日。

(111) **高橋善兵衛**　一八一六―?年。息軒の高橋家滞在中の日記「北潜日抄」が同家に伝来。

(112) **左伝輯釈**　全二十五巻。彦根藩から蔵版にしたいと申入れがあり、校閲の便宜から彦根藩邸(千駄ヶ谷下屋敷)に移った。同書は明治四年春、「彦根藩学校蔵板」として刊行。

(113) **桜田邸に移り**　飫肥藩世子の教育を委嘱され、明治二年八月桜田(注(39)参照)の飫肥藩上屋敷へ移る。

(114) **土手三番町**　現・千代田区五番町。広壮な住居で、塾生が四十名余いたという。

(115) **古屋昔陽**　一七三四―一八〇六年。儒学者。名は鬲(かなえ)、昔陽は号。江戸で古注学を教授。

(116) **皆川淇園**　一七三四―一八〇七年。儒学者。名は愿(げん)。京都の人。易に基づく開物学を提唱。宝暦九年(一七五九)頃から京都で儒学を講じ、多くの儒者を養成した。

(117) **安国寺**　臨済宗の寺院。現・宮崎県日南市板敷の南部にあったが、明治五年廃寺。

(118) **東禅寺**　現・港区高輪にある臨済宗寺院。飫肥藩第二代藩主伊東祐慶が赤坂霊南坂に創建、のち現在の地に移転。
(119) **龍光寺**　現・文京区本駒込にある臨済宗寺院。
(120) **養源寺**　現・文京区千駄木にある臨済宗寺院。
(121) **若山甲蔵**　一八六八―一九四五年。徳島生まれ。宮崎県在住のジャーナリスト。郷土史家。「日州日日新聞」「日州独立新聞」の主筆。著書『日向地名録』など。
(122) **川田剛**　一八三〇―九六年。儒学者。号は甕江（おうこう）。備中生まれ。東大教授。貴族院議員。
(123) **安井朝淳**　安井朝隆が正しい。息軒の長男で、本文には棟蔵。
(124) **孺人**　「じゅじん」。身分ある人の妻の敬称。
(125) **大正三年三月七日往訪**　「安井夫人を書き畢る。高輪東禅寺に往きて、安井佐代、登梅、歌三女の墓を払ふ。寺僧はかかる人達の墓あることを全く知らざりしなり」（『鷗外日記』大正三年三月七日）。

「大塩平八郎」資料

檄　文

（表書）

天より被下候
村々小前のものに至迄へ

四海こんきういたし候はヽ天禄ながくたヽん、小人に国家をおさめしめば災害并至と、昔の聖人深く天下後世人の君人の臣たる者を御誡被置候ゆへ、東照神君にも鰥寡孤独におひて尤あわれみを加ふへくハ是仁政之基と被仰置候。然ルに茲二百四五十年太平之間に、追々上たる人驕奢とておこりを極、太切之政事に携候諸役人とも、賄賂を公に授受とて贈貰いたし、奥向女中之因縁を以、道徳仁義をもなき拙き身分にて立身重き役に経上り、一人一家を肥し候工夫而已に智術を運し、其領分知行所之民百姓共へ過分之用金申付、是迄年貢諸役の甚しき苦む上江、右之通無躰之儀を申渡、追々入用かさみ候ゆへ、四海の困窮と相成候付、人々上を怨さるものなき様に成行候得共、江戸表より諸国一同右之風儀に落入、

天子ハ足利家已来別て御隠居御同様、賞罰之柄を御失ひに付、下民之怨何方へ告愬とてつけ訴ふる方なき様に乱候付、人々之怨気天に通シ、年々地震火災山も崩水も溢るより外、色々様々の天災流行、終に五穀飢饉に相成候、是皆天より深く御誡之有かたき御告に候へとも、一向上たる人々心も付ず、猶小人奸者之輩太切之政を執行、只下を悩し金米を取たてる手段斗に打懸り、実以小前百姓共のなんきを、吾等如きもの草の陰より常に察し悲候得とも、湯王武王の勢位なく、孔子孟子の道徳もなければ、徒に蟄居いたし候処、此節米価弥高直に相成、大坂之奉行并諸役人とも万物一体の仁を忘れ、得手勝手の政道をいたし、江戸へ廻米をいたし、

天子御在所之京都へハ廻米之世話も不致而已ならす、五升一斗位之米を買に下り候もの共を召捕抔いたし、実に昔葛伯といふ大名其農人の弁当を持運ひ候小児を殺候も同様、言語同断、何れの土地にても人民ハ　徳川家御支配之ものに相違なき処、如此隔を付候は、全奉行等之不仁にて、其上勝手我儘之触書等を度々差出し、大坂市中游民斗を太切に心得候は、前にも

申通、道徳仁義を不存拙き身故にて、甚以厚ケ間敷不届之至、且三都之内大坂之金持共年来諸大名へかし付候利徳之金銀并扶持米等を莫大に掠取、未曽有之有福に暮し、丁人之身を以大名之家老用人格等に被取用、又ハ自己之田畑新田等を夥しく所持、何に不足なく暮し、此節の天災天罰を見なから畏も不致、餓死之貧人乞食をも敢而不救、其身ハ膏粱之味とて結構之物を食ひ、妾宅等へ入込、或ハ揚屋茶屋へ大名之家来を誘引参り、高価の酒を湯水を呑も同様にいたし、此難渋の時節に絹服をまとひ候かわらものを妓女と共に迎ひ、平生同様に游楽に耽候ハ何等之事哉、紂王長夜の酒盛も同事、其所之奉行諸役人手に握居候政を以、右之もの共を取〆、下民を救候義も難出来、日々堂嶋相場斗をいしり事いたし、実に禄盗にて、決て天道聖人之御心に難叶、御赦しなき事に候、蟄居の我等最早堪忍難成、湯武之勢孔孟之徳ハなけれ共、無拠天下のためと存、血族の禍をおかし、此度有志之ものと申合、下民を悩し苦メ候諸役人を先誅伐いたし、引続き驕に長し居候大坂市中金持之丁人共を誅戮およひ可申候間、右之者共穴蔵に貯置候金銀銭等、諸蔵屋敷内に隠置候俵米、夫々分散配当いたし遣候間、摂河泉播之内田畑所持不致もの、たとへ所持いたし候共、父母妻子家内之養方難出来程之難渋者へハ、右金米等取らせ遣候間、いつに而も大坂市中に騒動起り候と聞伝へ候はゝ、里数を不厭一刻も早く大坂へ向駈可参候、面々へ右米金を分け遣し可申候、鉅橋鹿台の金粟を下民へ被与候遺意にて、当時之饑饉難義を相救遣し、若又其内器量才力等有之者にハ夫々

取立、無道之者共を征伐いたし候軍役にも遣ひ申へく候、必一揆蜂起之企とハ違ひ、追々年
貢諸役に至迄軽くいたし、都て中興
神武帝御政道之通、寛仁大度之取扱にいたし遣、年来驕奢淫逸の風俗を一洗相改、質素に立
戻り、四海万民いつ迄も
天恩を難有存、父母妻子を被養、生前之地獄を救ひ、死後の極楽成仏を眼前に見せ遣し、尭
舜
天照皇太神之時代に復シかたく共、中興之気象に恢復とて立戻り申へく候、此書付村々へ
一々しらせ度候へとも数多之事に付、最寄之人家多候大村之神殿江張付置候間、大坂ゟ廻し
有之番人ともにしられさる様に心懸、早々村々へ相触可申候、万一番人とも眼付、大坂四ケ
所之奸人共へ注進いたし候様子に候はゝ、遠慮なく面々申合、番人を不残打殺可申候、若右
騒動起り候を承なから疑惑いたし駈参不申、又は遅参及候はゝ、金持之米金は皆火中之灰に
相成、天下之宝を取失ひ申へく候間、跡にて必我等を恨み、宝を捨る無道者と陰言を不致様
可致候、其為一同へ触しらせ候、尤是迄地頭村方にある年貢等にかゝわり候諸記録帳面類ハ、
都て引破焼捨可申候、是往々深き慮ある事にて、人民を困窮為致不申積に候、乍去此度の一
挙、当朝平将門・明智光秀、漢土之劉裕・朱佺忠之謀反ニ類し候と申者も、是非有之道理に
候得共、我等一同心中に天下国家を簒盗いたし候慾念より起し候事にハ更無之、日月星辰之

神鑑にある事にて、詰ル処は湯・武・漢高祖・明太祖民を吊、君を誅し、天討を執行候誠心而已にて、若疑しく覚候は丶、我等之所業終る処を爾等眼を開て看、

但し、此書付小前之者へは道場坊主或医者等より篤と読聞せ可申、若庄屋・年寄眼前の禍を畏、一己に隠し候は丶、追而急度其罪可行候

奉天命致天討候、

天保八丁酉年月日　　某

摂河泉播村村

庄屋年寄百姓并小前百姓共へ

（『大塩中斎先生生誕二百年記念』大塩事件研究会刊、一九九三年）

「護持院原の敵討」「大塩平八郎」「堺事件」関係地図

江戸・護持院原の敵討関係地図
○上屋敷
△中屋敷
□下屋敷他
本郷
本多帯刀
小石川
小石川御門
水戸
水道橋
お茶の水
聖堂
駿河台
神田川
牛込御門
飯田町
大沢右京
表神保町
小川町
俎橋
九段坂
番町
四番原
二番原
三番原
護持院
田安御門
清水
清水御門
田安
一橋
神田橋
尾張
市谷御門
竹橋
雉子橋
一橋御門
松平越前
酒井雅楽頭
小笠原
吹上御庭
本丸
三ノ丸
大手門
酒井雅楽
二ノ丸
水野大和
評定所
大下馬
四谷御門
麹町
半蔵御門
江戸城
和田倉御門
松平肥後(会津)
西ノ丸
水野
八代洲河岸
尾張
紀伊
井伊
馬場先御門
紀伊
桜田御門
井伊
松平安芸

源八町
中野村
川
淀川(大川)
桜宮
崎
大塩役宅
与力
建国寺
京街道
長柄町
与力役宅
材木蔵
東照宮
野田村
鯰江川
古大和川
備前島町
京橋定番下屋敷
物市場
京橋
天満橋
焔硝蔵
御蔵
青屋口
京橋口
谷町代官屋敷
東町奉行所
平野川
西の丸
山里丸
天守
大坂城
本丸
玉造口定番屋敷
猫間川
籾蔵
京橋定番
番場
追手口(大手口)
二の丸
玉造口
下屋敷
本町
城代下屋敷
城代屋敷
京橋定同心
番与力
同心
城代屋敷
同心
同心
稲荷
鈴木町代官屋敷
城代屋敷
谷町筋
上本町
平野口
鉄砲同心
鉄砲同心
玉造村

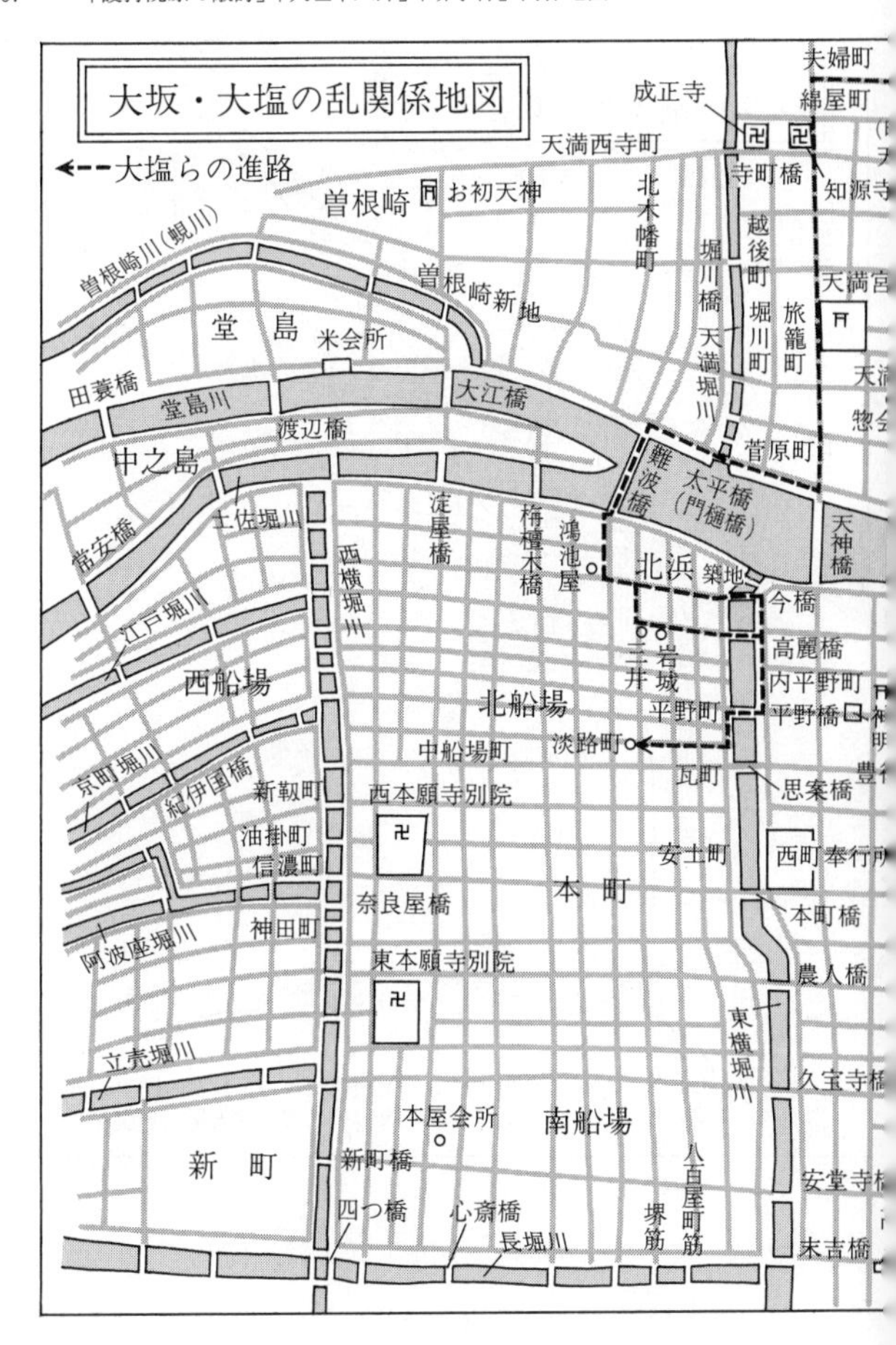

大坂・大塩の乱関係地図
大塩らの進路
成正寺
夫婦町
綿屋町
天満西寺町
寺町橋
知源寺
曽根崎
お初天神
北木幡町
越後町
堀川橋
天満宮
曽根崎川（蜆川）
曽根崎新地
堂島
米会所
堀川町
旅籠町
天満堀川
田蓑橋
堂島川
大江橋
渡辺橋
中之島
菅原町
難波橋
太平橋（門樋橋）
天神橋
土佐堀川
常安橋
淀屋橋
栴檀木橋
鴻池屋
北浜
築地
西横堀川
今橋
江戸堀川
三井
岩城
高麗橋
西船場
内平野町
北船場
平野町
平野橋
淡路町
中船場町
京町堀川
瓦町
思案橋
紀伊国橋
新靭町
西本願寺別院
油掛町
信濃町
安土町
西町奉行所
本町
奈良屋橋
本町橋
阿波座堀川
神田町
東本願寺別院
農人橋
東横堀川
立売堀川
久宝寺橋
本屋会所
南船場
新町
新町橋
八百屋町筋
安堂寺橋
四つ橋
心斎橋
堺筋
長堀川
末吉橋

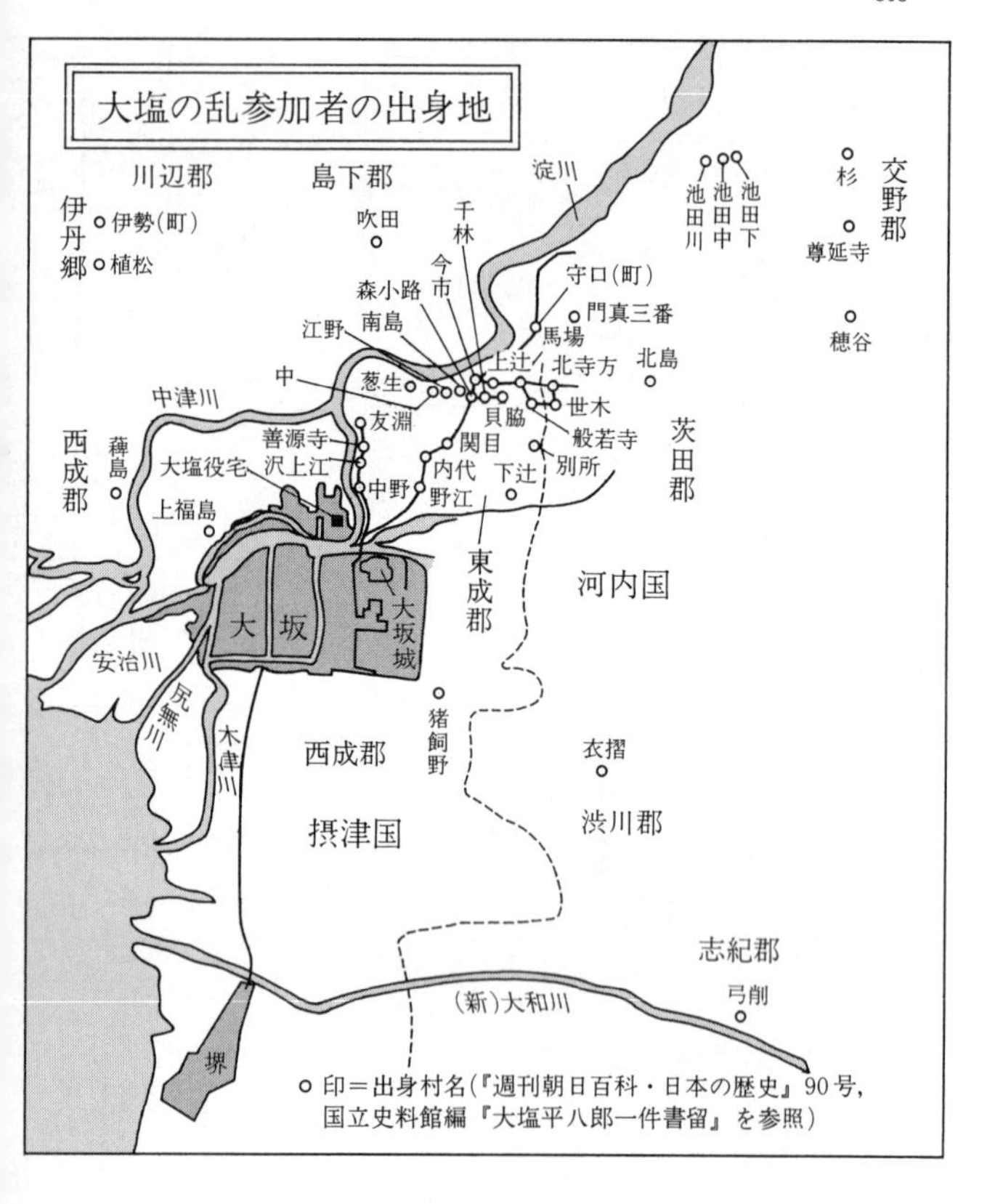
大塩の乱参加者の出身地
川辺郡
島下郡
淀川
伊丹郷
伊勢(町)
植松
吹田
千林
今市
森小路
南島
江野
守口(町)
門真三番
馬場
上辻
北寺方
北島
中
葱生
貝脇
世木
般若寺
中津川
友淵
善源寺
関目
沢上江
大塩役宅
内代
野江
下辻
別所
中野
西成郡
蒋島
上福島
茨田郡
池田川
池田中
池田下
杉
導延寺
穂谷
交野郡
東成郡
河内国
大坂
大坂城
安治川
尻無川
木津川
猪飼野
西成郡
衣摺
摂津国
渋川郡
志紀郡
(新)大和川
弓削
堺
○ 印＝出身村名(『週刊朝日百科・日本の歴史』90号,
国立史料館編『大塩平八郎一件書留』を参照)

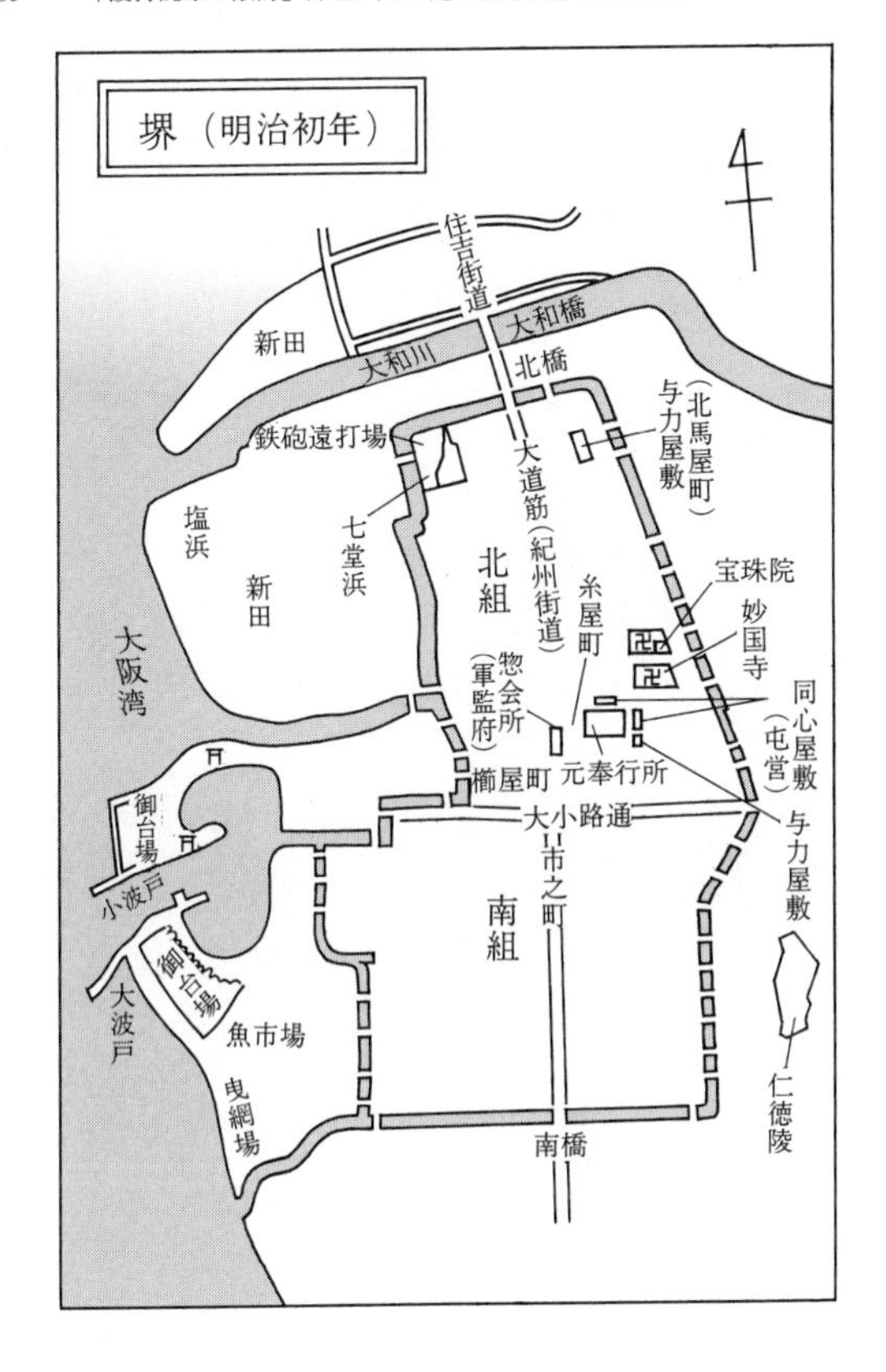

堺（明治初年）
住吉街道
大和橋
大和川
新田
北橋
与力屋敷
（北馬屋町）
鉄砲遠打場
大道筋（紀州街道）
塩浜
新田
七堂浜
北組
糸屋町
宝珠院
妙国寺
大阪湾
惣会所（軍監府）
同心屋敷（屯営）
元奉行所
櫛屋町
大小路通
与力屋敷
御台場
大市之町
小波戸
南組
御台場
大波戸
魚市場
仁徳陵
曳網場
南橋

解説

藤田覚

鷗外は、大正元年(一九一二)十月に「興津弥五右衛門の遺書」、同二年正月に「阿部一族」、同年四月に「佐橋甚五郎」を発表し、ついで、本文庫に収めた「護持院原の敵討」(大正二年十月)、「大塩平八郎」(大正三年正月)、「堺事件」(大正三年二月)、「安井夫人」(大正三年四月)を矢継ぎ早に世に送り出していった。

護持院原の敵討

「護持院原の敵討」は、鷗外歴史小説の第四作目の作品である。大正二年九月二十日の日記に「護持院原の敵討を書き畢る」、翌二十一日に「護持院原の敵討を時鳥発行所に交附す」と書いている。そして、大正二年十月発行の雑誌『ホトトギス』第十七巻第一号に掲載された。のち、大正三年五月七日発行の『天保物語』(鳳鳴社刊)に

「大塩平八郎」とともに収められた。なお、大正九年十月十五日に、『天保ものがたり』(銀鈴社刊)の一編としても刊行されている。

本作品は、天保六年(一八三五)七月十四日に、播州姫路藩酒井家の家臣の娘らが、江戸城神田橋御門の外、護持院原において父の敵を討った実話に基づく。若い女性が父の敵を討ったこともあって相当な評判になり、「天保風説見聞秘録」(『未刊随筆百種』九所収)、滝沢馬琴「異聞雑稿」(『続燕石十種』二所収)、「巷街贅説」(『近世風俗見聞集』四所収)、小宮山楓軒「近聞復讐記」(写本)、「藤岡屋日記」(『近世庶民生活史料 藤岡屋日記』第一巻)などが、この敵討を伝えている。

鷗外が依拠したのは、「山本復讐記」と題する、「于時天保六乙未年七月十四日暁八時前、神田橋御門外なる元護持院跡弐番原にて父兄之仇討し由来を尋るに」から始まる「発端」、それから順次経過をおってゆき、敵討のあとの町奉行所の取調べ、そして褒賞を受ける第七段まで続く実録物風の写本である。「斎藤文庫」「養聞斎蔵書記」「森氏蔵書」「鷗外蔵書」「観潮閣文庫」の朱印が押され、現在は東京大学総合図書館所蔵鷗外文庫(以下、鷗外文庫と略記)に入っている。尾形仂『森鷗外の歴史小説』(筑摩書房、一九七九年)に全文翻刻された(岩波現代文庫版『鷗外の歴史小説』〈二〇〇二年刊〉では省略されている）。なお、「山本復讐記」は、別名「山本女復仇記」ともいう。

　天保四年十二月二十六日夜、大金奉行を務める山本三右衛門が、姫路藩江戸藩邸で宿直していたところ、金を盗もうとした藩邸の表小使亀蔵に襲われて死亡したことから、敵討物語は始まる。三右衛門の嫡子山本宇平（十九歳）と娘りよ（宇平の姉で二十二歳）、それに三右衛門の弟で姫路藩家老本多意気揚の家来山本九郎右衛門（四十五歳）の三名が、敵討の許可を得て逃亡した亀蔵を追うことになった。りよは女性ということもあり、亀蔵追跡の旅には出なかったので、宇平と九郎右衛門、そして、かつて酒井家の表小使をしていて亀蔵の顔を見知っている仲間の文吉の三名で追った。三名の追跡行は、わずかな手掛かりを頼りに、上州から九州まで足をのばす。この長期にわたる、果たして敵に遭遇できるのかどうかの見当もつかない追跡行は困難をきわめ、精神的、肉体的、金銭的な苦痛のなかで、懐疑心を抱いた嫡子宇平が脱落してしまう。なおも追跡を続ける九郎右衛門と文吉は、亀蔵が江戸にいるとの情報を得て江戸に戻り、天保六年七月十三日夕方、ついに亀蔵を発見、その跡をつけて護持院原で捕まえた。屋敷奉公をしていた娘のりよは急遽呼び出されて護持院原へ駆けつけ、父の遺品の脇差しで敵の亀蔵に切り付け、最後に九郎右衛門がとどめをさした、という筋書きである。

実力行使を伴う喧嘩それ自体が禁止され、喧嘩した場合は両成敗という慣行が根強く存続し、やられたらやり返すという自力救済の慣行が原則的に禁止された江戸時代において、かなり制約があるとはいえ、唯一やり返すことを公認されたのが敵討であった。首尾よく成功すれば、山本りよが、「女性之義別而御感賞思召候」と藩主から称賛されて十四人扶持を与えられ、おって婿養子を迎えて山本家の家名を相続させる、という恩典を受けたように晴れやかに賞される。しかし、敵討の経過は困難をきわめるものだったことは三名の追跡行、とくに嫡子山本宇平の脱落によく表現されている（敵討成就後に現れた宇平は、家名の相続を許されず、しかも隠居を命じられた）。

鷗外の「護持院原の敵討」は、依拠した史料「山本復讐記」の筋書きにかなり忠実である。藩から幕府に届け、幕府の帳簿に登載されて初めて敵討が公認されることや、首尾よく本懐を遂げた時の届けや取調べなどが丹念に叙述されているので、江戸時代の敵討の作法を、本作品から知ることができる。制度化され、作法の確立した敵討は、封建道徳における美風とされたものの、敵討する側に多大な犠牲を強いたことが、宇平の言行を通して訴えてくる。大正初め頃からの赤穂浪士などの敵討物が流行した風潮と、それに批判的な本作品との関係が指摘される所以であろう。

なお、上州沼田藩士藤川貞(整斎)編「天保雑記」第五冊(国立公文書館所蔵)に、「酒井雅楽頭家来山本宇平姉りよ並山本九郎右衛門神田橋御門外に而明地に而親之敵討候一件」として、「山本復讐記」よりかなり短い実録物と敵討成就後の詳細な史料が留められ、敵討を報じる瓦版なども綴じ込まれている。その実録物の奥に、

于時天保六乙未七月中旬書之　不許他見
同年閏七月十日借山本九郎右衛門蔵本書写、以納不忍文庫　弘賢(屋代弘賢)
同年閏七月十一日於輪池(弘賢の号)翁集会之席密借写矣　藤原貞(藤川貞)

と記されている。著者未詳だが、敵討の実行者である山本九郎右衛門が、その成立になんらかの関わりを持っているらしい。しかも、作品本文の最後に登場する屋代弘賢もまた、この敵討に強い感心を持ち、「山本復讐記」の流布に一役買っていることが知られる。

大塩平八郎

「大塩平八郎」について、鷗外は大正二年十二月七日の日記に「大塩平八郎を草し

畢る」、同十日に「大塩平八郎を滝田哲太郎にわたす」と書いている。大正三年一月一日発行の雑誌『中央公論』第二十九年第一号に掲載された。「大塩平八郎」には「附録」がついている。大正二年十二月十一日の日記に、「石田新太郎三田文学会のために礼に来ぬ。小論文大塩平八郎を書き畢る」と記し、大正三年一月一日発行の雑誌『三田文学』第五巻第一号に、森林太郎の署名で「大塩平八郎」と題して発表された。このように、別々に書かれたものであるが、『中央公論』掲載の「大塩平八郎」が同年五月七日刊行の『天保物語』(鳳鳴社刊)に「護持院原の敵討」とともに収められるさい、『三田文学』掲載の「大塩平八郎」は「附録」と改めて収められた。

鷗外は、本作品執筆の経緯を「附録」に書いている。それによると、「大阪大塩平八郎万記録(よろずきろく)」という写本を見せられて大塩平八郎のことを調べようと思い立ち、大塩について史料をたくさん使ったもっとも詳細な研究であった幸田成友(こうだしげとも)『大塩平八郎』(以下『大塩』と略記。鷗外文庫に二冊)を読み、古い大阪の地図や「大阪城志」(正しくは『大坂城誌』。鷗外文庫所蔵)を参考にして想を練り、そのうえ何人かから史料や評論を聞いて書いたという。鷗外がそれまでに書いた歴史小説「興津弥五右衛門の遺書」「阿部一族」「佐橋甚五郎」「護持院原の敵討」が、歴史史料、一次史料としてはかなり難のある江戸時代の随筆や実録物を典拠としたのと異なり、現在でも名著とされる『大塩』に多くを拠っている。

『大塩』は、大阪市史編纂の過程で蒐集した史料にもとづく研究書である。明治四十三年（一九一〇）に東亜堂書房から刊行され、その後、昭和十七年（一九四二）創元社『日本文化名著選』第二輯に改訂版、翌年さらに改訂増補版が出版された。『幸田成友著作集』第五巻（中央公論社、一九七二年）に収められているのは、昭和十八年刊の改訂増補版である。それには、初版に収められていた「吉見九郎右衛門密訴」「ゆう、みね、いく申口」「大塩平八郎父子召捕之記」その他の史料は省かれたので、鷗外「大塩平八郎」を調べるには初版本にあたる必要がある。

このほか、『大坂城誌』は、著者が小野清、明治三十二年十一月に静修書屋蔵版として刊行され、首巻の日本城郭誌と、大坂城誌上・中・下の合計四冊からなる。また、大塩平八郎らを鎮圧する側にあった坂本俊貞（鉉之助）「咬菜秘記」を参照しているが、雑誌『旧幕府』第二・三巻掲載のものを使ったのではないか。なお、この作品を書くきっかけの一つになった「大阪大塩平八郎万記録」は、鷗外文庫に見あたらないので、見せてもらっただけで返却したのではないか。鷗外は、その記録について、摂津尼崎藩主松平忠栄の家来稲垣左近右衛門が主家へ注進したものと書いている。稲垣は大坂町奉行からの命令・指示を諸藩の大坂留守居へ伝達する役割を果たしていることが、『甲子夜話三篇』3（平凡社東洋文庫）に見えるので、稲垣が筆録したものと推測される。

大塩事件、いわゆる大塩平八郎の乱は、天保八年（一八三七）二月十九日に起こり、その日のうちに鎮圧されてしまった。鷗外は、史実の多くを『大塩』によりながら、「史実に推測を加えて、この二月十九日と云う一日の間の出来事を書いた」（「附録」）というように、当日の事件の推移、大塩の心の動きに筆の多くを費やし、それに逃走、潜伏、幕府の判決までを描く。

乃木希典（一八四九―一九一二）の殉死と深く関わる「興津弥五右衛門の遺書」などのように、鷗外の歴史小説には、その時々の事件、出来事と緊張関係をもって創作された作品がある。本作品は、大逆事件との関係が指摘されている。その点は、「附録」の「平八郎の思想は未だ醒覚せざる社会主義である」という指摘に示される。大逆事件とは、明治四十三年（一九一〇）幸徳秋水（一八七一―一九一一）、管野スガ（一八八一―一九一一）、大石誠之助（一八六七―一九一一）らが、明治天皇暗殺を計画したとして逮捕され、その年の五月から、全国的に多数の無政府主義者・社会主義者らが逮捕された事件である。翌年一月十八日に二十四名に死刑判決が下され、翌日天皇の特赦によりその半数が無期懲役に減刑されたが、早くも二十四日に十一名、二十五日に一名の死刑が執行され、社会に衝撃を与えた。天皇暗殺計画について三、四名を除いて確証がなく、現在の研究では社会主義者弾圧のための事件とされる。

同じく大逆事件との関わりを指摘しながら、その解釈には見解の違いがある。それは、大逆事件(=大塩事件)を引きおこさせた政府・官僚(=幕府・大坂町奉行)への批判を内在させたとするものと、山県有朋(やまがたありとも)(一八三八―一九二二)への協力とみなすものとである。「堺事件」の解釈にもあてはまるが、個々の作品からのみの解釈は説得力を欠き、鷗外の出身と経歴、政治思想などの幅広い検討からの解釈が求められる。

大塩事件研究会などにより史実の地道な掘り起こしが進められ、『大塩』がほとんど触れていない事件と周辺農村部との関係、事件の与えた全国的な影響などが明らかにされてきた。さらに、大塩書簡を集成して、大塩の人間関係や思索の歩みなどが跡づけられてきた(相蘇一弘『大塩平八郎書簡の研究』全三冊、清文堂、二〇〇三年)。また、本文で、宇津木矩之允(うつぎのりのすけ)の「天下のために残賊(ざんぞく)を除かんではならぬと云うのだ。そこでその残賊だがな」「先(ま)ず町奉行衆位(まちぶぎょうしゅうくらい)の所らしい。それがなんになる。我々は実に先生

(大塩のこと)を見損っておったのだ。先生の眼中には将軍家もなければ、朝廷もない。先生はそこまでは考えておられぬらしい」という叙述に、大塩の政治的限界が指摘されている。しかし大塩は、蜂起する二日前に、老中以下の不正無尽関与にみられる政治的腐敗、大坂町奉行らの不正行為などを激しく糾弾する、当時の老中全員を宛名にした書状を送り、そのような書状を老中に送ったことを伝える書状を水戸藩主徳川斉昭と林大学頭述斎に送っていた(仲田正之編校訂『大塩平八郎建議書』文献出版、一九九〇年)。

　大塩は、与力在職中に上方における不正無尽を調査したが、そのなかで老中などの幕府重職が関係していたことを解明し、それを当時の政治的腐敗の象徴として捉え、政治の根本的転換を要求した。なお、老中らの不正無尽関与は証拠隠滅などにより握りつぶされてしまったのである。

堺事件

　鷗外は、大正二年十二月十六日の日記に「堺事件を書き畢る」と書いている。同月七日に「大塩平八郎」、十一日に「小論文大塩平八郎」を書き上げ、それからわずか五日足らずで「堺事件」の執筆を終えた。「大塩平八郎」と密接な関連が指摘される所以である。すなわち、大逆事件を契機とする共通性である。翌大正三年一月十六日の日記に、「新小説中に収載せられたる堺事件を校す」と、校正したことを書いている。「堺事件」は、大正三年二月一日発行の『新小説』第十九巻第二号に掲載され、さらに、同年十月二十三日に鈴木三重吉編現代名作集第二編『堺事件』(発売元東京堂)に、「安井夫人」とともに収められた。

堺事件とは、慶応四年(一八六八。九月に改元して明治元年)二月に堺で土佐藩兵がフランス水兵を殺傷した事件である。二月十五日に軍艦デュプレクス号から上陸した水兵と堺警備中の土佐藩兵とが衝突し、フランス側に十一人の死者と五人の負傷者が出た。フランス公使ロッシュは、日本政府に厳重に抗議し、関係者全員の斬罪、遺族扶助料として十五万ドルの補償、政府と土佐藩主の謝罪を要求した。政府は一月に、開国和親の方針を外国代表に表明、そのうえ国内にも布告し、各国代表を大坂に招集して、京都で天皇との会見を実現しようとしていた。政府は開国和親の方針を断固として守る姿勢を示すため、フランスの要求を受け入れ、二月二十三日に堺の妙国寺で、士分の礼による二十人の切腹を執行した。ところが、十一人の切腹が終わったところで立会のフランス艦長が中止を求め、結局、残りの九人は助命（結局は流罪）になった。その翌日、外国事務局督山階宮（やましなのみや）らがフランス公使に謝罪して事件は解決した。横溢する攘夷の雰囲気のなか、開国和親へと歴史が大きく転換してゆく、まさにそのせめぎ合いのなかで起こった事件であった。

鷗外はその堺事件をとりあげ、「堺事件」をほとんど佐々木甲象著『泉州堺烈挙始末（せんしゅうさかいれっきょしまつ）』（以下『始末』と略記）のみを典拠として書き上げた。鷗外文庫にある『始末』には、赤鉛筆や青鉛筆による丁寧な傍線が至るところに見られ、その傍線の箇所と「堺事件」本文のその箇所を読み合わせると、見事なほどに符合する。「堺事件」を執筆するため、日時、人名、地名その他の必要な情報に、赤と青の傍線を引いたのだろう。

事件の時間的な経過もその後の展開も、『始末』とほとんど同じ筋立てである。さらに、歴史事実で『始末』が誤ったところは、鷗外もそのまま間違って書いている。他の史料や書物で事実を確認する作業を、「堺事件」に関していえば鷗外はほとんどしていないようである。もちろん、すべて『始末』と同じだというわけではなく、『始末』と「堺事件」の間にはズレが認められ、それをめぐっていくつかの解釈が成り立ち得るだろう。なお、注でも紹介したが、『始末』に人名などに単純なミスがあると、鷗外は『始末』の欄外に万年筆でそのことを注記している。また、妙国寺における切腹の場面では、『始末』の記述からその場の見取り図をその欄外に書いている。このように、「堺事件」は、鷗外の執筆の現場が比較的よくみえる作品ではないか。

鷗外が執筆のほとんどすべてを依拠した『始末』の緒言で、著者佐々木甲象がいうように、堺事件で切腹した十一人は、「暴挙」「頑固」と「汚名」を着せられてきた。しかし、「苟くも丹心国家に存する者は其言動粗暴過激に渉りたる者と雖とも尚ほ且つ贈位を賜ひ或ひは靖国神社に合祭せられ百世に廟食するの栄を賜ふ」と指摘するように、かつて「暴挙」とされた事件を起こした者も、爵位を追贈されたり靖国神社に祭られたりして顕彰されてきた。にもかかわらず、「独り此十一士に於ては未た至仁なる聖恩に浴する能はす」と、堺事件の関係者はいまだに名誉が回復されていないことへの憤懣をぶちまけ、名誉回復へ向けた運動を進めるための材料として書かれたようである。

『始末』は、凡例のなかで「専はら土居八之助横田辰五郎二氏の実践実記に拠り間々他の公文史乗私記等を参照し二三論評を加へり」というように、切腹するところを助命された土居と横田の二名が書いたものや証言を中心にまとめられた。そのため、史料的にはさまざまのバイアスがかかっている。なお、明治政府が明治四十四年(一九一一)に発足させた維新史料編纂会が、昭和六年(一九三一)に編纂を終えた「大日本維新史料稿本」(東京大学史料編纂所所蔵)には、『始末』がそのまま参考史料として収載されていることを付記しておこう。

『始末』は、発行者に箕浦清四郎、山崎惣次、土居盛義の三名が名を連ね、明治二十六年(一八九三)十一月に発行された。明治三十三年六月に、「妙国寺之切腹」の副題を付して増補版が出されているが、鷗外が使ったのは、明治二十六年版である。表紙の裏面には、六番歩兵隊長箕浦猪之吉が切腹前に詠んだ「除却妖氛」で始まる七言絶句を載せる。『始末』そのものの性格を如実に表現したものだろう。

「堺事件」について、昭和五十年(一九七五)に大岡昇平氏が一連の論考を発表され、文学研究者に強い衝撃を与えたことはよく知られている。鷗外が「大塩平八郎」附録で、「余り暴力的な切盛(きりもり)や、人を馬鹿にした捏造(ねつぞう)はしなかった」と書いているのを逆手にとって、大岡氏は、鷗外が「堺事件」執筆に依拠した史料の二十四か所にわたって「切盛と捏造」を行ったと指摘された。賛否両論の論争が行われ、歴史と文学、歴史小説論にまで議論は及んだ。その論争に立ち入ることはできないが、議論を実りあるものにするためには、当時の歴史研究が明らかにした史実と鷗外が依拠した史料、そしてそれを鷗外作品との関係のなかで再検討する必要がある。

安井夫人

鷗外は、「堺事件」を書き終えた二か月後の大正三年（一九一四）二月十六日に、雑誌『太陽』への寄稿の依頼を受けた。三月一日に、駒込の龍光寺（安井息軒（そっけん）長男朝隆、次男敏雄の妻の墓所）と千駄木の養源寺（息軒、長女須磨子、次男敏雄の娘千菊らの墓所）に詣でている。同月三日に息軒・佐代夫妻の長女須磨子の長男小太郎（旧制一高教授で漢学者）に、佐代さんについてなにごとか尋ねる手紙を送り、同月七日には「安井夫人」を脱稿した。書き終えた同日、鷗外は高輪東禅寺（日向飫肥（おび）藩二代藩主の創建）を訪れ、佐代、登梅（とめ）（三女）、歌（四女）の墓に詣で、「寺僧はかかる人達の墓あることを全く知らざりしなり」と日記に記した。また、作品の校正を終えた十三日に、原稿を安井小太郎に贈っている。そして、大正三年四月一日発行の雑誌『太陽』第二十巻第四号に、「森林太郎」の署名で掲載され、のち、先述の『堺事件』に「堺事件」とともに収録された。

鷗外がおもに依拠したのは、大正二年十二月二十六日発行の若山甲蔵著『安井息軒先生』（蔵六書房。以下『息軒』と略記）である。鷗外がいつ入手したのか未詳だが、『息軒』発行から二か月少しの時間で「安井夫人」を書き上げている。鷗外文庫には、『息軒』のほか、明治六年（一八七三）刊の『弁妄』、同十一年刊の『息軒遺稿』、同三十三年刊の『睡余漫稿・読書余適』など、息軒の著作が所蔵されている。すでに息軒著作のいくつかを集めていたことから、鷗外は以前から息軒に関心を持ち、『息軒』入手後すぐに、安井小太郎らに問い合わせをしながら「安井夫人」を書き上げたのだろう。

若山甲蔵（一八六八―一九四五）は、『日州独立新聞』『宮崎新報』の主筆を務め、『宮崎県政評論』を創刊したジャーナリストであるとともに、『日向文献資料』などを編集した郷土史家だった。発行元名の蔵六は、若山のペンネームからつけたのだろう。『息軒』は、幕末から維新期の大儒者、日向出身の息軒の生涯を叙述し顕彰することが主題である。夫人の佐代さんについては、「夫人の逝去」として、佐代さんのいくつかのエピソードが全二八四頁の同書の一六八頁から一七五頁に綴られているだけである。鷗外は、このわずかなエピソードを典拠に、佐代さんを主人公にして描いたのである。

安井息軒（そくけん、とも）は、日向飫肥藩領の清武郷（現・宮崎県宮崎市内）の儒学者の家に生まれ、はじめ大坂に遊学し、ついで江戸に行き昌平黌で学んだが退学し、古学・考証学者の松崎慊堂に親しく接してその感化を強く受けた。飫肥藩主の侍講、帰郷して郷校や藩校で父とともに教育にあたり、再度江戸に出て昌平黌に再入学、塩谷宕陰らと切磋琢磨して、漢唐の古注学を本として考証を重んじる学問を深めた。その後、江戸で三計塾を開き、研究を発展させるとともに多くの英才を育てた。飫肥藩に召されて重用され、対外的危機の深刻化とともに国防意見を求められ、水戸藩主徳川斉昭とも関係を持つ。そして、異例にも、古注学、古学の息軒は、朱子学の牙城である昌平黌の教授に招聘された。いわば「田舎儒者」の出ながら、儒学界の頂点ともいうべき昌平黌教授に上りつめたのである。学問研究と教育に没頭し、幕末維新の激動期を生きた大儒学者だった。

　息軒の容貌は、子どもの頃の疱瘡によりひどいあばた面になり、片目がつぶれ、背が低くて色黒の「醜男」という（『息軒』に肖像画）。そこに嫁いできたのが「岡の小町」と評判の美人の佐代さん十六歳だった。そのいきさつは、佐代さんの姉に持ち込まれた縁談で、姉は息軒の容貌を理由に断ったが、佐代さんは自らの意思で嫁ぐことを望んだという。自らの意思で結婚を決めるという、当時としては珍しい佐代さんに、鷗外は「新しき女」を見た。しかし、佐代さんの生涯は、「美しい肌に粗服を纏って、質素な仲平に仕えつつ一生を終った」と叙述するように、終生、夫息軒に仕えて労苦を厭わず、二男、四女を生んで五十一歳で亡くなった。結婚の選択は「新しき女」であるが、結婚後はいわゆる封建道徳のなかに生きた「古き女」にみえる。鷗外は、典拠である『息軒』から離れて、その生涯に「わたくしは」と自らの感慨を挿入する。佐代さんには「尋常でない望」があり、その望みは、「美しい目の視線は遠い、遠い所に注がれていて」「その望の対象をば、あるいは何物ともしかと弁識していなかったのではあるまいか」と書いて自らの感慨を結んでいる。結婚後の生活は「古き女」にもみえるが、鷗外は、佐代さんの結婚後の生活も、遠くを見すえた自律的な選択であり、意志の強い「新しき女」とみるのであろう。

鷗外が「新しき女」を描こうとした背景に、明治末年から始まる女性解放運動との関わりが指摘されている。明治四十四年(一九一一)九月に創刊された雑誌『青鞜』に載る平塚雷鳥(らいてう。一八八六—一九七一)の言論に賛意を表明したり、女性解放運動家の尾竹一枝が、大正三年(一九一四)三月に創刊した『番紅花』に随筆を寄稿したりしている。鷗外の女性解放運動の「新しき女」への共感が、「安井夫人」の佐代さん像と関わっているのだろう。

本作品は、鷗外が大正四年一月に「歴史其儘と歴史離れ」(『心の花』第十九巻第一号、大正四年一月)を発表し、歴史小説の「歴史離れ」を宣言した転換期の作品であり、典拠史料から離れて描く主人公の安井夫人、佐代さんの人間像をめぐってさまざまな議論がうまれることになる。

＊　　＊

鷗外は、「大塩平八郎」の附録に「時刻の知れているこれだけの事実の前後と中間とに、伝えられている一日間の一切の事実を盛り込んで、矛盾が生じなければ、それで一切の事実が正確だと云うことは証明せられぬまでも、記載の信用はかなり高まるわけである。私は敢てそれを試みた。そしてその間に推測を逞くしたには相違ないが、余り暴力的な切盛や、人を馬鹿にした捏造はしなかった」(本書一三五頁)と書いている。典拠史料に忠実に、史料に出てこない場合は蓋然性の高い推測を交えるという、実証的な歴史研究に近い操作、作業を行う、「歴史其儘」の骨頂ともいうべき歴史小説であろう。

鷗外は「歴史其儘と歴史離れ」(以下の引用は、『鷗外歴史文学集』第三巻、岩波書店、一九九九年による)のなかで、「わたくしの近頃書いた、歴史上の人物を取り扱つた作品は、小説だとか、小説でないとか」の議論があったが、「わたくしの前に言つた類の作品は、誰の小説とも違ふ」、つまり、近年書いてきた歴史小説は、誰のものとも違うものだと書く。その理由は、「小説には、事実を自由に取捨して、纏まりを附けた迹がある習」であるのに、鷗外の作品にはその「習」がなく、それをすべて斥けたからだという。それには動機が二つあり、「わたくしは史料を調べて見て、其中に窺はれる「自然」を尊重する念を発した。そしてそれを猥に変更するのが厭になつた。これが一つである。わたくしは又現存の人が自家の生活をありの儘に書くのを見て、現在がありの儘に書いて好いなら、過去も書いて好い筈だと思つた。これが二つである」という。史料に示される、あるいは史料が内包する「自然」を尊重し、過去をありの儘に書く、ということである。そして、「わたくしは歴史の「自然」を変更することを嫌つて、知らず識らず歴史に縛られた。わたくしは此縛の下に喘ぎ苦んだ」と告白して、「歴史離れ」を宣言したのである。

　重要な点は、史料の「自然」を尊重する「歴史其儘」から脱して、史料の「自然」から自由に創作する「歴史離れ」を宣言したことである。「護持院原の敵討」「大塩平八郎」「堺事件」は「歴史其儘」の作品であり、「安井夫人」は「歴史其儘」から「歴史離れ」への転換期の作品ということになる。鷗外は、乃木希典の殉死、大逆事件、赤穂浪士などの敵討物の流行、女性解放運動の活発化など、時の事件や流行、新たな思潮に鋭敏に反応して歴史小説を書いている。「歴史其儘」でも「歴史離れ」でも、尾形仂氏が「「歴史」のかげに隠された作者の創作意図を解明し、その現実につながる問題意識を剔抉（てっけつ）するにはどうしたらよいか。それにはまず、鷗外がその「自然」の尊重をうたった史料の究明と、その小説化に際しての（特に作品と史料とのズレに注目した）史料の取り扱いかたの検討が、取るべき必要な手続きとして挙げられねばならぬだろう」（『鷗外の歴史小説』岩波現代文庫版、二〇〇二年、二頁。筑摩書房版は一九七九年）が、いまも重要な指摘だろう。

　なお、鷗外の「歴史其儘」「史料の自然」は、歴史事実、史実と等しいわけではない。あくまでも典拠とした史料に則している、という意味である。「阿部一族」が史実とは大きなズレがあり、「堺事件」も重要な史実の誤りがある。それは、鷗外が依拠した史料の性格による。後世の実録物や顕彰が目的のためかなりバイアスのかかった書物などに依拠したため、典拠史料の史実の誤りは、鷗外歴史作品の史実の誤りになる。それ故、鷗外が典拠とした史料それ自体の究明が必要になるのである。この点については、藤田「鷗外歴史小説の「史料と歴史」」(『文学』第八巻第二号、特集＝森鷗外を読み直す、二〇〇七年)を参照していただきたい。

〔編集附記〕

一　本書に収録した作品は、『鷗外歴史文学集』第二・三巻(岩波書店、二〇〇〇年十月、十一月)を底本とした。

一　原則として漢字は新字体に、仮名づかいは現代仮名づかいに改めた。ただし、文語文は歴史的仮名づかいとした。

一　漢字語のうち、使用頻度の高い語を一定の枠内で平仮名に改めた。平仮名を漢字に変えることは行わなかった。

一　漢字語に、適宜、振り仮名を付した。

一　本文中に、今日からすると不適切な表現があるが、原文の歴史性を考慮してそのままとした。

(岩波文庫編集部)

大塩平八郎(おおしおへいはちろう) 他三篇

2022年4月15日 第1刷発行
2023年11月15日 第2刷発行

作　者　森(もり) 鷗外(おうがい)

発行者　坂本政謙

発行所　株式会社 岩波書店
〒101-8002 東京都千代田区一ツ橋 2-5-5

案内 03-5210-4000　営業部 03-5210-4111
文庫編集部 03-5210-4051
https://www.iwanami.co.jp/

印刷・精興社　製本・牧製本

ISBN 978-4-00-360041-2　Printed in Japan

読書子に寄す

――岩波文庫発刊に際して――

岩波茂雄

真理は万人によって求められることを自ら欲し、芸術は万人によって愛されることを自ら望む。かつては民を愚昧ならしめるために学芸が最も狭き堂宇に閉鎖されたことがあった。今や知識と美とを特権階級の独占より奪い返すことはつねに進取的なる民衆の切実なる要求である。岩波文庫はこの要求に応じそれに励まされて生まれた。それは生命ある不朽の書を少数者の書斎と研究室とより解放して街頭にくまなく立たしめ民衆に伍せしめるであろう。近時大量生産予約出版の流行を見る。その広告宣伝の狂態はしばらくおくも、後代にのこすと誇称する全集がその編集に万全の用意をなしたるか。千古の典籍の翻訳企図に敬虔の態度を欠かざりしか。さらに分売を許さず読者を繋縛して数十冊を強うるがごとき、はたしてその揚言する学芸解放のゆえんなりや。吾人は天下の名士の声に和してこれを推挙するに躊躇するものである。このときにあたって、岩波書店は自己の責務のいよいよ重大なるを思い、従来の方針の徹底を期するため、すでに十数年以前より志して来た計画を慎重審議この際断然実行することにした。吾人は範をかのレクラム文庫にとり、古今東西にわたって文芸・哲学・社会科学・自然科学等種類のいかんを問わず、いやしくも万人の必読すべき真に古典的価値ある書をきわめて簡易なる形式において逐次刊行し、あらゆる人間に須要なる生活向上の資料、生活批判の原理を提供せんと欲する。この文庫は予約出版の方法を排したるがゆえに、読者は自己の欲する時に自己の欲する書物を各個に自由に選択することができる。携帯に便にして価格の低きを最主とするがゆえに、外観を顧みざるも内容に至っては厳選最も力を尽くし、従来の岩波出版物の特色をますます発揮せしめようとする。この計画たるや世間の一時の投機的なるものと異なり、永遠の事業として吾人は微力を傾倒し、あらゆる犠牲を忍んで今後永久に継続発展せしめ、もって文庫の使命を遺憾なく果たさしめることを期する。芸術を愛し知識を求むる士の自ら進んでこの挙に参加し、希望と忠言とを寄せられることは吾人の熱望するところである。その性質上経済的には最も困難多きこの事業にあえて当たらんとする吾人の志を諒として、その達成のため世の読書子とのうるわしき共同を期待する。

昭和二年七月